# Arto Paasilinna

# Le fils du dieu de l'Orage

*Traduit du finnois
par Anne Colin du Terrail*

Denoël

*Titre original :*

UKKOSENJUMALAN POIKA

Arto Tapio Paasilinna est né à Kittilä, en Laponie finlandaise, le 20 avril 1942, en plein exode. Dès l'âge de treize ans, il exerce divers métiers, dont ceux de bûcheron et d'ouvrier agricole. Il s'intéresse aussi aux arts graphiques et écrit des poèmes. En 1962-1963, il suit les cours d'enseignement général de l'École supérieure d'éducation populaire de Laponie, puis entre comme stagiaire au quotidien régional *Lapin Kansa*.

Poursuivant ses activités dans la presse régionale, il collabore de 1963 à 1988 à divers magazines d'information et à des revues littéraires. Son œuvre est diffusée dans de nombreux pays du monde où ses livres ont été traduits. Auteur de vingt romans, Arto Paasilinna est aussi scénariste pour le cinéma, la radio et la télévision.

# AVANT-PROPOS

*Le ciel des Finnois est un couvercle orné posé sur le pivot du monde, un firmament scintillant dont l'étoile Polaire est le moyeu. Là règnent les dieux et les esprits, là résident les morts anciens qui l'ont mérité. Le pouvoir suprême est exercé par Ukko Ylijumala, dieu du Ciel et dieu de l'Orage[1].*

*Le ciel des Finnois est bien plus ancien que le reste du monde et leurs dieux le sont encore plus. Il n'en est pas de plus antiques. Celui de l'Orage, le plus âgé de tous, était déjà presque aussi vieux qu'aujourd'hui avant même que rien ne fût encore créé et qu'aucun autre dieu ne fût né. Il n'est pas*

1. *Ukko*, littéralement « vieillard », désigne couramment tout être mâle humain, surnaturel ou animal. Il signifie aussi « pieu » et même, par on ne sait quelle analogie, « culbute d'une fille dans la neige ». Le diminutif *ukkonen*, « petit vieux », désigne aussi et surtout la foudre ; l'orage est le « temps d'ukko », ou *ukonilma*. L'attribut *Ylijumala*, quant à lui, signifie littéralement « dieu du dessus » et peut se traduire indifféremment par « dieu du ciel » ou « dieu des dieux ».

La prononciation du finnois, par ailleurs, est très simple : il suffit de bien détacher chaque lettre (p. ex. ai = aï, en = enne), d'aspirer les h et de se rappeler que le j se prononce « i », le u « ou », le y « u », le ö « eu » et le ä comme un « è » très ouvert. *(Toutes les notes sont du traducteur.)*

seulement le plus ancien, il est aussi le plus sévère et le plus puissant. Il est le meilleur.

L'été, parfois, ce Vieillard céleste donne l'ordre de parer l'azur d'arcs-en-ciel, tandis que pour ses fêtes hivernales il fait tendre le firmament d'aurores boréales. Il sait faire trembler la terre, soulever des tempêtes, provoquer des déluges, faire jaillir la lave en fusion des volcans, précipiter des météores incandescents sur le sol, dévier le cours des satellites et obscurcir la lune ou le soleil. Lorsqu'il veut se faire entendre sur la terre, il tonne et lance des éclairs. Les hommes, alors, craignent pour leur vie.

Les morts finnois qui se sont mal conduits de leur vivant sont envoyés aux enfers, en Horna. Là, Lempo et Turja les mettent à bouillir pour leur faire cracher leur sang vicié. S'ils résistent à ce traitement, ils peuvent descendre sur un radeau le fleuve de Tuonela et ses rapides bouillonnants, jusque dans l'au-delà, que l'on nomme Tuonela ou Manala. Pour qui tombe du radeau dans le fleuve brûlant, il n'est pas de salut. Le chien de Tuonela tire le corps du malheureux sur la rive pour le dévorer et seuls des ossements blanchis abandonnés sur le sable témoignent de sa fin.

Jadis, quand seuls les Finnois habitaient le monde et qu'il n'existait encore aucun autre peuple, le dieu de l'Orage régnait sur toutes les créatures de la terre et du ciel. Il était roi du Firmament, seigneur des eaux et maître de la terre. Et cela était bon.

Mais les temps changent, dans le ciel comme sur la terre. Il y a aujourd'hui dans le monde des milliers de peuples et de races, de nouvelles religions et de dieux. Les Finnois, leur ciel et leurs dieux ne sont plus qu'une infime partie de ce gigantesque tout.

*Le pire est que ce peuple n'adore plus ses dieux,
ne sacrifie plus à ses divinités. Il s'est converti au
christianisme, il a renié sa foi. Beaucoup ignorent
même l'existence de leur propre panthéon et le pays
ne compte plus qu'un demi-millier de fidèles des
anciens dieux, qui n'osent pas proclamer ouverte-
ment leur foi de peur de s'attirer de graves ennuis.
Si un Finnois, de nos jours, invoque le dieu de
l'Orage, il peut être accusé d'idolâtrie ou de blas-
phème contre le Dieu des chrétiens. Il perd son
emploi, il risque la prison ou l'asile et sa famille,
moquée et rejetée, est exclue de la société.*

*L'un de ces adeptes des anciens dieux, Sampsa
Ronkainen, est agriculteur et antiquaire. Il a qua-
rante ans, un domaine à l'abandon à Kallis, en
Uusimaa[1], et un magasin d'antiquités à Helsinki,
rue Iso Roobert, dans le quartier de Punavuori.*

*Depuis l'âge de la céramique pectinée[2], la famille
Ronkainen est fidèle aux vrais dieux finnois qu'elle
vénère et couvre d'offrandes. Sampsa a été vacciné,
mais il n'a pas été envoyé au catéchisme. Il
n'appartient pas à l'Église luthérienne évangélique[3]
et ne va jamais au culte. Il a coutume, quand les
circonstances l'exigent, de prier Ukko Ylijumala,
car il croit dans les anciennes divinités, comme
son père et son grand-père avant lui. Mais Sampsa
n'a jamais fait état de sa foi. Personne n'est au*

1. Département du sud de la Finlande où se trouve la capitale, Helsinki.
2. Poterie à décors en dents de peigne caractéristique d'une
civilisation de chasseurs et pêcheurs semi-nomades du néoli-
thique, présente de l'est de la Russie à la Carélie finlandaise,
en passant par les pays Baltes et l'est de la Pologne.
3. Près de 90 % des Finlandais sont luthériens. Moins de
9 % se déclarent sans religion et 1 % environ sont orthodoxes

*courant, et c'est pourquoi il peut exercer son métier sans subir de persécutions religieuses.*

*Sampsa Ronkainen craint la foudre, car il est croyant.*

*La femme d'Ukko Ylijumala, Rauni, que l'on appelle aussi la petite mère de la terre, règne à ses côtés dans le ciel. C'est elle qui a donné aux anciens Finnois la force de lutter contre les peikkos des montagnes, horribles gnomes à longue queue qui ne se lavent jamais les dents et ont bien d'autres mœurs déplorables. Sans elle, les peikkos envahiraient le ciel et la terre.*

*Les rapports entre Ukko et sa compagne sont parfois tendus. Rauni a alors la détestable habitude de tempêter et fulminer. Dans ces moments-là, l'atmosphère se fait lourde jusque sur la terre et les gens trouvent qu'il y a de l'orage dans l'air.*

*Les Finnois, en plus d'Ukko et de Rauni, ont bien d'autres dieux puissants, dont le plus important est Ilmarinen, le dieu de la Paix et du Soleil. C'est à lui que l'on doit les temps calmes et les jours dorés. Ilmarinen se réjouit des œuvres pacifiques et déplore les entreprises guerrières. Il voudrait que l'esprit de Helsinki[1] se fasse longtemps sentir dans le monde. En 1956, à la mort du président de la République Juho Kusti Paasikivi[2], Ilmarinen se tenait prêt au bord du fleuve de Tuo-*

1. Allusion à la Conférence sur la sécurité et la coopération en Europe, dont l'Acte final fut signé à Helsinki le 1er août 1975.
2. Homme d'État finlandais (1870-1956), président du parti conservateur, plusieurs fois ministre puis président de la République de 1946 à 1956, initiateur de la doctrine de neutralité et de coexistence pacifique qui caractérise la diplomatie finlandaise depuis 1944.

*nela. Il s'arrangea pour que Paasikivi ne se retrou-*
*ve pas en Horna mais aille au ciel, qui avait été*
*illuminé à son intention d'aurores boréales et de*
*feux follets. Paasikivi, qui ne reculait pas devant*
*les jurons, constata que c'était sacrément beau. Il*
*voulut ensuite savoir s'il pourrait rencontrer le*
*général soviétique Jdanov[1], qui avait autrefois pré-*
*sidé la Commission de contrôle interalliée, après*
*les guerres[2], à Helsinki. Le président expliqua que*
*Jdanov était mort en 1948 et qu'il aurait aimé*
*avoir des nouvelles de son vieux compagnon de*
*négociation.*

*Ilmarinen se renseigna. Il apprit que Jdanov*
*était injoignable ; il séjournait au-delà de Horna,*
*dans l'enfer des Russes, par une température de*
*−70° Celsius.*

*« Pourquoi ce vieux démon ne peut-il me rece-*
*voir ? » grogna Paasikivi. Il renonça pourtant à*
*cette rencontre quand on lui assura que Jdanov ne*
*le méprisait nullement, ni lui ni les Finnois en*
*général, mais que son empêchement était dû à*
*des raisons personnelles. Le général était en effet*
*congelé jusqu'à la moelle.*

*Quand viendrait le temps du président Kekko-*
*nen[3], Ilmarinen l'attendrait aussi au bord du*
*fleuve de Tuonela.*

---

1. Andreï Alexandrovitch Jdanov (1896-1948), surtout célèbre, en plus de son rôle militaire et politique, pour avoir codifié l'idéologie stalinienne et inventé le réalisme socialiste.
2. Guerre d'Hiver (novembre 1939-mars 1940) et guerre de Continuation (juin 1941-septembre 1944), toutes deux perdues par les Finlandais contre les Soviétiques.
3. Urho Kaleva Kekkonen (1900-1986), homme d'État finlandais, député, plusieurs fois ministre puis président de la République de 1956 à 1982, continuateur actif de la « ligne Paasikivi ».

Si Kekkonen se présentait seul, sans personne pour l'accueillir, Lempo risquait de l'emporter directement en Horna, ce qui, de l'avis d'Ilmarinen, serait tout à fait inconvenant pour cet homme de paix.

L'agriculture et l'élevage dépendent de Sampsa Pellervoinen, le dieu à l'abondante crinière, qui est également chargé de lutter contre l'emprise de l'hiver, tâche difficile en Finlande où les congères peuvent atteindre deux mètres d'épaisseur et la glace des lacs un bon mètre. Sans parler des tourbières givrées et des marécages perpétuellement gelés en profondeur ! Installer le printemps est un exploit. Sampsa y parvient en pesant de toutes ses forces sur le moyeu du ciel, ce qui permet aux rayons du soleil d'atteindre la Finlande glacée ; l'hiver commence alors à lâcher prise, les neiges fondent et la terre reverdit. Sampsa Pellervoinen suit avec inquiétude la politique agricole finlandaise. Il n'arrive pas à comprendre que la surproduction puisse être une mauvaise chose, quoi qu'on en dise. Selon lui, plus la terre donne de grain et de viande, plus les gens devraient se réjouir. Si les Finnois n'arrivent pas à manger tout ce qu'ils produisent, ils devraient envoyer le surplus à des pays souffrant de disette.

Beaucoup d'autres dieux remarquables habitent le ciel des Finnois.

Le dieu de la Bière, Pelto-Pekka, symbolise la joie, l'ivresse et l'impétuosité. Peu lui importent la marque et l'origine — Lahti, Laponie ou Carélie —, l'essentiel est que l'on soit gai et que les buveurs se tiennent correctement, ou du moins qu'ils en aient eu l'intention au départ. Pelto-Pekka aime les chants et les jeux, les dictons et les bras de fer, et il

14

*lui paraît incompréhensible qu'il soit de nos jours interdit de chanter dans les tavernes finlandaises. Il n'arrive pas non plus à saisir pourquoi la bière n° III[1] suscite une telle polémique. Pour lui, elle est si légère qu'elle ne convient guère qu'aux femmes et aux enfants. On devrait en distribuer à bas prix dans les centres de protection maternelle et infantile et dans les jardins d'enfants et en livrer gratuitement à domicile à toutes les mères célibataires.*

*Parmi les grands dieux finnois, il faut encore citer Ägräs, le dieu de la Fertilité. Ägräs a des couilles en forme de rave double, une verge longue et souple et une voix charmeuse. Tout ce qui touche à la fécondité l'intéresse. Il ne supporte pas la pilule et trouve l'avortement effroyable. Les Vieux Laestadiens[2], qui condamnent le contrôle des naissances, lui réchauffent le cœur, même s'ils ne croient pas en lui mais en un Dieu chrétien sévère qui n'autorise pas même ses fidèles à regarder la télévision. Du point de vue d'Ägräs, le relâchement des mœurs ne peut être que bénéfique. L'essentiel est qu'il naisse des enfants, les bâtards n'étant pas moins précieux que les autres embryons d'homme.*

*Les Finnois ont une multitude de divinités secondaires, par exemple Ronkoteus, le dieu du Seigle, et Virankannos, l'esprit de l'Avoine. Lempo*

---

1. En Finlande, la bière est classée en quatre catégories selon son degré d'alcool. La vente de la bière n° IV, la plus forte, est strictement réglementée, comme celle de toutes les boissons alcoolisées. La n° III, qui ne dépasse pas 3,7°, a récemment été mise en vente libre malgré les protestations des ligues antialcooliques.
2. Principale branche d'un mouvement religieux fondé par le révérend Lars Levi Laestadius (1800-1860), qui a exercé une importante influence sociopolitique en Finlande.

*et Turja, les bouilleurs de sang, officient en Horna, assistés par une innombrable cohorte de petits esprits malfaisants. Sous terre vivent les maahinens velus, des gnomes assez semblables aux peikkos, austères et un peu simples mais extrêmement fiables et travailleurs. Les cimetières et les chambres mortuaires sont peuplés de menninkäinens, qui sont de joyeux drilles bien qu'ils doivent sans cesse côtoyer des défunts et entendre les pleurs inconsolables de leurs proches en deuil. Les esprits domestiques et les lutins se comptent par milliers. Beaucoup sont installés en ville, dans des immeubles où ils règnent en général sur des cages d'escalier entières, protégeant les nombreuses familles qui s'emploient à rembourser leurs prêts aidés par l'État.*

*Paara, le génie de la Banque, est une créature curieuse qui allait jadis, avec l'aide de sorcières, téter le lait des vaches des voisins. Le lait volé se barattait ensuite dans le ventre de cet étrange esprit en bon beurre qu'il évacuait dans la jatte de sa maîtresse. De nos jours, Paara extorque des intérêts usuraires, spécule en bourse, expulse les locataires d'appartements mis en vente et amasse le revenu de toutes ces opérations sur le compte en banque souvent secret de ses maîtres. Avant, on disait que « la merde de Paara est blanche », maintenant, on constate qu'elle est « sonnante et trébuchante ». Quand les plus grandes banques de dépôt de Finlande, la KOP et la SYP, procédèrent à des attributions gratuites d'actions de plusieurs milliards, Paara faillit devenir fou de bonheur. Il galopa de longs mois à travers le pays, les flancs écumants. Son ventre manqua éclater de titres de série A et les actions gratuites s'échappaient de sa bouche en flots à faire frémir les pauvres gens.*

*Rajapiru, le gardien crieur des frontières, ne cesse de donner de la voix. Il a hurlé à la signature de la paix de Moscou, en 1940, et poussé des cris affreux quand les troupes finlandaises ont franchi l'ancienne frontière au début de la guerre de Continuation. Sa voix s'est brisée en 1944, au moment où le front a cédé dans l'isthme de Carélie[1]. Rajapiru continue de pleurer la perte de Viipuri mais cela ne l'a pas empêché de faire aussi du raffut à propos de la division de Berlin, du Liban, de la situation en Amérique du Sud et de l'Afghanistan. Pendant la guerre du Viêt-nam, Rajapiru a dû être opéré des cordes vocales, car elles s'enflammaient chaque fois que la nouvelle de bombardements américains massifs parvenait dans le ciel des Finnois.*

*D'autres esprits, démons et fantômes — Kyöpeli, Pökö, Kurko, Kouko — s'affairent tantôt dans le ciel, tantôt sur la terre et même dessous. La voix d'Ihtirieko, protecteur des enfants illégitimes injustement privés de vie, porte presque aussi loin que celle de Rajapiru. Liekkiö et Aarni s'occupent des aurores boréales et des feux follets, et quand passent des sylphides, ils allument à leur intention toutes les flammeroles du ciel.*

*Ajattara est une démone ensorceleuse, remuante et virevoltante, indiciblement belle dans sa cape de feux follets transparente, auprès de qui il est mal vu de se coucher publiquement. Malgré cela, les dieux mâles, Ägräs en tête, courent tous derrière la*

1. La Carélie occidentale et la ville de Viipuri, ou Vyborg, ont été l'un des principaux enjeux territoriaux des guerres finno-soviétiques : cédées par les Finlandais en 1940 (traité de Moscou), reprises en 1941, reperdues en 1944 et définitivement annexées par l'U.R.S.S. en 1947 (traité de Paris).

déesse aux longs cheveux, dont le rire roucoulant résonne jusque par-delà les étoiles.

Il faut encore citer parmi les grands dieux des Finnois Tapio, l'esprit de la Forêt, qui règne sur les bois et les bêtes qui les peuplent, le gibier et les travaux forestiers. Tapio est un homme aimable, comme le sont sa femme et ses enfants : dame Nyrkytär, la demoiselle de la forêt Myyrikki et le jeune Nyyrikki. Sa mère la déesse Mieluutar, la plus aimable de toutes, a l'écureuil pour animal favori et le pin pour emblème. Jadis, quand il y avait dans le monde plus d'écureuils que de Finnois et qu'il ne poussait en Finlande que des feuillus et des sapins, Ukko Ylijumala eut envie de partager la couche de Mieluutar. Mais celle-ci n'accepta de lui accorder une nuit qu'en échange d'un cadeau. Ukko demanda :

« Mieluutar, ma mie, que veux-tu ? »

Mieluutar, en femme conciliante, ne voulut rien pour elle-même, mais pensa à ses écureuils et récita au dieu de l'Orage quelques vers allusifs :

> Pas d'écureuil dans les bouleaux,
> d'empanaché dans les sapins...

Ainsi naquit Tapio, le fils de Mieluutar, et la Finlande commença à se couvrir d'imposantes pinèdes pour nicher les écureuils. Aujourd'hui encore, ces animaux préfèrent les pins, qui sont en outre le bois de sciage le plus prisé à l'exportation.

Les gnomes des cimetières, êtres pleins de vivacité et de curiosité, s'étonnèrent de ces nouveaux arbres étranges qui poussaient dans les ancestraux bosquets sacrés. Ils parlèrent tant de ces arbres, les « männyt », que l'on se mit à les appeler « män-

*nynkäinen ». Au fil des millénaires, l'appellation a évolué et les esprits des cimetières et des chambres mortuaires sont maintenant connus sous le nom de menninkäinen. Peu de gens connaissent de nos jours la provenance de ce nom, malgré l'excellence de notre mythographie.*

*L'auxiliaire de Tapio, Hittavainen, était à l'origine chargé de lui procurer des lièvres pour sa table. Aujourd'hui, il s'occupe des permis pour la chasse à l'élan et de la protection des espèces menacées.*

*L'esprit des Eaux, Ahti, est assisté d'une ondine, Vellamo. Parfois, Ahti et Vellamo s'ébattent avec tant de fougue dans les mers et les lacs que les eaux débordent, mais en général, Ahti est calme et paisible. Avec Tapio et Hittavainen, il suit avec inquiétude les progrès de la pollution en Finlande et dans le reste du monde. Tous trois ont averti Ukko Ylijumala de la gravité de la situation, mais celui-ci leur a répliqué qu'il n'avait aucun moyen d'obliger les hommes à modifier leurs manières. Il pouvait évidemment faire dévier la planète de son orbite, si on allait par là, mais même si cela résolvait le problème de la pollution, la terre serait détruite.*

*Le dieu de l'Orage a un fils, Rutja, le plus beau et le plus jeune des dieux. Rutja est courageux et bienveillant, efficace bien qu'encore relativement inexpérimenté. Il rend parfois visite à son demi-frère Turja, dans l'au-delà ; celui-ci abandonne alors la marmite où bout le sang des pêcheurs pour aller jouter sur le fleuve de Tuonela. Rutja et Turja se lancent dans les vertigineux rapides bouillants, debout sur un tronc d'arbre, hurlant sauvagement, et, parvenus en eau calme, ils rient et se donnent* de grandes claques dans le dos. Amusements de jeunes dieux intrépides ! Dans le ciel, Rutja essaie par de beaux discours de séduire Ajattara, mais la fantasque déesse se contente de rire et de s'enfuir d'une cabriole. Rutja n'a pas d'attributions particulières, aussi se demande-t-il sans cesse ce qu'il pourrait faire. Il est plein d'énergie et ne tient pas en place.

Depuis cinq cents ans, l'efficacité de cette énorme machine divine est défaillante. Les dieux des Finnois ont dû reconnaître à contrecœur que leur peuple s'était entiché de religions étrangères et de fausses idoles. Au cours des siècles, ce déclin de la foi ancestrale a fait l'objet de bien des débats, mais aucune solution efficace n'a pu être trouvée. L'idolâtrie s'est développée en Finlande au point qu'il ne reste guère plus de 500 fidèles d'Ukko Yli-jumala et des autres divinités anciennes.

Le dieu de l'Orage et Ilmarinen ne haïssent nullement Jésus et le Dieu des chrétiens. Au contraire, croit en eux qui veut. Mais les chrétiens n'ont pas à traiter le dieu de l'Orage de faux dieu et ses adorateurs de païens.

Il fut un temps, quand la nouvelle foi fut introduite en Finlande à force de croisades[1], où le dieu de l'Orage considérait l'entreprise avec amusement. Mais quelques siècles plus tard, le nouvel enseignement avait fortifié ses positions et Ukko ne riait plus. Il n'avait plus ri depuis cent ans.

Ilmarinen, Tapio, Ägräs et beaucoup d'autres dieux estimaient cependant qu'il ne fallait pas oublier complètement les Finnois ni baisser les bras devant la foi chrétienne et l'athéisme latent,

1. Menées par les Suédois en 1155, 1237 et 1293.

mais au contraire rassembler ses forces et agir pour redonner à la vraie foi ancestrale sa mesure et sa puissance d'antan.

Les Finnois ont la tête dure, on ne l'ignore pas dans le ciel. Ilmarinen et les autres dieux allèrent néanmoins trouver Ukko Ylijumala et lui demandèrent de convoquer une assemblée générale pour réfléchir à ce grave problème. Ukko dit :

« Depuis cinq cents ans, je ne suis plus vénéré par les Finnois... je me dis parfois que ce serait bien fait pour eux si je les abandonnais et les détruisais une bonne fois pour toutes dans un terrible tremblement de terre... mais puisque vous exigez une dernière réunion, je peux bien vous l'accorder. Mettez les préparatifs en branle. »

Sampsa Pellervoinen proposa de tenir l'assemblée des dieux le 27 juin, jour de son anniversaire. Il fit valoir que cette date était aussi celle de l'effloraison des céréales et que les questions religieuses à l'ordre du jour prendraient ainsi un sens plus fertile, plus fécond.

Le dieu de l'Orage approuva et convoqua pour l'occasion tous les dieux, esprits et génies, jusqu'aux sylphides, maahinens et menninkäinens. Comme pour donner plus de poids à sa décision, il laissa la tempête faire rage tout le reste de la journée et, dans la nuit, foudroya le clocher de l'église de Vieremä[1], qui prit feu et fut réduite en cendres. Les assurances ne compensèrent pas la perte.

---

1. Église en bois de l'architecte Ilmari Launis (1881-1955), construite au sommet d'une colline surplombant un lac.

# 1

L'agriculteur-antiquaire Sampsa Ronkainen longea l'allée de bouleaux de sa propriété jusqu'à la boîte aux lettres qui se trouvait à une bonne centaine de mètres du bâtiment principal, au bord de la route. En ce lendemain de Saint-Jean, peut-être les lettres envoyées avant les fêtes seraient-elles arrivées.

Le manoir de Ronkaila, dans le village d'Isteri du canton de Kallis, n'était en réalité qu'une vieille demeure familiale, composée d'une grande maison délabrée et d'un pavillon plus récent, qui, avec la loge où couchaient autrefois les valets de ferme et l'étable de pierre, formaient une cour, sur l'arrière. On y avait jadis planté un jardin, maintenant retourné à l'état sauvage.

Deux femmes, de la véranda du nouveau pavillon, suivaient les faits et gestes de Sampsa. L'une, une quinquagénaire vêtue d'un peignoir, était sa sœur Anelma Ronkainen-Kullberg, dentiste de son état. L'autre, maigre et insignifiante, âgée d'une trentaine d'années, était sa compagne illégitime Sirkka Leppäkoski, avec qui il vivait une union libre plus que lâche.

23

Les études de la sœur de Sampsa avaient autrefois été financées avec l'argent du domaine, dont elle avait en outre reçu le tiers en avancement d'hoirie. Elle avait cependant perdu toute sa fortune après avoir épousé un bon à rien de Kallis, Fried Kullberg. L'homme prétendait appartenir à la petite noblesse suédophone[1], mais était sans le sou et avait des manières fort plébéiennes ; il s'était vite révélé ivrogne et coureur de jupons impénitent, et avait dilapidé sans remords les biens de sa femme. Anelma Ronkainen-Kullberg avait ensuite perdu la tête pendant un certain temps, Kullberg était mort d'alcoolisme ; son patrimoine envolé, Anelma était revenue à Ronkaila, où elle vivait sans rien faire.

Le manoir de Ronkaila était encore avant les guerres l'un des grands domaines du canton de Kallis — 800 hectares de terres, dont une centaine de céréales, soixante vaches laitières, une moissonneuse-batteuse et d'autres machines. Le maître de Ronkaila, Tavasti Ronkainen, avait construit la première centrale électrique de Kallis : il avait fait barrer une petite rivière et installé un générateur qui fournissait du courant au domaine et même à une part du village. Il y avait maintenant longtemps que le barrage s'était effondré et le reste du domaine, à l'abandon, n'était plus que l'ombre de lui-même. Une partie avait été réquisitionnée après la guerre pour les évacués de Carélie, puis Kullberg avait bu le tiers de ce qui restait.

Les femmes sirotaient d'un air morne leur café

1. Près de 6 % des Finlandais sont de langue suédoise et celle-ci est la seconde langue officielle du pays.

sur la véranda. Elles n'avaient rien à faire et ne faisaient rien. Elles bavardaient, « causaient » et « échangeaient des points de vue » à longueur de journée. À ce rythme-là, le jardin s'étiolait et la maison ne brillait pas de propreté. Chaque automne, le verger produisait une tonne de pommes tavelées que personne ne prenait la peine de cueillir. Elles pourrissaient dans l'herbe jaunie, haute jusqu'à mi-cuisse. Les merles envahissaient les groseilliers et volaient en bandes tout autour de Ronkaila. En cette époque de la Saint-Jean, l'herbe du jardin était déjà si haute que la rhubarbe n'avait pas la force de pousser, et les anciennes plantations de lupins vivaces luttaient pour survivre au milieu des orties. Les taons et les mouches bourdonnaient autour de la véranda, les femmes se grattaient paresseusement sous leur robe de chambre. La douche du sauna était de nouveau en panne et personne n'avait le courage d'allumer du feu sous la cuve pour faire chauffer de l'eau.

Sampsa ouvrit la boîte aux lettres, espérant quelques missives agréables. Zut, rien que deux factures et quelques journaux. Pour Anelma, il y avait une circulaire de l'ordre des dentistes. Rien d'autre. Sampsa froissa la circulaire dans son poing et la laissa tomber dans le fossé envahi par la végétation. Il pensa à son père, le vieux maître de Ronkaila. Quand Anelma avait pris un minable Suédoche pour mari, Tavasti s'était mis dans une colère noire et avait déclaré qu'on ne laisserait pas cette engeance boire Ronkaila.

Mais le bonhomme était mort, et une partie du domaine avait été bue. Avant de trépasser, le vieux avait enseigné les vieilles coutumes à

Sampsa. Quand on avait commencé à parler de catéchisme, à l'école, il avait emmené son fils dans les bois et lui avait montré comment sacrifier à Ukko Ylijumala.

« Je m'en vais t'apprendre le catéchisme, moi », avait-il dit le sourire aux lèvres.

Il y avait à l'époque — et il y a toujours —, derrière la maison de Ronkaila, un bois touffu au milieu duquel se dresse un grand rocher plat. Sampsa découvrit sur le roc une petite pile de pierres couverte d'arêtes de poisson. Tavasti Ronkainen ôta sa casquette et ordonna à son fils d'en faire autant. Puis il disposa sur le rocher une livre de lard et une demi-bouteille d'eau-de-vie, érigea un petit bûcher de branches sèches sur les pierres empilées et y mit le feu. Les flammes rôtirent la viande de porc, la chaleur fit éclater la bouteille, l'alcool enflammé coula du rocher sur le sol. Le vieux lampa le liquide brûlant, enjoignit à Sampsa d'en laper dans les creux du rocher. L'alcool lui mit presque la langue en feu et lui monta brutalement à la tête. Pour finir, Tavasti et Sampsa firent le tour du rocher à quatre pattes, implorant à grands cris la protection du dieu de l'Orage.

Tout cela effraya fort Sampsa, mais, devant son père, il fit bonne figure.

Sur le chemin du retour, Tavasti raconta au garçon qu'on lui avait demandé de siéger au conseil des anciens de la paroisse, avec toutes ses terres.

« Mais au diable leur Église... Ukko Ylijumala a plus de pouvoir qu'un pauvre pasteur. »

Dans les années 50, le père de Sampsa avait acheté une moissonneuse-batteuse. C'était la plus grosse du village et elle avait coûté terriblement cher. L'engin s'était embourbé dans un champ, d'où l'on n'avait pu le sortir tout de suite, même avec un tracteur. Le bonhomme était alors entré dans une colère épouvantable, levant le poing et hurlant vers le ciel, maudissant ses propres dieux. La nuit suivante, un gros orage avait éclaté. La foudre était tombée sur le bâtiment principal de la propriété, avait calciné les câbles électriques et fait sauter toutes les prises de la maison. Dans la chambre du haut, la foudre avait suivi les fils électriques jusqu'à la lampe de chevet de Ronkainen, où elle avait explosé, tuant le maître du domaine. Sa femme, elle, était morte d'une pneumonie pendant la trêve, en 40, et fut donc épargnée cette fois-là.

Cet incident renforça la foi de Sampsa dans le dieu de l'Orage. Il prit l'habitude d'apaiser le courroux des anciennes divinités des Finnois sur le rocher sacrificiel de la forêt et, quand les circonstances l'exigeaient, d'adresser ses prières au dieu de l'Orage. Il avait l'impression que cela aidait. Ukko Ylijumala l'avait plusieurs fois tiré de situations difficiles. Bien que ce même dieu eût tué son père, il ne pouvait le haïr, car Tavasti Ronkainen avait scellé son propre sort en menaçant le ciel. Après l'enterrement, Sampsa vendit la moissonneuse-batteuse dans le champ. Elle fut démontée et enlevée. On répara l'électricité du vieux bâtiment de Ronkaila et on porta le lit carbonisé de Tavasti dans le bûcher, où on le débita en bois de chauffage.

Sampsa, dans son adolescence, était allé au lycée et avait passé le bac ; il avait ensuite commencé des études d'histoire de l'art. Il aimait nre de savoir livresque, mais laissa peu à peu tomber l'université, pris par les affaires du domaine et par l'envie d'ouvrir un magasin d'antiquités qui taraudait son jeune esprit.

Un été, Anelma eut l'idée d'amener une amie à Isteri, une certaine Sirkka Leppäkoski, une véritable artiste, paraissait-il, qui brodait des applications. Plus jeune que Sampsa, frêle et délicate, elle éveilla en lui une vague sympathie mêlée de pitié. Sirkka était tout l'opposé d'Anelma : silencieuse, le regard humide ; elle se déplaçait en rasant les murs et triturait toujours quelque chose entre ses doigts, brin d'herbe fané ou élastique pour les cheveux. Anelma, par contre, avait la voix rauque, une forte ossature, une stature d'homme et une peau tannée comme le cuir d'un cheval. Sampsa se disait souvent que ses clients devaient être terrorisés quand ils s'asseyaient dans son fauteuil de dentiste. Anelma était d'une nonchalante indifférence, d'une brutalité presque masculine. Quand elle coinçait la tête d'un patient sous son bras, il n'avait pas la moindre chance de lui échapper. « Ouvrez la bouche ! Crachez le sang dans la bassine ! »

Anelma avait besoin de Sirkka et réciproquement. Sirkka ne parvenait pas à vivre de ses malheureuses broderies et les affaires d'Anelma n'allaient guère mieux. Le domaine de Ronkaila devait subvenir à leurs besoins et elles dépendaient donc toutes deux de son propriétaire. Anelma décida de régler le problème en faisant de son amie la femme de Sampsa. Illégitime, car son frère refusait de se laisser marier de force.

La discrète Sirkka Leppäkoski se fit présente du matin au soir. Elle demandait souvent à

Sampsa de l'accompagner dans ses promenades à travers la forêt, les champs, le parc à moutons envahi par la végétation. Son pied tournait facilement entre les pierres, Sampsa l'aidait à se remettre sur ses faibles jambes. S'il pleuvait quelques gouttes, Sirkka se réfugiait sous la veste de Sampsa et tremblait contre sa poitrine comme un papillon effarouché. Lorsqu'elle montait des marches devant lui, elle gloussait et relevait ses jupes au-dessus du genou, qui sait pourquoi, elle ne portait même pas de bas, aussi haut qu'on pût voir. Les soirs d'été, Sirkka buvait du thé sur la véranda du nouveau pavillon et nichait sa main dans celle de Sampsa.

Ce dernier s'attacha curieusement à cette frêle créature qui cousait de touchantes applications et savait parler d'histoire de l'art.

Le piège finit par se refermer. Sirkka se trouvait paraît-il enceinte, il fallait s'occuper de l'avortement et du reste. On la présenta au village comme la fiancée de Sampsa.

« Tu as mis Sirkka dans une situation atroce, déclara Anelma à son frère. Elle va rester habiter ici, que tu le veuilles ou non. »

Peut-être Sirkka se fit-elle avorter, mais rien ne le laissait penser. Aucun enfant, en tout cas, ne vint au monde. Au début, Sirkka essaya de dormir dans le même lit que Sampsa. Mais cela ne plut pas à Anelma et Sampsa emménagea finalement dans l'ancien bâtiment principal, le manoir de seize pièces où le dieu de l'Orage avait tué son père Tavasti Ronkainen dans sa chambre à coucher. La maison faisait moins peur à Sampsa que les femelles qui traînaient dans le nouveau pavillon. Le vieux grenier grinçait la nuit sous les pas des gnomes pourchassant les sylphides d'un bout à l'autre de la demeure, ce qui mettait Sampsa à l'abri des femmes, car elles n'osaient guère entrer. Elles prétendaient que le bâtiment était hanté, que le vieux Tavasti Ronkainen, les jours d'orage, s'y promenait avec sa lampe de chevet cassée à la main.

Toutes les vieilles maisons sont hantées, en cela elles avaient raison.

« Quelle vie », proclama Anelma en regardant sévèrement Sampsa, au bout de l'allée de bouleaux. Sirkka acquiesça. Elle était bien d'accord.

« Ne faisons rien, aujourd'hui, proposa-t-elle ensuite prudemment.

— Ça me convient », approuva Anelma.

Revenant de la boîte aux lettres, Sampsa croisa le « frère » de Sirkka Leppäkoski, qui sortait du sauna. Le jeune homme avait une serviette sur l'épaule et était vêtu d'un simple jean.

« Salut. Y a du courrier ?

— Pas pour toi. »

Ce type était arrivé à Ronkaila au printemps, soi-disant pour voir sa sœur. Sampsa détestait l'homme, qui était non seulement paresseux mais grossier. À vingt-cinq ans, il n'avait jamais rien fait de sa vie, et n'en ferait jamais rien. Il s'appelait Rami, ou quelque chose de ce genre. Ses épaules et sa poitrine étaient couvertes de tatouages malhabiles. Une croix, une ancre, une femme en bikini, une rose des vents... Sampsa trouvait le spectacle de ce torse nu dégoûtant. Eh oui. L'homme a besoin d'édifier des monuments, songea-t-il. Le riche construit une maison, ou même une tour, cultive la terre. Le pauvre type se fait tatouer le corps, car il n'a rien d'autre. Il dresse son mémorial, grossière effigie, sur sa propre peau.

Le « frère » de Sirkka amenait à Ronkaila des copains qui en amenaient d'autres et Sampsa devait supporter dans son jardin une succession ininterrompue de fêtes. Cela revenait cher, la gestion du domaine ne dégageait pas d'excédent et le magasin d'antiquités de la rue Iso Roobert, à Helsinki, ne rapportait pas grand-chose.

Entre les fêtes, les femmes retombaient dans leur apathie, leur vie en robe de chambre. Elles pouvaient passer la semaine entière sans prendre la peine d'enfiler autre chose qu'un peignoir et des pantoufles. S'il pleuvait, elles ne sortaient même pas de leur lit et, s'il faisait gris, elles ne mettaient pas le nez dehors.

Le « frère » de Sirkka disparut dans le nouveau pavillon où les femmes s'étaient retirées avec leurs tasses de café. On entendit bientôt glousser dans la cuisine. Rami, qui se flattait d'avoir de l'humour, donnait des coups de serviette aux femmes, qui se tordaient de rire.

Sampsa songea qu'il serait bon que la foudre tombe sur la maison et réduise en cendres ces désagréables individus. Un moment, il pria mollement le dieu de l'Orage pour qu'il s'en occupe effectivement, mais rien ne se passa. Le ciel était serein et sans nuages. Sampsa décida d'aller dans l'après-midi à Helsinki, où il fallait ranger le magasin d'antiquités pour l'été. Il devait fermer boutique pour quelques semaines car son assistante, Mme Moisander, partait en vacances.

Mme Moisander, une mère célibataire aigrie, était à elle seule bien plus difficile qu'Anelma et Sirkka réunies. Elle aussi se considérait en quelque sorte comme la compagne de Sampsa. Ce dernier aurait pu être accusé de bigamie, si la loi avait reconnu la légitimité des unions illégitimes — et si lui-même avait reconnu la réalité de ces singulières liaisons.

Quoi qu'il en fût, on accusait Sampsa de tout et de rien. Il en avait l'habitude, même s'il avait parfois l'impression qu'Ukko Ylijumala l'avait abandonné, livré à la merci de tant de femmes.

## 2

Le pôle céleste gémit sous le poids des anciens dieux tutélaires des Finnois quand ils s'assemblèrent autour du plus grand d'entre eux, Ukko Ylijumala. C'était la fête de Sampsa Pellervoinen, le temps des épis mûrissants, le 27 juin.

Le dieu de l'Orage, Ukko Ylijumala en personne, s'assit sur son trône au centre de la grande salle du ciel, sous l'étoile Polaire. Il était vêtu de peaux de zibeline, couronné d'une tiare de flammeroles scintillantes et chaussé de bottes brodées de perles dont les bouts recourbés s'ornaient de flamboyantes rhodonites rouges de la taille du gros orteil. En guise de sceptre, une boule de feu grésillait impatiemment dans sa main gauche. Dans la droite, il tenait un foudre craquant et crépitant, qui dégageait autour du trône une fumée jaune orangé à l'odeur d'ozone. Ukko était confortablement installé sur un duveteux flocon de nuage. De délicates aurores boréales se déployaient en arc autour du trône, éclairant le dieu dont la présence tranquille et paternelle resplendissait sur la terre sous l'aspect d'une étoile du firmament. Les gens qui virent cet astre devinrent bizarres.

La femme du dieu de l'Orage, Rauni, se tenait derrière lui, vêtue d'une noire fourrure de louve, le front et les épaules ceints de parures de spectrolithes bleues. Elle avait posé la main sur l'épaule d'Ukko, dans une attitude possessive. Une pierre rouge brillait à son majeur, semblable à celles des bottes de son époux.

Les autres dieux arrivèrent sous la conduite d'Ilmarinen. Vinrent Tapio et sa femme, Sampsa Pellervoinen, Pelto-Pekka, Ägräs, Ronkoteus et Virankannos, Lempo et Turja, ainsi qu'une troupe de petits démons ébouriffés sortis de Horna. Ajattara se joignit à l'assemblée, radieuse, drapée dans sa cape translucide. Le fils du dieu de l'Orage, Rutja, fermait la marche. Il ordonna aux diablotins de se placer autour du trône d'Ukko Ylijumala pour veiller à ce que le foudre et la boule de feu brûlent régulièrement.

Quand les dieux eurent pris place, un groupe de maahinens entra, clignant des yeux dans la brillante lumière du ciel, puis un essaim de petites fées et de frêles sylphides vêtues de capes de brume ; les fées tenaient à la main des baguettes magiques au bout desquelles brillaient de minuscules vers luisants.

Ensuite se présentèrent les menninkäinens, les lutins domestiques et de nombreux esprits tutélaires tels que Liekkiö, Äpärä et Ihtirieko, ombres protectrices des enfants morts. Rajapiru, le crieur des frontières, surgit dans un hurlement et s'installa loin du trône pour suivre les débats, à la limite de l'obscurité et de la lumière. Pökkö, Kouko et Kurko, les génies protecteurs des fous et des malades, se glissèrent dans l'assemblée. Ils furent rejoints par Kyöpeli et Jumi, aussi éblouis que les démons de Horna par la luminosité du ciel. Nyrkytär, Myyrikki et Nyyrikki se placèrent derrière Tapio avec le petit Hittavainen, qui tressaillait au moindre mouvement comme un lièvre apeuré. Paara, haletant, courait entre les jambes des dieux, la bouche pleine de valeurs bancaires.

Ilmarinen, le dieu de la Paix, inspirateur du beau temps et de l'air calme, endormeur des vents, donna le signal. Tous les dieux, d'une voix forte, prononcèrent en chœur les paroles d'ouverture de la séance :

> *Ô Ukko Ylijumala,*
> *maître des cieux tumultueux !*
> *Dis-nous ton dit,*
> *parle haut et fort !*

Le dieu de l'Orage se leva, brandit sa boule de feu de la main gauche et gronda :

« Je suis Ukko Ylijumala, le plus vieux de tous les dieux. Que la foudre de ce sceptre s'abatte sur la tête de quiconque en doute ! »

L'idée de tomber foudroyé fit trembler de peur les esprits les plus craintifs et les moins puissants, sans raison, d'ailleurs, car la menace d'Ukko n'était pas à prendre au pied de la lettre. Il ne s'agissait que d'une antique coutume qui n'avait plus aucune signification concrète.

Le dieu de l'Orage se rassit. Il fit signe à Ilmarinen qu'il pouvait commencer.

Le dieu de la Paix exposa la situation. Il rappela ce que chacun savait : l'ancienne religion finnoise n'avait jamais été en si grand danger. Le christianisme, surtout, avait pris un pouvoir inouï, mais ce n'était pas tout : il y avait aussi

35

dans la population de plus en plus d'athées et d'agnostiques. Seuls quelques très rares Finnois avaient encore le courage de croire en leurs dieux primitifs. La situation n'était guère meilleure chez les autres peuples finno-ougriens. Les Ostiaks, les Vogouls et les Maris, qui vivaient actuellement sur le territoire de l'Union soviétique, étaient désormais acquis aux doctrines socialistes.

« Et en Finlande non plus, on ne peut pas vraiment dire qu'on manque de socialistes », grommela Ilmarinen.

Selon lui, l'adoration du dieu étranger avait pris en Finlande une ampleur quasi démentielle. Il y avait une église dans chaque village un peu important, dans les villes il y avait même plusieurs de ces lieux de culte, imposantes bâtisses construites à grands frais et dotées d'orgues au son caverneux, entourées de vastes cimetières. Les bourgs n'étaient dignes de ce nom que s'ils avaient une église, une vraie honte ! Le pire était que les Finnois voulaient jusque sur leur tombe un témoignage de leur fausse foi, une croix, symbole de cette omniprésente religion étrangère. Ou à défaut d'ériger une croix, on traînait sur leur sépulture une lourde pierre sur laquelle on gravait ce symbole, sans doute afin d'attester à travers les siècles la profondeur de leur croyance.

Ilmarinen parla de l'immense engouement des Finnois pour cette religion étrangère qui leur avait été imposée, toute faite, depuis seulement sept ou huit cents ans. En si peu de temps, les Finnois avaient abandonné leur seule vraie foi pour cette nouvelle doctrine. On priait le faux Dieu et son fils Jésus, on allait jusqu'à chanter à leur gloire ce qu'on appelait des cantiques, on écrivait des livres sur la question et il y avait même dans les universités finlandaises des chaires où l'on étudiait tout à fait sérieusement et prétendument scientifiquement cette religion étrangère et ses bizarreries.

La voix d'Ilmarinen trembla quand il évoqua l'adoration des anciens dieux dans la Finlande actuelle.

« Dans tout le pays, on ne trouve plus un seul bosquet sacré où l'on nous sacrifie encore des bœufs ou même de petits animaux ! Les corps sont enterrés la tête vers l'est, ce qui est sacrilège, car chacun sait que la seule coutume acceptable est d'inhumer les morts la tête vers le pôle céleste et l'étoile Polaire. On ne met plus dans les cercueils d'ustensiles ou d'objets chers au défunt et ces biens précieux vont aux héritiers rapaces qui se les partagent avec force disputes après l'enterrement. On ne pratique plus l'ébranchement rituel des arbres et les grandes sapinières sacrées aux troncs nus ont totalement disparu. Il reste encore quelques fétiches au fin fond de la Laponie, mais ils sont de plus en plus vermoulus et on n'en érige plus de nouveaux, même dans les endroits les plus poissonneux. Les Finnois se sont laissé gagner par une profonde ingratitude, un matérialisme cynique. Le peu d'instruments chamaniques et de tambours magiques qui existent encore dans le pays traînent inutilisés dans des musées, offerts au regard indifférent des foules. On ne boit plus de bière aux fêtes rituelles en l'honneur de Pelto-Pekka, mais d'autant plus en d'autres occasions, et les beuveries se font aujourd'hui par goût du houblon et de l'ivresse, non par crainte et par vénération de Pekka. »

Ägräs, le dieu de la Fécondité, interrompit l'exposé d'Ilmarinen.

« D'après mes renseignements, les Finnois sont quand même toujours aussi prompts à s'accoupler. Ils s'y mettent tout jeunes, dès treize ans pour les filles. »

Ilmarinen fit sèchement remarquer qu'il ne s'agissait pas d'un culte divin destiné à perpétuer l'espèce, mais d'un relâchement des mœurs favorisé par les progrès de la médecine. Les femmes avalaient tous les jours des espèces de pilules anti-bébé, de sorte qu'elles ne pouvaient plus se trouver grosses, et comme on ne craignait plus qu'il naisse des enfants, on pouvait se vautrer dans le stupre et la fornication autant que le corps et les organes étaient capables de le supporter.

Ihtirieko —l'esprit tutélaire des nouveau-nés assassinés— poussa à cet instant un cri à briser le cœur. Il se sentait mal chaque fois que l'on parlait de bébés. Même si la mortalité infantile était en Finlande l'une des plus faibles du monde, cela ne le réjouissait guère, car il naissait d'autant moins d'enfants.

Ukko Ylijumala toussota. Tout le monde se tut, y compris Ihtirieko.

« Sampsa Pellervoinen ! Lis-nous dans le registre des religions comment se portent les autres dieux du monde », ordonna le dieu de l'Orage.

Sampsa s'affaira. Il avait des statistiques qui montraient que les dieux des Finnois n'avaient pratiquement plus aucune influence sur terre.

« La terre est peuplée d'environ trois milliards d'habitants, dont cinq millions à peine en Finlande... »

La femme du dieu de l'Orage, Rauni, ne put s'empêcher de mettre son grain de sel :

« Et ces misérables ne croient même plus en nous ! »

Sampsa poursuivit :

« La majorité des habitants de la terre, presque un milliard, sont chrétiens. Ils se divisent en catholiques (600 millions), orthodoxes (130 millions) et protestants (220 millions). Les Finnois, à l'heure actuelle, sont protestants, à l'exception de quelques Caréliens. La deuxième religion du monde est l'islam. Il y a 500 millions de musulmans, presque autant d'hindous et 400 millions de kungfucianistes — dieu seul sait ce que c'est... et encore 200 millions de bouddhistes, 70 millions de shintoïstes, 60 millions de taoïstes, 15 millions de juifs et 140 000 parsis. Les seuls parsis sont plus nombreux que nos fidèles, vous ne trouvez pas ça écœurant ! Les incroyants et les animistes sont un bon milliard, Soviétiques et Chinois compris. »

Ukko Ylijumala dit tristement, à voix basse :

« Pauvre monde, où vas-tu... »

Tapio se leva pour parler. Selon lui, les religions étaient aujourd'hui propagées dans le monde à la force de l'épée. Les chrétiens, surtout, avaient tendance à prendre les armes pour soumettre les autres peuples à leur pouvoir et répandre leur religion dans les autres pays. Si les dieux des Finnois voulaient regagner leur influence passée, il fallait envisager une intervention armée.

Ilmarinen, cependant, se déclara fermement opposé à l'idée de Tapio :

« Nous n'allons en aucun cas propager la foi en nous par une guerre de religion. D'ailleurs, nous n'avons même pas de véritable dieu de la Guerre. On ne peut pas compter sur les petits démons pour combattre », dit-il en montrant les esprits de Horna qui s'affairaient autour du trône. Ceux-ci gloussèrent nerveusement en entendant parler d'eux. Quelques-uns brandirent belliqueusement leurs tisonniers, mais Ukko Ylijumala mit fin à la polémique en prenant le parti d'Ilmarinen. Il déclara qu'il préférait voir la religion s'éteindre complètement plutôt que de la perpétuer par les armes. On n'en parla plus.

Ahti prit la parole pour expliquer la propagation de la foi chrétienne dans le monde.

« Il y a presque deux mille ans, une assemblée comme celle que nous tenons aujourd'hui fut convoquée dans le ciel des chrétiens. Leur dieu décida d'envoyer son fils unique parmi les hommes, car la foi de l'Ancien Testament avait déjà mauvaise presse sur terre. La tentative réussit au-delà de toute espérance, comme on peut maintenant le constater. Le garçon, qui s'appelait Jésus, est devenu le symbole de toute cette religion. Bien sûr, on l'a crucifié, mais ce n'était pas cher payé, sachant que mille millions de personnes croient aujourd'hui en lui. Et son père l'a rappelé au ciel, où il juge paraît-il encore les vivants et les morts. Cette histoire de Christ en croix est intéressante, d'ailleurs. C'est assez amusant. Si Jésus était apparu sur terre à l'époque actuelle, on ne l'aurait sans doute pas crucifié. Il aurait pu finir ses jours au bout d'une corde ou être simplement fusillé. Un milliard de personnes prieraient devant un nœud coulant ou une balle de fusil plutôt que devant un crucifix... on ne parlerait pas de croisades, mais de pendades ou de fusillades... et on appellerait peut-être le Christ Jésus-Pendu... »

Un débat animé s'instaura. Ajattara proposa que l'on prenne modèle sur les chrétiens et qu'on envoie un dieu sur la terre, comme Jésus avait jadis été envoyé en Israël. Ukko Ylijumala avait justement un fils, Rutja ! Ou fallait-il que les femmes partent convertir les Finnois ?

L'idée d'Ajattara plut aux dieux. Effectivement, Rutja pourrait aller en Finlande ! Même s'il ne parvenait pas à reconvertir le peuple à la vraie foi d'antan, il était important d'avoir plus de précisions sur le mode de vie des Finnois et surtout sur le christianisme, et Rutja pourrait au moins s'acquitter de cette mission.

« Et si les Finnois crucifient Rutja ? » demanda gravement Ilmarinen.

Cela donna à réfléchir. Il était vrai que Rutja risquait d'être pendu ou fusillé, les croyants étaient très prompts à tuer. Qu'en pensait Rutja lui-même ? Était-il prêt à partir ou avait-il peur ?

Le dieu de l'Orage regarda pensivement son fils. Était-il de taille à parcourir le monde ?

Rutja, velu, la stature imposante, se leva. Il portait une cape en fourrure d'ours, une coiffure de plumes de rapace et un gourdin noueux à la ceinture. Il regarda calmement son père et les autres dieux puis dit d'une voix puissante :

« Je suis prêt à tout. »

Les yeux d'Ajattara brillèrent et un demi-sourire flotta un instant sur le visage de l'éblouissante déesse. Le cœur de Rutja sauta dans sa poitrine, et il répéta :

« Absolument tout ! »

Sampsa Pellervoinen fit alors remarquer que l'on ne pouvait pas envoyer Rutja tel quel en Finlande. Il tranchait trop sur le commun des mortels, était inutilement grand, poilu et terrifiant. Quand les gens le verraient, ils prendraient peur et sa mission de conversion échouerait. Ou ils l'abattraient tout de suite, ce qui n'était pas non plus le but recherché. Ce n'était pas parce que Jésus avait été sacrifié en son temps qu'il fallait envoyer Rutja se faire tuer en Finlande.

Ronkoteus suggéra que Rutja choisisse un homme avec lequel il pourrait changer de peau à son arrivée en Finlande. Un dieu pouvait certainement faire cela, les esprits avaient déjà circulé sur terre dans des corps d'homme, pourquoi pas maintenant, surtout pour la bonne cause.

Ukko Ylijumala se dressa, fit signe à son fils d'approcher et dit :

« Rutja, tu iras chez les Finnois ! Conduis-toi là-bas comme le doit le fils du dieu de l'Orage, sois dieu et homme. Quand ton œuvre sera accomplie, tu pourras remonter au ciel et je te donnerai Ajattara pour épouse. Mais si tu discrédites mon nom, que la foudre te réduise en cendres. »

Rutja se prosterna devant le dieu de l'Orage. Une grosse larme brilla dans son franc regard quand il reçut la bénédiction de son père. Le chœur des dieux prononça la clôture de la réunion :

*Grand Ukko Ylijumala,*
*maître des cieux tumultueux,*
*va expédier son fils sur terre,*
*envoyer Rutja aux Finnois !*

La séance s'acheva par un orage tonitruant. La tempête se déchaîna sur toute la Finlande. Les éclairs zébraient le ciel, il pleuvait comme à l'heure du Déluge, les gens craignaient pour leur vie. Les services météorologiques n'avaient absolument pas su prévoir cette tourmente. Le lendemain, le météorologue attitré de la télévision, Erkki Harjama, expliqua l'événement pendant une demi-heure et jura que cela ne se reproduirait pas.

« On n'a pas reçu les photos satellite à temps. C'est à cause de la poste... »

Sampsa Ronkainen fut réveillé par l'orage, dans son magasin d'antiquités de la rue Iso Roobert. Le ciel de la capitale était blanc d'éclairs, les caniveaux débordaient, les gens couraient d'un porche à l'autre, un tramway était immobilisé au milieu de la rue. On entendait au loin le hurlement lugubre d'une sirène.

## 3

Sampsa Ronkainen s'éveilla tôt le matin, vers six heures, dans son arrière-boutique. L'orage avait rafraîchi l'air, il se sentait léger. Il prépara du café filtre, se fit deux tartines de fromage et ouvrit le journal du matin. « Les Chinois envisagent de rehausser la muraille de Chine », « Congrès mondial des humoristes à Dortmund », « Le Président a participé à une course en sac à Veteli », « Déclaration des mères célibataires sur les dangers de l'union libre. » Après avoir lu le journal, Sampsa entreprit de poncer au papier de verre extra-fin une quenouille de rouet ouvragée qu'il avait achetée la semaine précédente ; elle était de style carélien, de la fin du siècle dernier, apparemment, et avait besoin d'être remise à neuf. Il aimait ces moments de solitude matinale. Mme Moisander n'arriverait qu'après neuf heures et, à partir de là, la journée serait gâchée.

Sampsa avait installé son magasin d'antiquités dans un appartement de quatre pièces avec cuisine. Ce logement appartenait à sa famille depuis le début du siècle et se prêtait parfaitement à son commerce. Il y avait dans la même rue plusieurs magasins de brocante, de sombres capharnaüms ouvrant de plain-pied sur le trottoir, mais la boutique de Sampsa se détachait avantageusement du lot : elle était spacieuse et plutôt bien rangée, les objets étaient de qualité et bien présentés. Les meubles offerts à la vente se trouvaient dans l'entrée et la salle. La chambre de bonne et la grande chambre où Sampsa couchait lors de ses séjours à Helsinki faisaient office de réserve. Mme Moisander y avait aussi habité dix ans plus tôt, mais elle avait acheté depuis son propre appartement et ne régnait donc plus jour et nuit sur le magasin d'antiquités.

« Mme » Moisander, en réalité, n'avait pas droit à cette dénomination. Elle était mère célibataire et n'avait jamais réussi à se faire épouser. Elle avait pourtant essayé, apparemment par tous les moyens puisqu'elle avait cet enfant. Le père était sans doute un misérable, à moins qu'il n'eût simplement eu un éclair de lucidité au dernier moment ; en tout cas, il avait disparu. À cette époque, une quinzaine d'années plus tôt, Mme Moisander s'était trouvée dans une situation difficile. Un enfant est une lourde charge pour une femme seule, dans une grande ville.

Il y avait une dizaine d'années, Mme Moisander était entrée dans le magasin d'antiquités de Sampsa Ronkainen avec son fils de cinq ans. Elle cherchait un sommier à lattes d'occasion. Ronkainen n'en avait pas. Ce qu'il avait de moins cher, un lit de ferme Gustave III, coûtait dix fois le prix qu'elle pouvait payer. Sampsa eut pitié de la pauvre femme et de son enfant, qui avait la morve au nez et toussait comme s'il avait la coqueluche. Il promit de lui trouver un lit à un prix raisonnable et lui suggéra de repasser quelques jours plus tard. Pendant deux jours, Sampsa Ronkainen courut Helsinki à la recherche d'un sommier d'occasion, mais en vain. Chez Emmaüs, il y avait quelques sommiers métalliques à bout de souffle, toutes sortes de canapés et de lits de camp, mais pas de sommier à lattes bon marché. Sampsa, finalement, en commanda un chez un marchand de meubles. Quand on le lui eut livré, il fit disparaître le carton d'emballage et donna quelques coups au cadre pour lui donner l'air usagé. Il n'osait pas reconnaître qu'il avait été incapable de trouver le lit promis. Quand Mme Moisander vint avec son fils chercher le sommier, Sampsa offrit de louer une camionnette pour le transporter. Il s'avéra que Mme Moisander habitait tout près, rue Punavuori. Inutile de prendre un véhicule pour un simple sommier. La dame déclara qu'elle pouvait très bien le porter elle-même jusque chez elle, à condition que son fils puisse rester dans le magasin pendant ce temps.

Pas du tout, Sampsa voulait l'aider. On assit le garçon sur le lit et on partit le porter rue Punavuori.

Devant la *Brasserie du Pot*, Mme Moisander, qui marchait derrière, trébucha et s'étala de tout son long sur le trottoir. Le meuble cogna bruyamment le sol et l'enfant roula sur sa mère. Sampsa lâcha prise, l'un des pieds avant cassa et l'arrière heurta la mâchoire de la malheureuse mère célibataire, qui se décrocha. Le garçon hurlait tout ce qu'il savait, Mme Moisander saignait du nez et ne parvenait pas à articuler un mot. Le

46

portier de la *Brasserie du Pot* appela une ambulance, mais quand elle arriva, les ambulanciers refusèrent d'emmener Mme Moisander, car elle n'était blessée qu'à la mandibule et pouvait donc aller à l'hôpital par ses propres moyens. Mme Moisander fut prise d'une telle colère qu'elle se mit à crier et à injurier les ambulanciers, avec tant de vigueur que sa mâchoire se remit en place d'un claquement. L'ambulance s'en fut. Sampsa posa le sommier contre le mur du restaurant et proposa une bière à la dame et une glace au garçon.

Cinq glaces et encore bien plus de bières plus tard, on décida de reprendre la route. On s'aperçut alors que le sommier avait été volé pendant que Sampsa réconfortait la pauvre mère célibataire. Celle-ci invita malgré tout l'antiquaire à l'accompagner chez elle, à un pâté de maisons de là. Elle était sous-locataire d'une misérable chambre et, pour son malheur, son propriétaire était justement là. Il sentit l'odeur de la bière et commença à tempêter contre la vie dissolue des gens : comme ça, on buvait en plein milieu de la journée et on amenait des hommes chez lui, alors qu'il était convenu qu'on ne devait même pas fumer dans la chambre. Sampsa sortit à reculons. Mme Moisander le rejoignit bientôt en courant, son fils en pleurs dans les bras, reniflant elle aussi rageusement. Elle avait d'ailleurs de bonnes raisons d'être bouleversée. Elle n'avait pas d'argent, plus de logement, et même pas de lit. Et sa mâchoire était si sensible que pleurer lui faisait mal.

Sampsa ne pouvait évidemment pas laisser la malheureuse à la rue avec son enfant. Il leur permit d'habiter provisoirement dans l'arrière-boutique du magasin d'antiquités. Tout dans la vie de Mme Moisander semblait ainsi rentré dans l'ordre, d'autant plus que Sampsa l'embaucha comme vendeuse. Il avait besoin d'une assistante, car il devait aussi s'occuper du domaine de Ronkaila, à Isteri, et parcourir le pays pour acheter des antiquités.

De fil en aiguille, Sampsa se réveilla un jour dans le même lit que Mme Moisander. Cela devint une habitude, pendant quelques mois, jusqu'à ce qu'elle décide qu'elle avait été contrainte et forcée d'accepter cette situation.

Sampsa, qui s'imaginait être le bienfaiteur de Mme Moisander, apprit qu'il était en réalité son bourreau. Un vil séducteur qui profitait d'une pauvre mère célibataire dans le besoin.

Petit à petit, cette femme avait envahi l'existence de Sampsa. Elle l'accusait d'avoir détruit sa vie, et s'il tentait de lui expliquer qu'elle pouvait prendre ses cliques et ses claques et disparaître, elle faisait un raffut de tous les diables. Mme Moisander était une hystérique hors pair qui avait réussi, au fil des ans, à asservir son patron au point qu'il ne savait plus, d'elle ou de lui, à qui appartenait le magasin.

Une fois, Sampsa avait décidé de réagir. Il avait renvoyé son assistante et menacé de jeter son linge sur le trottoir. Mme Moisander s'était précipitée dehors pour se mettre à hurler dans la rue, si bien que Sampsa avait été obligé de la supplier de revenir. Elle avait menacé de se faire admettre à l'hôpital psychiatrique de Lapinlahti — où elle avait apparemment déjà fait deux séjours avant son arrivée au magasin d'antiquités — si son patron avait encore le malheur de parler de renvoi. Sampsa était terrifié à l'idée que son assistante, en pleine crise d'hystérie, puisse expliquer aux médecins qu'elle avait perdu l'esprit à cause d'un licenciement sans pitié.

Mme Moisander tenait la comptabilité du magasin d'antiquités avec tant de laisser-aller et de malhonnêteté que Sampsa vivait dans la crainte de se retrouver en prison pour fausses factures et fraude fiscale. Elle tirait parti de cette peur de façon éhontée, lui extorquant des augmentations de salaire, jusqu'à ce qu'enfin Sampsa soit entièrement en son pouvoir. Quand le fils Moisander avait fêté ses quinze ans, Sampsa avait dû lui offrir une moto d'occasion. Sinon, la dame aurait téléphoné à l'inspection des impôts et dénoncé Sampsa pour non-paiement de l'impôt sur le chiffre d'affaires.

Sampsa Ronkainen, malgré tout, tenait obstinément son magasin d'antiquités. Il adorait les vieux objets et collectionnait notamment le mobilier Empire. Il avait réuni de nombreux meubles Gustave III. Dans les époques plus récentes, il avait aussi un faible pour l'Art nouveau. Sampsa déployait beaucoup d'efforts pour rassembler des ensembles complets. La reconstitution d'un salon pouvait lui prendre deux ou trois ans. Il y avait aussi dans son magasin beaucoup d'objets plus petits, de la verrerie, de la porcelaine, de l'artisanat paysan. Rien que dans ce domaine, il avait près de deux cents quenouilles ouvragées. Aucun autre magasin d'antiquités ne pouvait se targuer d'en posséder autant. De plus, les quenouilles de Sampsa étaient très anciennes et en excellent état, elles auraient sans problème pu servir à filer.

Peu avant dix heures, Mme Moisander arriva sur son lieu de travail. C'était une femme de trente-cinq ans, maigre et sèche, vêtue de gris, parcimonieusement maquillée. Elle jeta son sac gris sur le portemanteau de l'entrée et coassa :

« Ça sent la poussière et le renfermé. Ce que je peux détester ce bric-à-brac moisi ! »

Sampsa ne prit pas la peine de répondre. Il était vain de faire remarquer à la Moisander que si elle haïssait son travail, elle pouvait aller ailleurs. Elle n'avait jamais envisagé sérieusement une telle solution. Elle se complaisait dans l'amertume.

« La vie est vraiment dure pour une mère célibataire, soupira-t-elle en passant dans la cuisine. Mais tu ne peux pas comprendre, tu n'as jamais eu à t'occuper de personne. »

Sampsa ne put s'empêcher de rétorquer que, d'après ce qu'il savait, le fils Moisander était majeur et passait son temps à rouler à tombeau ouvert sur la moto qu'il lui avait achetée ; sa mère n'était donc plus exactement chargée de famille et sans soutien.

« La responsabilité d'une mère n'a pas de fin », déclara Mme Moisander en peignant ses fins cheveux raides. Sampsa se dit que si on rassemblait ces cheveux en chignon et que l'on y plante une aiguille à tricoter, le résultat serait assez horrible. Si en plus on lui mettait un monocle et des bas négligemment plissés, on pourrait vendre la Moisander comme une antiquité... « mère célibataire de style fonctionnaliste, restaurée avec soin, garantie chiante ».

« L'inspection des impôts a appelé hier. Ça me fait penser que tu pourrais me donner un peu plus de vacances cette année. »

Sampsa se demanda quel rapport il pouvait bien y avoir entre les deux choses.

« Ils prétendent que tu vends des trucs au noir. Qu'est-ce que tu en dis ?

— Tu vends. » Sampsa lui-même ne vendait rien, n'avait rien vendu depuis des années, il avait bien assez à faire pour approvisionner le magasin. C'était Mme Moisander la vendeuse, l'argent était entre ses mains. Régulièrement, à cette époque de l'année, elle tirait de sa manche la carte de l'inspection des impôts. Cette fois-ci, elle espérait gagner avec cet atout un surplus de vacances. Sampsa soupira.

« Tu as déjà six semaines de vacances l'été, plus une semaine l'hiver. Ça ne te suffit pas ? Cette boutique ne rapporte pas des mille et des cents, tu le sais aussi bien que moi. »

Mme Moisander désigna un canapé Empire dans la salle.

« Tu n'as qu'à vendre cette horreur.

— Il est hors de question que je m'en sépare, aboya Sampsa. Tu ne comprends pas que c'est l'élément de base d'un salon complet. Où allons-nous, si on n'arrive pas à réunir au moins un ensemble de valeur par an ! Je vais crouler à cause de toi, ce magasin va faire faillite. »

L'attention de Mme Moisander se porta sur une statue de bois de un mètre de haut environ, qui trônait au milieu de la salle. Elle représentait une silhouette aux yeux bridés, au front fuyant et au rictus cruel, grossièrement sculptée dans du bois de pin.

« Et qu'est-ce que c'est que ce bout de bois ?

— C'est un fétiche.

— Un fétiche ? Quel fétiche ? C'est de l'Art nouveau ? »

Sampsa ne prit pas la peine de lui expliquer. L'inculture de la Moisander le dégoûtait. Il s'était donné un mal fou pour lui apprendre à reconnaître les principaux styles. Mais il lui arrivait encore de confondre l'Empire et le Renaissance, sans parler du fonctionnalisme et du Jugendstil.

« Je vais le prendre à Isteri, il n'est pas à vendre, annonça Sampsa en désignant le fétiche.

— Parfait, je ne vais quand même pas me mettre à vendre des bûches ici. »

Sampsa emballa la sculpture et la porta dans sa fourgonnette. Il repartit pour la campagne, le cœur lourd. L'inspection des impôts avait effectivement très bien pu téléphoner au magasin. Il faudrait fermer pour l'été avant qu'un polyvalent ne vienne y fourrer son nez et poser toutes sortes de questions.

Cela ne l'enchantait pas de rouler vers Ronkaila, où l'attendaient Anelma, Sirkka et sa chiffe de « frère », mais à cause de la Moisander, il ne voulait pas non plus rester en ville. Telle était la vie de Sampsa Ronkainen. Marécageuse d'un côté, vaseuse de l'autre.

Sampsa imagina soudain ce qui arriverait à ces désagréables personnages s'ils se retrouvaient après leur mort dans l'au-delà, en Tuonela. Là au moins, ils auraient enfin ce qu'ils méritaient. On chargerait les bonnes femmes sur un radeau et elles descendraient le fleuve bouillonnant, droit vers Horna. Sampsa songea qu'il ne serait pas mauvais qu'un esprit malfaisant pique le troupeau de femelles aux fesses avec une fourche brûlante, et le « frère » de Sirkka Leppäkoski pouvait bien en avoir sa part... Il serait bon de les voir tous fouler les braises ardentes de la forge de

Tuonela, jour et nuit... Ils boiraient pour étancher leur soif la sueur diluée et réchauffée des démons et se nourriraient d'œufs de grenouille, de laitance de crapaud de Horna...

Sampsa était d'un peu meilleure humeur en arrivant à Isteri. Il gara sa voiture devant le bâtiment principal de Ronkaila, porta le fétiche dans la bibliothèque où il passait le plus clair de son temps, le sortit de son emballage et se demanda ce qu'il allait en faire. Peut-être pourrait-il essayer de lui parler.

Le fétiche venait de Kittilä, du bord du lac Pallas, sans doute sculpté par un Lapon. Une figure divine d'une grande valeur, bien plus précieuse, par exemple, qu'une de ces icônes volées à la cour du tsar que l'on introduisait de temps à autre en Finlande en contrebande et que l'on vendait au prix fort à de riches collectionneurs. Déprimé, Sampsa songea que l'on ne paierait pourtant presque rien pour ce fétiche. Ce n'était pas un article très demandé, même s'il s'agissait de l'image d'un véritable dieu et non d'un simple saint, comme une icône.

## 4

Sampsa Ronkainen regarda mélancoliquement le fétiche vermoulu. Il se demandait qu'en faire, où le mettre ? Il aurait fallu le badigeonner d'un produit pour protéger le bois, afin que le vieux dieu de la Pêche ne pourrisse pas complètement, mais un tel traitement était-il bien convenable ?

Les chambres du haut étaient pleines de vieilleries. Il y avait une demi-douzaine de rouets, des dizaines de quenouilles craquelées, de vieux meubles, des fauteuils auxquels il manquait un pied ou un accoudoir, des berceaux fendus, des barattes sans fond, des vases ébréchés... tout un bric-à-brac qui attendait d'être réparé. Sampsa s'occupait lui-même de remettre ces objets en état. Dès qu'il en avait restauré suffisamment, il les chargeait dans sa fourgonnette et les emportait à Helsinki, où Mme Moisander essayait de les vendre. Quant aux meubles de style qui avaient besoin d'être recouverts, Sampsa les envoyait à un tapissier d'Olari. Lui-même préparait le terrain en enlevant les vieilles peintures et les anciens tissus et en recollant les morceaux cassés.

Le fétiche grimaçant regardait Sampsa et les vieux meubles délabrés. Il ne semblait guère à sa place au milieu des objets destinés à la vente. Il avait l'air bien trop humain. Il paraissait, avec son rictus, vouloir dire à Sampsa que ce n'était pas la peine de s'en faire à cause de Mme Moisander, d'Anelma, de Sirkka ou de son « frère ». Les fétiches sont ainsi, ils sentent ce que pense leur propriétaire. S'ils n'avaient pas ce don, à quoi serviraient-ils ? Se donnerait-on même la peine de sculpter un fétiche qui ne comprendrait pas les soucis des humains ?

La vie de Sampsa était sur bien des plans dans l'impasse. Après l'été, il faudrait fermer définitivement le magasin d'antiquités. S'il en arrivait là, presque tous ses revenus se tariraient et cela signifierait qu'il faudrait aussi vendre le domaine de Ronkaila. Sinon en totalité, du moins plusieurs grandes parcelles de forêt. Il resterait le bâtiment principal, le nouveau pavillon, Anelma, Sirkka... Sampsa soupira lourdement. Il regarda l'érable de la cour, qui atteignait la fenêtre de la bibliothèque. Il pouvait rester des heures, parfois, à contempler le feuillage de l'arbre s'agiter doucement.

On entendit à l'extrémité du nouveau pavillon le tintement aigrelet de la cloche du déjeuner. Elle ne conviait jamais Sampsa à un repas. Il faisait table à part, mangeant comme un homme sans femme ce qu'il trouvait dans ses placards. Anelma avait coutume de sonner la cloche quand elle voulait lui parler. Elle ne venait pratiquement jamais discuter de ses affaires dans l'ancien bâtiment, qu'elle croyait hanté. Elle tira donc la corde de la cloche jusqu'à ce que Sampsa s'énerve et ouvre la fenêtre de la bibliothèque. Elle cria :

« Nous allons organiser un barbecue dimanche prochain ! J'ai fait la liste des courses, tu t'en occuperas la prochaine fois que tu iras au bourg. »

Elle posa la feuille de papier sur la balustrade de la véranda, avec une soucoupe dessus pour que le vent ne l'emporte pas.

Sampsa cria qu'il ne voulait pas entendre parler de fêtes et que d'ailleurs il n'avait pas les moyens.

« Vends du bois ! On a déjà envoyé les invitations et tout. Sois gentil et occupe-toi de ça, toi qui as une voiture. »

Sampsa referma la fenêtre. C'était chaque fois la même chose. On lui donnait des ordres détestables auxquels il était encore et toujours supposé obéir. Il pouvait imaginer ce que lui coûterait cette fois encore le barbecue. Quinze bouteilles de vin rouge, de la bière, de la baguette française, des salades, des fromages, des saucisses... cinq cents marks suffiraient à peine. Le pire était que le week-end suivant serait gâché. Le jardin résonnerait de cris, les portes claqueraient, des imbéciles éméchés poufferaient sous les arbres, la musique retentirait tard dans la nuit.

Sampsa décida d'acheter du vin aussi aigre que possible. Et s'il prenait du vin sans alcool ? Il y ajouterait quelques cuillerées d'huile de ricin, et les invités d'Anelma et de Sirkka courraient tout le week-end aux toilettes, piétinant dans la merde.

Sampsa eut une idée : il allait mettre le fétiche

dans la forêt, sur le rocher auprès duquel son père, le vieux maître de Ronkaila, lui avait jadis enseigné à se prosterner devant le dieu de l'Orage. Sampsa considérait la grande pierre comme sa table de sacrifice et avait coutume, quand le monde se faisait trop cruel, d'organiser de petites cérémonies pour le dieu de l'Orage. Un brasier sur la pile de pierres, un peu de nourriture dans le feu, peut-être une goutte d'alcool dans les flammes... cela faisait du bien.

Sampsa enveloppa le dieu de la Pêche dans du papier, glissa une petite flasque de whisky dans la poche de poitrine de sa veste et sortit. Il entra dans un pré avec l'intention de couper le long des fossés de drainage jusqu'à la lisière de la forêt. Un tracteur rouge ronronnait dans le champ. Le voisin, Nyberg, travaillait sur les terres de Ronkaila. Il épandait apparemment un produit contre les mauvaises herbes : il y avait derrière le tracteur un grand réservoir en plastique, d'où jaillissait un brouillard de liquide empoisonné. Depuis des années, Sampsa avait été contraint de louer ses terres à Nyberg, qui les cultivait et les considérait comme siennes. Le voisin était un rougeaud d'une soixantaine d'années, au parler méchant. On racontait qu'il avait de nombreux morts sur la conscience, ayant été pendant la guerre gardien d'un camp de prisonniers.

Nyberg marchandait continuellement pour faire baisser le loyer, se plaignant que les champs s'étaient appauvris depuis l'époque du père Ronkainen. Pourtant, il s'était enrichi au fil des ans, comme fermier de Sampsa, et se trouvait être maintenant l'homme le plus fortuné du village. Sampsa aurait voulu louer ses terres à d'autres fermiers, pour changer, mais Nyberg s'y opposait. « Tu ne loueras pas à d'autres des parcelles que j'ai mises en état. Si tu les cultives toi-même, c'est ton affaire, mais si tu les laisses à un étranger, rendez-vous au tribunal. »

Sampsa ne tenait pas du tout à rencontrer Nyberg et il tentait déjà de s'enfoncer dans la forêt quand le voisin l'aperçut et dirigea son tracteur vers lui. Sampsa dut attendre au bout du champ que Nyberg arrive, éteigne son moteur et saute de la cabine, plein d'entrain.

« Sacré Sampsa ! Et comment se vendent les quenouilles, rigola le voisin. Écoute, je me disais, si j'installais des drains dans ce champ-ci aussi ? De nos jours, ce n'est plus rentable de cultiver un champ coupé de fossés, avec les grosses machines et le reste. »

Sampsa savait qu'il n'avait pas les moyens d'installer des drains dans tous ses champs. Il déclara d'une voix posée que si les champs normaux ne convenaient pas à Nyberg, il pouvait louer des terres drainées en sous-sol à ceux qui en avaient.

« N'essaie pas de jouer au plus fin, Sampsa. Je te faisais juste une suggestion, en bon voisin. Ces champs vont se retrouver en jachère, à ce train-là, crois-moi.

— Peut-être, reconnut Sampsa. Mais je n'ai pas les moyens d'installer des drains. »

Nyberg changea de sujet. Il expliqua ce qu'il avait l'intention de faire à l'automne, tout de suite après les moissons.

« Je vais reprendre les champs au bord de la rivière et les planter. On va mettre un nouveau pont sur le canal, à l'automne, d'accord ? Tu achètes les anneaux de béton et moi je les poserai. Et écoute, je me suis un peu promené dans ta forêt. Si on marquait quelques troncs, j'aurais besoin de bois pour agrandir la porcherie. Tu pourrais me les vendre sur pied, on n'a qu'à aller y faire un tour, comme ça tu verras.

— Je n'avais pas vraiment l'intention de me mettre à vendre du bois. »

Nyberg rit comme si Sampsa venait de balancer une bonne blague.

« Qui parle de vente ! Et ce n'est pas non plus la peine d'en parler au percepteur, je scierai les arbres discrètement. Je les compterai ensuite dans le loyer, et puis je te donnerai des pommes de terre. Tu passeras dans notre cave chaque fois que tu voudras, de nuit si tu préfères ! Je ne vais pas demander le prix fort à un voisin pour des patates. »

Sampsa devina que Nyberg essayait encore une fois de lui extorquer des matériaux de construction pour sa porcherie au prix de quelques kilos de pommes de terre pourries. Quel culot. Pas étonnant que des types comme ça se retrouvent gardiens de camps de prisonniers et battent ensuite les gens à mort entre les barbelés.

Sampsa pensa au père de Nyberg, qui était un homme sympathique ; le bonhomme, dans les années 30, avait troqué son nom suédois contre celui, finnois, d'Uusimäki[1]. Mais le fils avait

---

1. Uusimäki est l'équivalent finnois du suédois Nyberg, en français Montagneneuve. Depuis la fin du siècle dernier, sous l'influence des « fennomanes » et du néoromantisme national, de nombreux Finlandais portant des noms d'origine suédoise les ont traduits en finnois.

repris l'ancien nom. On verrait bien ce que ferait le petit-fils, s'il revenait au finnois.

Nyberg remarqua le paquet que Sampsa avait sous le bras.

« Qu'est-ce que tu as dans ce colis ? Pas des quenouilles, au moins ? »

Sampsa réfléchit. S'il répondait que ce n'était qu'un bloc de bois, cela entraînerait d'autres questions. Un bloc de bois ? Pour quoi faire, où vas-tu avec un billot ? Et s'il disait qu'il y avait un drain dans le paquet, Nyberg aurait évidemment tout de suite l'idée de demander pourquoi Sampsa avait emballé le tuyau dans du papier ? Était-ce un tuyau si secret qu'on ne pouvait le dévoiler à son voisin ?

« C'est juste un fétiche, non traité, mais en bon état. »

Nyberg resta un moment songeur. Puis il bougonna laconiquement, l'air renfrogné, que très bien, si c'était un fétiche. Il fallait bien sûr des fétiches, dans un si grand domaine.

« Réfléchis à ces histoires de coupe de bois, et il faudra se décider à poser des drains l'été prochain au plus tard. Tu me connais, inutile d'essayer de m'avoir ! »

Nyberg remonta sur son tracteur, démarra et reprit l'épandage de son poison. Sampsa s'enfonça dans la forêt, se fraya un chemin dans le sous-bois jusqu'au lieu des jeux de son enfance. Agacé, il s'assit sur le rocher sacrificiel. Il ôta le papier qui entourait le fétiche, le froissa en boule et le disposa sur le tas de pierres. Puis il ramassa des brindilles sèches, alluma le papier et regarda un moment les flammes, distraitement. Quand le bûcher eut pris, Sampsa posa le fétiche sur le rocher, à deux mètres du feu, tira de sa poche la bouteille de whisky et versa une partie du liquide ambré dans les flammes. L alcool s'enflamma aussitôt en ronflant. Sampsa fit couler le restant de la bouteille sur la roche chaude, où il se répandit, flambant, dans les crevasses de la pierre, vestiges de l'ère glaciaire. Sampsa se mit à quatre pattes, approcha sa bouche du whisky brûlant, huma et trempa la langue dans le liquide bouillant. Il jeta un coup d'œil au fétiche et songea que c'était sans doute là son seul ami. La grossière idole, au moins, ne lui demandait pas à chaque instant des services ou de l'argent.

Le feu s'éteignit bientôt, le whisky disparut dans la mousse et le rituel prit fin. Sampsa s'assit sur une souche. Il repensa à Nyberg. Quand le voisin aurait fini de répandre son poison, il irait à l'épicerie du village, achèterait quelques bouteilles de bière et en boirait une dans le magasin. Il y raconterait d'une voix forte qu'il était tombé sur La Quenouille, ha ha ! Il se promenait dans les bois avec un fétiche, vous vous rendez compte ! « En voilà un drôle de type, quand même. Si j'avais un domaine comme le sien, eh bien merde, je ne vendrais pas des quenouilles. Enfin, chacun fait ce qu'il veut. Je ne veux pas dire du mal des gens derrière leur dos, mais je prétends quand même, nom de dieu, que le domaine est vraiment tombé entre les mains d'un bon à rien. »

Après cela, dans la boutique, on analyserait plus en détail le délabrement de Ronkaila. On donnerait son avis sur le peignoir d'Anelma, on s'apitoierait sur l'impéritie de Sampsa, on commenterait les éternels barbecues et tout ce

qui, dans la maison, étonnait et dérangeait.
« Nous autres, dans notre jardin, c'est plutôt la
fête à l'arrosage et à l'arrachage des mauvaises
herbes », dirait une des commères du village.
Pour finir, on s'intéresserait aux affaires de cœur
de Sampsa et on rirait aux larmes de l'illégitime
maîtresse de Ronkaila. « Allez savoir si le maître
du domaine a seulement profité une seule fois
des faveurs de l'artiste. »

De tels propos parvenaient sans cesse aux
oreilles de Sampsa. Bien qu'il n'en tînt guère
compte, ils le déprimaient, car la vie était déjà
bien assez difficile. Sampsa rêvait parfois de voir
une bombe à neutrons tomber sur le village
d'Isteri. Elle tuerait raide tous les villageois, qui
s'écrouleraient au hasard. Anelma et Sirkka
pourraient y passer, et jusqu'au dernier être
vivant d'Isteri. Les maisons et les objets reste-
raient là, intacts, on n'aurait plus, après l'ex-
plosion, qu'à emporter les corps des habitants.
Cinquante corbillards arriveraient en même
temps dans le village, et il y aurait suffisamment
de cadavres pour les remplir tous. Un convoi
funèbre de plusieurs kilomètres de long parcour-
rait en colonne silencieuse la grand-rue, les voitures noires tangueraient sous le poids des gros
paysans. Lentement et dignement, le cortège
s'éloignerait du village, sur lequel descendrait
enfin un délectable silence complet. Il ne resterait que Sampsa et le fétiche, contre qui la
bombe à neutrons ne pourrait rien.

En y réfléchissant, cela ne ferait pas de mal de
lâcher aussi quelques bombes sur le quartier de
Punavuori, à Helsinki, et pourquoi pas sur toute
la Finlande. Ce peuple d'exploiteurs médisants

pouvait crever sans descendance. Ha ! Seuls des villes et des villages déserts témoigneraient qu'un peuple y avait vécu un jour, qui n'existait heureusement plus. Sa médiocre culture sombrerait dans l'oubli avec les morts. Le monde ne se souviendrait plus d'aucun record sportif battu par des Finnois et ce serait sacrément bien fait.

Sampsa caressa le visage de bois gris et le crâne noueux du fétiche. La sculpture gardait encore la chaleur du bûcher. Dans la fraîcheur de la sapinière, elle semblait fraternelle, amicale. Sampsa lui dit :

« Tiens-toi là et aide-moi chaque fois que tu pourras. »

Le fétiche grimaça. Il ne dit rien, mais on voyait à sa figure qu'on pouvait lui faire confiance.

Machinalement, Sampsa se mit à réciter un bout de poème qu'il avait jadis entendu dans la bouche de son père.

*À toi Ukko Ylijumala,*
*maître des cieux tumultueux...*

Soudain le rocher trembla, le fétiche roula sur le flanc. Sous ses pieds, au plus profond du royaume des esprits souterrains, Sampsa entendit la roche éclater dans un sourd grondement et au-dessus de sa tête, un éclair fulminant fendit le beau ciel d'été, descendant droit vers lui. La foudre se ramassa en boule au pied des sapins, comme si elle cherchait où exploser. Arrivée devant Sampsa, elle bondit, craqua, puis éclata en mille morceaux.

Là où un instant plus tôt grésillait une boule de

feu soufrée, se tenait maintenant un grand homme brun, drapé dans une épaisse cape en peau d'ours.

Rutja, le fils du dieu de l'Orage, était descendu du ciel. Pour affaires en Finlande.

## 5

Le dieu Rutja, imposant et terrifiant, se dressait sur le rocher, tenant le fétiche de bois à la main. Sampsa, en état de choc, fixait l'apparition aux senteurs d'ozone. Qui cela pouvait-il bien être, qui donc était apparu sur la roche sacrificielle dans un tel fracas ? Rutja leva la main d'un geste apaisant.

« Je suis Rutja, le fils du dieu de l'Orage. Ne crains rien. »

Sampsa était malgré tout terrifié. Rien de pareil ne lui était jamais arrivé, même dans ses rêves les plus délirants. Il avait envie de prendre ses jambes à son cou, mais d'un autre côté, cela risquait peut-être d'irriter l'étrange apparition hirsute. En fait, Sampsa ne savait que faire, s'enfuir ou se jeter sur le sol moussu en implorant pitié. Cet être à l'air féroce était-il seulement humain ?

Rutja s'assit sur le rocher sacrificiel sans plus s'occuper de Sampsa Ronkainen, debout au pied de la table de pierre. Ils restèrent ainsi un long moment, peut-être une bonne quinzaine de minutes. Rutja pensait qu'il fallait laisser à l'homme le temps de réfléchir et de reprendre ses esprits.

Sampsa réfléchissait, en effet. Il lorgnait craintivement Rutja, sur son rocher, mais comme celui-ci, loin de se jeter sur lui, restait tranquillement assis, sa peur commença à refluer. Des milliers d'idées folles eurent cependant le temps de lui traverser la tête avant que Rutja ne descende du rocher et lui adresse la parole.

« Tu dois être Sampsa Ronkainen », s'enquit Rutja avec bienveillance. Sampsa acquiesça humblement, il était bien Ronkainen.

« Bien ! Maintenant que tu es un peu calmé, il faut que je t'explique ce que tout ceci signifie. »

Rutja révéla qu'il y avait encore dans le ciel beaucoup d'anciens dieux des Finnois et qu'il avait été envoyé en Finlande pour se renseigner sur les opinions religieuses de la population.

« Comme les Finnois ne croient plus guère dans leurs vrais dieux, on m'a chargé de les remettre dans le droit chemin. »

Rutja expliqua que l'un d'eux, Sampsa Pellervoinen, écoutait depuis des années les prières de Sampsa Ronkainen et que c'était lui qui le lui avait recommandé.

« Ukko m'a expédié ici sur le dos d'un éclair. Je serais bien venu dès hier, mais tu étais à Helsinki, dans ton magasin d'antiquités. Si j'avais déboulé là-bas, toute la boutique se serait écroulée. Heureusement que tu as eu l'idée de venir dans la forêt, aujourd'hui — ici c'était facile. Descendre du ciel sur la terre n'est pas si simple, de nos jours, avec ces maisons de pierre. Les murs ont tendance à s'effondrer, et puis les gens s'affolent pour rien. »

Sampsa se força à prendre les choses calmement. Si l'on raisonnait froidement, il fallait se rendre à l'évidence : il s'agissait de l'apparition d'un dieu sur la terre, au sens propre.

L'idée en imposait. Les tempes vous serraient, à y réfléchir. Quand le dieu des chrétiens, jadis, était apparu à Jacob, ce dernier était endormi. Et pourtant, Jacob avait eu la frayeur de sa vie. Sampsa était parfaitement éveillé, il n'était donc pas étonnant qu'il fût bouleversé.

Rutja s'assit sur la souche à côté de Sampsa.

« Les Finnois sont fidèles à Jésus, comme tu le sais, dit-il avec une certaine irritation. Et toi, qu'en est-il, crois-tu en moi ? »

Sampsa confessa dévotement sa foi en Rutja. Moins de tonnerre et d'éclairs aurait suffi, sa foi était aussi ferme que possible. Rutja pouvait en être sûr. Toute sa vie, Sampsa avait cru dans les anciens dieux finnois, son père lui avait enseigné cette religion dès l'âge de quinze ans. À l'instant même, Sampsa avait prié les divinités ancestrales au pied de cette roche sacrificielle, avait fait du feu sur le petit autel de pierre, avait porté là un fétiche, une vieille effigie du dieu de la Pêche, avait versé du whisky sur le rocher, l'avait enflammé et bu...

Sampsa prit la bouteille vide dans la mousse, la tendit à Rutja et dit d'une voix tremblante :

« Sens, j'ai sacrifié toute la bouteille... »

Rutja se satisfit de cette profession de foi. C'était un bon début pour son entreprise de conversion de la Finlande. Il annonça qu'il avait l'intention de conclure un pacte avec Sampsa : ils échangeraient leurs enveloppes charnelles, puis Sampsa lui céderait tout ce qu'il possédait et l'aiderait autant qu'il le pourrait. Quand Rutja, le moment venu, retournerait au ciel, Sampsa retrouverait tout ce qui lui appartenait, et quand il se présenterait à son heure au bord du fleuve de Tuonela, il serait récompensé pour tout ce qu'il aurait fait.

Un culte chamanique serait célébré sur-le-champ, car c'est ainsi que l'on conclut les pactes avec les dieux.

Sampsa essaya de dire qu'il ne se sentait certainement pas digne de passer contrat avec le fils du dieu de l'Orage en personne... il était un individu insignifiant, endetté, toujours traité d'incapable... Rutja ne ferait-il pas mieux de se trouver un interlocuteur plus valable ? Sampsa souhaitait pouvoir vivre en paix, aussi modestement et discrètement que possible.

Rutja balaya ces objections d'un geste négligent.

« Tu n'es pas moins humain qu'un autre. Tu feras parfaitement l'affaire. Tu aurais pu être un peu plus grand et plus musclé, mais je pense que je me débrouillerai avec ton corps. »

Rutja mesura Sampsa du regard. L'homme était mince, à peine de taille moyenne et donc nettement plus frêle que lui. Le changement de peau serait long et douloureux... il faudrait utiliser la force brute, décida Rutja avant de se lancer dans l'explication du côté pratique de l'opération.

« On va se servir de ce vieux fétiche... accroupis-toi devant lui et récite quelque chose de pieux. Le mieux serait que tu te mettes à crier et à panteler, on se mettra plus vite dans l'ambiance. »

Sampsa fit ce que Rutja lui conseillait. Le fils

du dieu de l'Orage, quant à lui, grimpa sur le rocher et se mit à sauter, crier et gesticuler comme un chaman. De temps à autre, il frappait le flanc des sapins de son gourdin noueux, faisant craquer l'écorce. Au bout d'un moment, la table de pierre se mit à gronder sourdement et une légère odeur d'ozone se répandit dans l'air.

Rutja redoubla de cris et de gestes. Son ardeur se communiqua à Sampsa, qui sentit son corps devenir étonnamment léger et vigoureux ; il monta lui aussi sur le rocher, où il se lança avec Rutja dans une folle polka. Entre eux se tenait le fétiche, qui avait perdu son habituelle bonhomie : il avait l'air effrayant, grimaçant comme un esprit malfaisant.

Le rocher trembla, la forêt et le monde entier se mirent à danser devant les yeux de Sampsa. Soudain, Rutja le saisit dans ses bras, ouvrit toute grande son énorme bouche barbue et commença à le dévorer. Leurs corps s'entre-pénétrèrent, comme deux serpents s'avalant l'un l'autre. Jamais au monde il n'y eut étreinte plus formidable. Rutja mangeait Sampsa, Sampsa mangeait Rutja. Ils se coulaient implacablement dans la peau l'un de l'autre, soufflant, gémissant, les membres agités de soubresauts violents.

Ce terrifiant spectacle dura plus d'une demi-heure, jusqu'à ce que les deux corps aient disparu dans le ventre l'un de l'autre. Enfin, deux hommes épuisés, trempés de sueur, se retrouvèrent assis sur le rocher, Rutja et Sampsa. Le Finnois et son dieu.

Sampsa se regarda avec étonnement. Il avait maintenant le corps du fils du dieu de l'Orage, son manteau de fourrure et son chapeau moussu.

Il tenait à la main un lourd gourdin et était chaussé de mocassins d'écorce goudronnée. Il éprouvait une sensation étrange. Il était fatigué, mais n'avait plus du tout peur. Il était maintenant courageux et fort, fier et solide. Pour une fois, il se sentait l'égal des dieux !

Rutja rajusta son pantalon, le pantalon de Sampsa Ronkainen. La veste le serrait un peu aux épaules. Son corps était petit par rapport à l'ancien, mais son esprit semblait courir avec plus d'agilité, comme celui des hommes. Sa voix aussi avait changé, sa langue n'était plus aussi rugueuse qu'au bord du fleuve de Tuonela.

« Ça s'est bien passé, finalement, même si ça a été dur, constata Rutja. Les femmes de la terre prétendent que l'accouchement est un acte de création difficile. Je veux bien les croire. Mais si elles devaient avaler un homme adulte et accoucher d'elles-mêmes en plus, elles sauraient comment nous nous sentons maintenant. »

Sampsa s'inquiéta du côté pratique des choses.

« J'ai un magasin d'antiquités et un domaine... je ne peux pas me montrer comme ça. Les gens prendraient peur, on me jetterait en prison, ou au moins dans un asile. »

Rutja répliqua que c'était bien pour cela qu'ils avaient changé de peau. Il ne convenait pas de se promener parmi les hommes sous l'aspect d'un dieu. Dorénavant, Rutja vivrait la vie de Sampsa, s'occuperait du domaine et du magasin d'antiquités. Sampsa pourrait prendre des vacances et se reposer. L'essentiel était qu'il reste hors de vue et laisse Rutja agir.

« Tu peux me faire confiance. Je suis capable

d'occuper la place de n'importe quel Finnois »,
déclara Rutja.

Sampsa reconnut que tenir son rôle n'exigeait
pas un grand talent. Il était plutôt satisfait de la
tournure des choses, en fait. Il pourrait maintenant se consacrer en toute tranquillité à la res-
tauration de ses vieux meubles. Il pourrait lire de
la bonne littérature, prendre des vacances, pares-
ser et méditer calmement sur l'existence. Le fils
du dieu de l'Orage en personne le remplaçait sur
l'échiquier de la vie. Aucun être vivant ne pouvait
espérer meilleur suppléant. Sampsa demanda à
Rutja pourquoi il avait choisi ce moyen pour se
manifester sur terre. L'incarnation avait été une
rude épreuve, n'y aurait-il pas eu de moyen plus
facile ?

Rutja expliqua que l'on avait bien envisagé, au
ciel, de l'envoyer sous forme d'embryon dans la
matrice d'une femme, par une sorte de conception éclair que l'on avait parfois pratiquée auprès
des peuples finno-ougriens. Mais la méthode,
d'ailleurs utilisée jadis dans le cas de Jésus, était
relativement lente.

« Ce Jésus n'est-il pas né bébé dans une quelconque famille de bergers, et n'a-t-il pas grandi
comme un enfant ordinaire ? Ce n'est que vers
trente ans qu'il a pu réellement accomplir sa mission. À mon avis, le processus est trop lent et
incertain. J'aurais pu mourir à ma naissance, ou
d'une maladie infantile... non, ce système-ci est
bien meilleur. Ce que je ne comprends pas, c'est
pourquoi diantre ce dieu des luthériens a laissé
occire son propre fils ? Jésus a bien été crucifié,
n'est-ce pas ? »

Sampsa expliqua que c'était une question de

71

pardon. Que Jésus s'était sacrifié pour l'humanité quand on l'avait tué. Il avait souffert pour racheter les péchés du monde.

Rutja réfléchit. Selon lui, un tel sacrifice n'avait guère de sens.

« J'ai l'impression que les rapports entre Jésus et son père n'étaient pas très bons. S'il m'arrivait la même chose, c'est-à-dire si on me condamnait à mort, Ukko Ylijumala ne me laisserait pas assassiner comme ça. En dernier recours, il mettrait le feu à la croix en la foudroyant. Enfin, cette histoire ne me regarde pas. Peut-être ce Jésus était-il d'un si bon naturel qu'il s'est sacrifié avec plaisir. Qui sait, avec ces dieux étrangers. Un type spécial, en tout cas. »

Fatigués par leur mise au monde, Rutja et Sampsa paressèrent tout l'après-midi sur le rocher sacrificiel. Ils bavardèrent de choses et d'autres. Sampsa parla du président de la République finlandaise, de la politique extérieure, de la vie économique, des relations entre hommes et femmes, du chiffre de la population et d'autres choses que Rutja ignorait ou sur lesquelles ses renseignements étaient totalement dépassés. On convint aussi que Sampsa laisserait sa comptabilité à Rutja, lui remettrait les clés de sa voiture, de son magasin d'antiquités et de sa maison et l'aiderait au début autant qu'il le pourrait.

« Les Finnois sont des gens simples, tu t'entendras facilement avec eux », prédit Sampsa.

La nuit venue, ils se faufilèrent à travers la forêt jusqu'à Ronkaila. Ils laissèrent le dieu de la Pêche sur le rocher baigné de brume nocturne, promettant de passer le saluer de temps à autre.

Le visage du fétiche de bois avait retrouvé son habituel sourire grimaçant.

Arrivé dans la cour de Ronkaila, Rutja regarda d'un air critique sa nouvelle demeure sur terre. Aux yeux du dieu, le bâtiment le plus ancien, surtout, avait l'air en bien mauvais état. Rutja fit remarquer à Sampsa qu'il faudrait rénover la bâtisse, maintenant qu'elle allait être habitée par une divinité, par le propre fils du dieu de l'Orage. Sampsa se plaignit de n'avoir pu maintenir le domaine en bon état, par manque de fonds. S'il avait su qu'un dieu s'installerait un jour dans la maison, il aurait bien entendu entretenu l'endroit avec soin, mais comment deviner une chose pareille ? Les maisons vivent leur vie, les dieux viennent à leur heure.

Les hommes passèrent près du puits. Rutja demanda à Sampsa de tirer un peu d'eau.

« Chevaucher cet éclair m'a donné une de ces soifs. Et l'accouchement aussi a été fatigant », nota le fils du dieu de l'Orage.

Sampsa tira du puits un seau d'eau claire et fraîche. Le dieu assoiffé but à grands traits, s'essuya la bouche et déclara satisfait :

« Voilà donc quel goût a l'eau terrestre. La dernière fois que j'ai bu, c'était dans le fleuve de Tuonela. Ses flots sont plutôt sombres... son eau est amère comparée à celle-ci. »

Les hommes montèrent à l'étage du vieux bâtiment et se couchèrent, car Rutja devait être en forme le lendemain. Il débuterait dans le métier d'agriculteur et d'antiquaire, et entamerait son travail d'espion céleste et d'agitateur à la solde d'Ukko Ylijumala.

# 6

Les dieux ne dorment pas. Malgré les efforts qu'avait exigé le changement de peau, Sampsa, à minuit passé, ne trouvait pas le sommeil. Rutja, par contre, bâillait sans retenue. Dès qu'il fut dans la maison, il alla s'étendre sur son lit.

« Je me demande si je ne suis pas malade, j'ai les mâchoires qui me tirent bizarrement », s'interrogea-t-il en bâillant d'un air préoccupé. Sampsa le rassura — les humains passaient en général le tiers de leur vie à dormir. Le sommeil se situait pendant la nuit, quand il fait généralement noir et qu'il n'y a de toute façon rien de plus important à faire. De la sorte, on rassemblait des forces pour le jour suivant. L'organisme humain avait besoin de sommeil.

Rutja médita la chose. On amassait donc des forces en dormant. Le truc devait être assez peu efficace — à voir à quel point il avait sommeil, on aurait pu espérer des muscles plus développés. Sampsa reconnut que son corps n'était pas au meilleur de sa forme, il avait négligé de le soigner.

« Tu peux soulever des haltères et faire du jog-

74

ging, si tu veux être plus fort. Mais maintenant il faut dormir, pour être d'attaque demain. »

Le matin suivant, Sampsa prépara dans la grande cuisine de la vieille maison un appétissant petit déjeuner. Lui-même n'avait pas faim. Il conclut que cela venait de son nouveau corps divin. Apparemment, on ne mangeait pas dans le ciel. On ne s'y sustentait que de nourritures spirituelles.

Rutja goûta avec méfiance au repas. Sampsa lui expliqua qu'il s'agissait d'aliments, dont les humains avaient besoin pour leur organisme comme combustible, comme énergie, de même que de sommeil. Plus tard, Rutja devrait aussi aller aux toilettes pour expulser les résidus solides et évacuer les déchets liquides.

« Cela peut paraître contraignant, mais on s'y habitue. »

Rutja croqua une grande bouchée de pain au jambon et se mit à la mastiquer.

« Alors c'est ça, la nourriture des humains. De quoi cela se compose-t-il, exactement ? Ça, sur le dessus, c'est manifestement de la viande, non ? »

Sampsa expliqua que Rutja avait dans la main un morceau de pain à base de céréales, recouvert de beurre, autrement dit de lait de vache baratté, d'un bout de fromage également préparé à partir de lait et, sur le fromage, de deux tranches de jambon, c'est-à-dire de viande de porc fumée à froid. Il y avait aussi sur la table un œuf à la coque, des fruits et bien entendu du thé. La boisson était de l'eau bouillante dans laquelle on avait jeté des feuilles de théier séchées et du sucre — lui-même tiré d'une plante à longues cannes. On avait aussi pressé dans l'infusion

75

quelques gouttes de citron, un fruit qui poussait sur les branches des citronniers et qui donnait du jus. Dans ce jus, il y avait des vitamines dont le corps humain avait besoin autant que de nourriture et de sommeil.

« Pas mal. Si j'arrive à reconvertir les Finnois à leur ancienne foi, j'ordonnerai que l'on offre désormais en sacrifice des petits déjeuners et non plus des viscères de rennes sanguinolents ou des entrailles de poissons puantes, dont les dieux n'ont strictement rien à faire. »

Rutja mangea tout ce qui lui était servi. Puis il rota, s'étira et demanda comment les hommes savaient quand ils devaient aller déféquer.

Sampsa expliqua que l'on sentait alors comme un poids dans l'abdomen. Le rectum faisait des mouvements inconscients caractéristiques, que l'on percevait pour peu que l'on fût attentif. On remarquait de même que l'on avait besoin d'uriner au fait que l'on se sentait la vessie pleine et que celle-ci envoyait des signaux au reste de l'organisme.

« Je crois que je dois aller aux cabinets », constata Rutja. Sampsa lui indiqua le chemin jusqu'au fond du jardin et lui expliqua comment procéder. Rutja n'avait qu'à appeler s'il avait des problèmes. Sampsa promit de garder la fenêtre de la bibliothèque ouverte pour parer à toute éventualité.

Rutja n'avait jamais mis les pieds dans des lieux d'aisances campagnards. En des milliers d'années, il n'avait jamais ressenti le moindre besoin d'aller à la selle. Il regarda les cabinets et constata qu'il avait dans sa mémoire — c'est-à-dire dans la mémoire héritée de Sampsa Ronkainen — une image relativement claire de la manière de s'y comporter. Le fond de l'édicule était équipé d'un banc dans lequel on avait aménagé un trou de la forme du derrière. Rutja baissa son pantalon sur ses chevilles et s'assit sur le trou. Puis il poussa. Le corps de Ronkainen se mit à fonctionner de la façon attendue. En fait, l'opération procurait un certain bien-être. Rutja se rappela avoir un jour entendu Ägräs affirmer que les chrétiens considéraient comme un péché tout ce qui était agréable. Apparemment, aller aux cabinets était donc un péché pour les chrétiens, puisqu'on en éprouvait un tel soulagement. C'était étonnant qu'on n'en parlât pas plus dans la doctrine chrétienne. Peut-être le péché était-il secret, le fait de faire ses besoins dans la solitude le laissait penser. Double morale, constata Rutja.

Après avoir laissé tomber ses besoins dans le trou, Rutja aperçut devant lui un rouleau de papier accroché au mur. Il savait qu'il s'agissait de papier dit hygiénique. Le fils du dieu de l'Orage déchira un morceau de la taille voulue et s'essuya le derrière. Il se demanda un moment où mettre le papier après usage. Il sentait mauvais, on ne pouvait pas le glisser dans sa poche pour s'en resservir la fois suivante. Comme il n'y avait guère d'autre endroit, Rutja laissa tomber le papier dans le trou des toilettes. Puis il ferma le couvercle et boucla la ceinture de son pantalon. Les choses étaient en ordre, se dit-il. Il était assez fier de lui. Ägräs, par exemple, savait-il se débrouiller seul aux cabinets, tout dieu des Plaisirs qu'il fût ? Cela vaudrait la peine de le lui demander, à l'occasion.

Alors que Rutja, revenant des cabinets, traversait la cour, Anelma Ronkainen-Kullberg surgit en robe de chambre sur les marches du nouveau pavillon. Elle portait d'étranges rouleaux sur la tête. Quelle femme peu soignée et d'apparence désagréable, se surprit à penser Rutja.

« Sampsa ! Où t'es-tu caché toute la journée d'hier ? Je t'avais pourtant dit de t'occuper des courses, c'était assez clair, non. »

Rutja n'avait aucun souvenir de ce genre. Anelma tempêta :

« Tu t'imagines que j'aurais la force de porter tous ces vins et ces salades et ces baguettes et ces saucissons ? Ce serait vraiment le comble ! »

Rutja s'approcha. Telle était donc la sœur qui lui avait été donnée. Rutja savait pas mal de choses sur Anelma, tout était imprimé dans la mémoire léguée par Sampsa. Mais en la voyant pour la première fois, il se sentit déprimé. Il s'attendait quand même à un peu mieux. Dire qu'il lui avait fallu se retrouver dans la peau de quelqu'un doté d'un tel épouvantail pour sœur.

« Qu'est-ce que tu as à me regarder comme ça ! Va à l'épicerie dès qu'elle ouvrira, puis au bourg acheter de la bière et du vin !

— Vas-y toi-même », lança Rutja irrité. À son avis, le fils du dieu de l'Orage avait mieux à faire que les courses d'une dentiste au chômage.

Anelma piqua une colère noire. C'était la première fois que Sampsa osait protester avec autant de fermeté. Elle se mit à crier et hurler comme une folle aux oreilles de Rutja.

Ce dernier songea que même au fin fond des plus profondes grottes de Tuonela on ne supportait pas de tels glapissements. Si par malheur un défunt s'y conduisait avec autant de sans-gêne,

Lempo faisait claquer sa ceinture sur ses fesses nues, et s'il ne se calmait pas, les maahinens et autres esprits malins lui sautaient dessus, lui tirant les cheveux et les oreilles et le piquant de leurs tisonniers jusqu'à ce que la paix revienne à Tuonela. Décidé à lui donner une petite leçon, Rutja empoigna sans ménagement l'oreille d'Anelma, qui ne se la fit pas tirer longtemps. Elle roula dans l'herbe de la cour, manquant d'étouffer de rage et de surprise. Sampsa avait levé la main sur elle, sur une femme !

Rutja lui tourna le dos et entra dans la maison. La scène de la cour l'avait irrité. Il avait pour mission de convertir les Finnois à la vraie foi et pas de se colleter avec des bonnes femmes hystériques. Il dit à Sampsa :

« Quelle teigne, ta sœur. Nous n'en avons pas de comme ça, dans le ciel. Enfin, il y a bien Rauni, mais même elle n'est pas si mauvaise. »

Sampsa fit remarquer que la prise de contact avec Anelma n'augurait rien de bon. On ne pouvait jamais savoir, avec sa sœur, ce qu'elle inventerait. Mais l'algarade de la cour n'intéressait plus Rutja ; il se vanta de sa visite aux cabinets :

« Ça c'est bien passé, on aurait dit que j'avais déféqué toute ma vie. Aucun problème ! »

Sampsa suggéra que Rutja aille se laver, les humains avaient l'habitude de faire leur toilette avant de commencer la journée.

Rutja tomba des nues. Se laver ? Se mouiller avec de l'eau ? Pour quoi faire ?

Sampsa apporta à Rutja une cuvette dans laquelle il versa de l'eau chaude. Il lui donna une serviette et de quoi se raser. Dans le vieux bâtiment, il n'y avait aucune commodité, ce qui dans ce cas valait peut-être aussi bien, car Rutja n'aurait sans doute pas accepté d'entrée de jeu de prendre une douche.

« La saleté, qu'est-ce que c'est ? »

Sampsa expliqua que les humains se salissaient régulièrement, pour diverses raisons. Les pores de la peau sécrétaient un liquide invisible que l'on appelait la sueur. Elle sentait mauvais et c'est pour cela qu'on la lavait tous les jours. En plus de la sueur, des choses et d'autres s'accrochaient au fil de la journée à la peau... de la poussière, de la boue, des poils, des pellicules, du cérumen, un peu de tout. Avec la sueur, cela formait la saleté, qu'il fallait enlever de temps à autre.

Rutja se lava, bien qu'il ne comprît pas pourquoi l'homme devait transpirer.

« Ukko Ylijumala a certainement fait une erreur de conception... faire sécréter cette horrible sueur aux humains. Incompréhensible. »

Puis il se rasa, se révélant relativement habile dans cet exercice.

« Je me demandais aussi pourquoi tu n'avais pas de barbe. Je pensais que tu devais être un peu bizarre, comme homme, mais maintenant j'ai compris. Tu rases ta barbe au fur et à mesure qu'elle pousse. Pourquoi fait-on cela ? Tu ne te tonds pas les cheveux, alors pourquoi les poils du menton ?

— C'est une question de mode. Parfois la barbe est au goût du jour, parfois on exige des hommes du monde qu'ils aient le menton glabre.

— Curieux », s'étonna Rutja. À son avis, les humains avaient beaucoup de coutumes inutiles.

Pas étonnant qu'ils ne réalisent rien de vraiment marquant, s'ils passaient leur temps à manger, déféquer, se laver et même se raser une fois par jour.

Sampsa proposa du déodorant à Rutja en lui conseillant de s'en badigeonner les aisselles.

« Non ! Je ne vais quand même pas me mettre à me parfumer, ce serait contre nature. »

Selon Rutja, l'idée d'utiliser un parfum était aussi insensée que si les humains s'étaient peints de couleurs vives pour faire plus joli.

Sampsa lui apprit que les femmes agissaient ainsi, justement. Elles peignaient leurs lèvres et leurs ongles en rouge, et se couvraient le visage de poudre rose.

« Les femmes peignent jusqu'à leurs cils, crois-moi si tu veux ! »

Rutja fut estomaqué ! Quelle ineptie essayait-on de lui faire avaler ! Les femmes peindraient leurs lèvres ! N'était-ce pas complètement dément ? Pourquoi fallait-il précisément teindre en rouge les muqueuses ? Pourquoi étaler la couleur directement sur la bouche ? C'était grotesque. Rutja demanda si les femmes peignaient aussi leurs autres muqueuses, organes génitaux et anus ?

Sampsa déclara qu'à sa connaissance, elles n'allaient pas jusque-là. Il prit un livre et se mit à lire.

Rutja fut captivé et demanda à voir l'ouvrage.

« Je me trompe ou ces petits gribouillis disposés en longues lignes sont des lettres ? C'est un livre ? »

Sampsa confirma que Rutja tenait bien entre ses mains un livre composé de lettres qui formaient des mots. Quelques mots sur une ligne exprimaient une phrase, une pensée. Le tout constituait en fin de compte un livre.

« Voyons si je sais lire », s'enthousiasma Rutja. Il tourna l'ouvrage à l'endroit, fixa les petits caractères et se mit à lire. Au début, il ânonna, mais il savait lire, puisque Sampsa savait. Rutja trouvait extraordinaire que d'aussi petits signes pussent contenir des idées, que la lecture permît de prendre connaissance du contenu du livre.

« Quelle étrange invention ! C'est toi, Sampsa, qui l'as faite ? Tu commences à me plaire, chez nous dans le ciel, personne ne sait lire. Nous n'avons même pas de livres. »

Sampsa expliqua que l'écriture et l'imprimerie avaient été inventées des centaines d'années plus tôt. On produisait les livres dans des sortes d'usines, où on les imprimait à la machine. Il n'y avait en tout qu'une trentaine de lettres. On en faisait des mots, puis des phrases, et ainsi de suite.

Rutja réfléchit. N'était-ce pas terriblement fastidieux d'assembler l'incroyable multitude de lettres qu'il fallait pour faire un livre ?

Sampsa raconta que l'on appelait écrivains les arrangeurs de lettres. Certaines personnes en faisaient leur métier.

« Ce doit être un travail épouvantable », soupira Rutja respectueusement. Est-ce qu'on dispose vraiment les caractères un à un dans les livres ? Ne pourrait-on pas imaginer de prendre par exemple 100 000 u et de les mettre dans le livre, d'un seul coup ? Puis autant de a, et ainsi de suite ?

Sampsa fit remarquer que chaque lettre devait être écrite individuellement, de manière à former des mots ayant un sens. Il était donc impossible de rationaliser le travail de l'écrivain. Il était ce qu'il était, on n'y pouvait rien.

« Heureusement, je suis un dieu et pas un écrivain », souffla Rutja soulagé. Puis il lut tout haut un extrait du livre qu'il avait en main, qui se trouvait être un ouvrage historique de Jukka Nevakivi sur la légion de Mourmansk[1].

*Au sein de la légion finlandaise, l'espoir de revenir en Finlande en vainqueurs s'était entre-temps évanoui, surtout après l'expédition de Paanajärvi, en janvier 1919. Les autres voies de retour se trouvant fermées, les chefs de la légion commencèrent à envisager de rester en Carélie orientale. Les Caréliens n'auraient sans doute rien eu contre, au contraire : si les légionnaires s'étaient installés à demeure dans la région, ils n'auraient sans doute pas accepté, ne serait-ce que pour des raisons de sécurité, de se disperser dans les zones peu peuplées voisines de la Finlande ; ils se seraient vraisemblablement concentrés près de la frontière russe, dans les exploitations forestières et les scieries situées le long de la voie ferrée et sur les rives de la mer Blanche, qu'ils connaissaient déjà et où ils auraient eu la possibilité d'exercer leur métier habituel. L'idée correspondait aux projets d'implantation de colons présentés au gouvernement*

---

1. Pendant la guerre civile de 1918, groupe constitué par des Rouges ayant fui la Finlande et par des bûcherons et autres ouvriers travaillant aux alentours de la voie ferrée de Mourmansk.

*révolutionnaire[1] par Tokoï[2] et Gylling[3] et — ce qui est à noter — à l'idée d'une commune de travailleurs de Carélie orientale déjà envisagée par Gylling. Tant le gouvernement de Russie du Nord formé sous la protection des Britanniques que les émigrés caréliens installés en Finlande s'opposaient à cette idée — fait propre à rapprocher encore les activistes rouges des légions finlandaise et carélienne.*

Rutja, songeur, reposa le livre. Le texte qu'il venait de lire lui avait fait une profonde impression. Il alla à la bibliothèque, regarda les reliures qui s'alignaient par dizaines et se gratta la tête.

« Tout ça, ce sont donc des livres ? Pleins de lettres ! Vraiment prodigieux ! »

---

1. Gouvernement révolutionnaire finlandais formé en 1918 à Helsinki, réfugié après la victoire des Blancs à Vyborg puis Saint-Pétersbourg.
2. Éphémère président socialiste de la commission économique du Sénat, autrement dit chef du gouvernement finlandais, en 1917.
3. Réfugié rouge finlandais, futur dirigeant de la Fédération des communes de travailleurs qui donnera naissance à la R.S.S.A. de Carélie.

## 7

Au cours de la matinée, Sampsa Ronkainen raconta sa vie à Rutja Ronkainen — non parce qu'il voulait se confesser à son dieu, mais dans un souci éducatif. Il était bon que le fils du dieu de l'Orage se familiarise avec son nouveau personnage humain. Sampsa expliqua en quoi consistait son travail de propriétaire d'un domaine à l'abandon et d'un magasin d'antiquités à Helsinki. Il remit à Rutja les clés de Ronkaila, ainsi que celles de sa voiture et du magasin. Il exposa ses principes commerciaux et montra à Rutja les archives et les documents ayant trait au domaine. Il sortit sa garde-robe et présenta ses costumes et ses manteaux, son linge, ses cravates, ses chaussures et le reste de ses effets personnels, jusqu'à ses accessoires de toilette, ses porte-documents, son portefeuille et son porte-monnaie. Ces modestes affaires ne satisfirent pas vraiment Rutja, qui demanda à Sampsa s'il n'avait pas d'autres costumes, en meilleur tissu ? Avait-il au moins une vraie fourrure d'ours ? Non, dut avouer Sampsa. Sa sacoche aussi était usée, mais c'était quand même du cuir.

Rutja engrangeait avec zèle les rudiments de la condition humaine. Deux personnalités cohabitaient en lui, celle de Sampsa Ronkainen et la sienne, divine. L'apprentissage de son nouveau rôle ne semblait pas lui poser de problèmes. Souvent, Rutja demandait des précisions sur ce qu'on lui expliquait, par exemple à propos de la conduite automobile :

« On entre donc dans la voiture par la porte avant gauche et on s'installe devant un volant circulaire qui sert à diriger le véhicule, c'est bien ça ? On appuie du pied sur la pédale d'embrayage et, avec la clé, on actionne le démarreur qui met le moteur en route ?

— Exactement, répondit Sampsa.

— Avec la main droite, on manipule une tige surmontée d'une boule fixée au plancher — le levier de vitesse, n'est-ce pas ? On regarde à travers la vitre transparente à l'avant de la voiture... et on y va ? On débraie et la voiture vous emmène, c'est-à-dire qu'elle vous transporte d'un endroit à un autre ? »

Sampsa expliqua que l'on conduisait généralement le long de voies réservées à cet effet. L'important était de toujours rouler à droite. Cette règle fondamentale était inscrite dans le code de la route.

« Les routes sont bordées de panneaux de signalisation qui règlent la circulation. Si le conducteur ne connaît pas l'itinéraire qu'il emprunte, il peut l'étudier à l'avance sur une carte. Aux carrefours, il vaut mieux ralentir et vérifier que personne n'arrive au même moment d'un côté ou de l'autre. Si on oublie, on risque d'avoir un accident, avertit Sampsa.

— Tout est vraiment prévu », s'émerveilla Rutja.

Sampsa demanda à Rutja de prendre la voiture pour aller faire les courses au village. Il lui donna de l'argent, lui expliquant qu'on en avait besoin pour faire des achats. Rutja regarda le billet de cent marks d'un air incrédule.

« Et l'épicier va me donner de la nourriture et d'autres choses en échange de ce papier ? Tu es sûr ?

— Oui. »

Rutja fourra le porte-monnaie dans sa poche. « Ce marchand doit être stupide, pour échanger des comestibles contre du papier. Mais peut-être cela aussi fait-il partie des nouvelles mœurs des Finnois. »

Rutja partit s'essayer à la conduite. Par la fenêtre, Sampsa vit le fils du dieu de l'Orage faire deux fois le tour de la fourgonnette, trouver la portière avant, monter et mettre la voiture en marche. Le moteur hurla, en surrégime, Rutja appuyait trop carrément sur la pédale d'accélérateur. Sampsa songea que cela ne présageait rien de bon. Et si par malheur le fils du dieu de l'Orage avait un accident, ou se tuait, même. Qu'adviendrait-il de Sampsa, si on enterrait son corps et qu'il reste éternellement dans celui de Rutja ? Du moins n'avait-il pas besoin de nourriture ni d'autres commodités terrestres et sans doute était-il aussi immortel. Donc pas d'inquiétude à avoir.

Rutja recula dans la cour, faisant gicler le sable. Puis il dirigea la voiture vers l'allée de bouleaux et s'y engagea à vive allure. Il fut bientôt sur la route, la voiture disparut derrière la forêt.

À la cime des arbres flottait le nuage de poussière soulevé par le fils du dieu de l'Orage.

Rutja gardait les yeux braqués sur la chaussée qui se précipitait à sa rencontre, derrière le pare-brise. Il constata que la voiture était bruyante, le moteur ronflait et les pneus hurlaient dans les virages. La vitesse était surprenante, il fallait s'agripper au volant pour rester sur la route. Rutja chanta victoire. Il savait conduire ! Il avait su mener son affaire dans les cabinets au fond du jardin, il avait expulsé un remarquable volume de déjections ; il avait su manger son petit déjeuner et il était capable de lire et de se raser. Maintenant il conduisait une voiture. Le compteur marquait plus de cent. Était-ce peu ou beaucoup ? Rutja décida que c'était peu et donna des gaz. La fourgonnette se rua à travers le village ensoleillé. « Nous autres Finnois menons une vie bien agréable », songea Rutja en virant, pneus hurlants, devant l'épicerie.

Quand Rutja s'arrêta devant la boutique, une demi-douzaine de villageois y faisaient leurs courses. Ils eurent le temps d'échanger quelques propos malveillants sur son compte avant qu'il n'entre. « Tiens, La Quenouille est enfin réveillé » et « Voilà le garçon de courses d'Anelma. »

Rutja entra. Il détailla attentivement l'épicier et ses clients : « Voilà donc des Finnois, se dit-il. De ceux qu'il va falloir reconvertir à la vraie foi. »

Il y avait là Nyberg, le voisin, deux fermières d'âge moyen et quelques écoliers. Rutja donna cent marks au boutiquier et lui demanda de les échanger contre les marchandises inscrites sur la liste des commissions. Le marchand empila les produits dans un caddie, fit cliqueter sa caisse et rendit à Rutja quelques billets de dix et des pièces. Le fils du dieu de l'Orage regarda les billets. Le visage d'un vieil homme coiffé en brosse y figurait. Sur l'autre face, il y avait un animal étrange, un fauve dressé sur un sabre recourbé, qui brandissait une épée. La queue de la bête était joliment enroulée. À côté, on pouvait lire : Banque de Finlande, dix marks. Dans chaque coin du billet, il y avait encore la valeur du billet en chiffres.

Rutja mit l'argent dans son porte-monnaie. Il songea qu'il aurait compris à moins que le billet valait dix marks.

Il avait l'impression que l'on avait coutume de parler de choses et d'autres dans les épiceries de village, cela semblait aller de soi. Il demanda :

« Dis-moi, marchand, en quel dieu croient les gens, par ici ? »

L'épicier ouvrit des yeux ronds. Où diable Sampsa Ronkainen voulait-il en venir avec une question pareille ?

« Il me semble que la plupart croient en Dieu. En ce qui te concerne, je ne sais pas. »

Nyberg s'immisça dans la conversation.

« Quel blagueur, ce Sampsa. Un original. »

Rutja se tourna vers l'agriculteur. C'était donc là son locataire, Nyberg. Sampsa avait tant parlé de l'homme qu'il le reconnut aussitôt.

« C'est toi, Nyberg, le cultivateur de mes terres ? »

Nyberg, dérouté, grogna que, bien entendu, c'était lui Nyberg.

« J'ai dans l'idée de changer de fermier », laissa tomber Rutja.

Nyberg grogna une nouvelle fois, mais sur un autre ton. Qu'est-ce que cela voulait dire ?

« Ne commence pas à me menacer, Sampsa. Mes comptes sont à jour, tu n'as aucun droit de dénoncer unilatéralement le bail. »

Rutja fixa intensément Nyberg. Des éclairs fusèrent de ses yeux bleus, où transparurent le tempérament de feu du fils du dieu de l'Orage, le reflet de Tuonela et la lueur de Horna. Nyberg frissonna, détourna le regard et resta sans voix. Le murmure des conversations s'interrompit dans la boutique.

Rutja se tourna vers les deux ménagères. En quoi croyaient-elles ? En quel dieu ?

Les femmes sentaient qu'il se passait dans le magasin quelque chose d'étrange et de terrifiant. Elles pâlirent et confessèrent leur foi en Dieu et en son fils unique Jésus-Christ.

« Nous avons toujours été croyantes, le jeune maître de Ronkaila le sait bien », bafouillèrent-elles.

Rutja les regarda d'un air désapprobateur. Le peuple de Finlande était tombé bien bas si même ces bonnes femmes croyaient en un faux dieu. En ce qui le concernait, elles pouvaient d'ailleurs continuer, mais cela valait au moins la peine de ramener l'épicier à l'ancienne foi. Il pourrait ensuite remettre sa clientèle dans le droit chemin. Rutja se dit qu'il n'aurait pas le temps de convertir lui-même un à un tous les villageois. Il décida aussi que Nyberg devrait dorénavant adorer Ägräs, le dieu de la Fécondité, et surtout Sampsa Pellervoinen, l'esprit du printemps et de la fertilité. Il ne convenait pas que le fermier du fils du dieu de l'Orage continue de fréquenter l'église et de chanter dans un chœur hérétique.

« Si je te vois encore une seule fois à l'église,

Nyberg, je considérerai tes baux comme résiliés. Je vais t'apprendre à adorer Sampsa Pellervoinen, dorénavant. Pellervoinen est le seul véritable dieu des agriculteurs. »

Pour donner plus de poids à ses paroles, Rutja transperça Nyberg du regard. Le fermier recula sans un mot derrière la vitrine réfrigérée, sans oser lui rendre son regard. Rutja dit au marchand en quittant la boutique :

« Tu ferais bien de te mettre à adorer Paara. Il ne convient pas qu'un épicier de village finlandais parle de Jésus et d'autres dieux, alors que Paara existe. »

Tandis qu'il montait en voiture, Rutja vit apparaître plusieurs visages stupéfaits et craintifs entre les offres spéciales multicolores placardées sur la vitrine de la boutique. Même les adolescents, qui prenaient en général tous les vieux pour des imbéciles, se demandaient s'il fallait considérer l'antiquaire comme un débile complet ou comme un supermec aux nerfs d'acier à craindre et à éviter.

Rutja décida d'aller jusqu'au centre de Kallis voir l'église. Il serait bon de commencer sa mission en Finlande en visitant les lieux de culte de l'adversaire.

Au bout de quelques kilomètres, Rutja se rendit compte qu'il ne savait pas où il allait. Mieux valait se renseigner, pour ne pas faire de chemin inutile. Il bifurqua vers le jardin d'une maison sur la véranda de laquelle se tenait un couple — une femme et un homme. Rutja coupa le moteur de la voiture, baissa la vitre et demanda :

« Quelle route dois-je prendre... »

Rutja n'eut pas le temps d'en dire plus. Une

violente scène de ménage se déroulait sur la véranda. Le couple, d'une trentaine d'années, s'accusait mutuellement dans les termes les plus odieux. L'homme était assis dans un fauteuil en osier, l'air sombre, et prétendait que sa femme était une alcoolique, une pute, une cinglée et une mocheté. La femme expliqua à Rutja qu'il ne fallait pas faire attention, que son mari n'était qu'un jaloux, un pauvre type, un traîne-savates. Elle était ivre, lui à jeun. Rutja regarda les pieds de l'homme. Il ne portait pas de savates, ses pieds velus étaient nus.

Il tenta de calmer le couple. Il fit remarquer à la femme que son mari ne portait pas de savates, il était inutile de l'accuser de les traîner. À l'homme, il dit que boire était en général une très bonne chose, il y avait même dans le ciel un dieu qui aimait les ivrognes, Pelto-Pekka. Il n'y avait aucune raison d'adresser des reproches à une femme qui adorait Pelto-Pekka.

L'homme perdit définitivement son sang-froid en entendant parler de ce type, ce Pekka, qu'il ne connaissait pas, et la femme non plus n'apprécia guère les remarques de Rutja sur les pieds nus de son mari. Le vacarme prit de telles proportions que Rutja rentra la tête dans sa voiture, mit le moteur en marche et recula jusqu'à la route. Pédale au plancher, il partit droit devant lui, se disant que les Finnois étaient vraiment des gens bizarres, pour se disputer à propos de choses totalement dénuées d'intérêt, et avec plus de fureur que tous les diables de Horna.

La route sur laquelle le fils du dieu de l'Orage s'était engagé conduisait finalement bien au centre du bourg. Celui-ci était petit, privé de vie par la proximité de Helsinki. Deux grands magasins, quelques stations-service, des bâtiments scolaires et un institut de naturothérapie, c'était tout. L'église se voyait de loin. Une grande croix surplombait le toit du clocher, d'où Rutja conclut qu'il s'agissait du lieu de culte des chrétiens.

Il s'arrêta devant l'église, faisant voler le sable du cimetière. Il claqua la portière et emprunta l'allée menant au portail.

En se rendant en ce lieu, le fils du dieu de l'Orage entendait marquer qu'il n'avait pas l'intention de ravir ses disciples à Jésus en traître, derrière son dos. Rutja était sûr de sa force : Jésus n'avait qu'à bien se tenir.

## 8

D'après les renseignements de Rutja, il y avait près de deux mille ans que Jésus avait visité la terre. Il fallait donc tout ce temps pour qu'une religion prenne le statut de doctrine universelle dans l'esprit des gens. Rutja se rappelait que Jésus avait eu une trentaine d'années quand on l'avait crucifié. Allons, autant éviter un tel sort. Il valait mieux être prudent au début, s'il voulait conserver sa tête.

L'église de Kallis était petite, construite en bois et peinte en rouge. Son haut toit à double pente était recouvert de tuiles de bois goudronnées. Un campanile, à peine plus haut que le faîte de l'église, se dressait à côté d'elle. Les bâtiments et le cimetière étaient entourés d'un muret de pierres grises. Un chemin sablonneux menait du clocher au portail. Rutja fut irrité que les habitants de Kallis eussent bâti une aussi belle demeure pour un faux dieu. Quelque chose de plus modeste aurait suffi.

L'église était ouverte, mais déserte. Une allée centrale traversait la nef jusqu'à l'autel. Rutja estima que les bancs de bois de la salle pouvaient accueillir 300 ou 400 personnes. La porte principale était surmontée d'un balcon agrémenté d'orgues. À l'opposé, une peinture représentant le Christ en croix était accrochée au-dessus de l'autel. Rutja fut écœuré ; son collègue était représenté à la fin de son séjour terrestre. Jésus avait été mis à mort de façon cruelle : on lui avait planté des clous dans les mains et les pieds et enfoncé sur la tête une couronne d'épines. Rutja éprouva une confraternelle pitié. À son avis, il était assez répugnant de mettre un tel tableau au mur d'un lieu de culte. Les gens sont bizarres : d'abord ils tuent le fils de Dieu, puis sont saisis de remords et peignent une image grotesque de son corps. Pour finir, le sanglant portrait est exposé à la vue de tous à l'endroit le plus saint du temple.

« N'aurait-on pas pu faire un portrait plus convenable de Jésus », se demanda Rutja. Il lui traversa l'esprit que si on le tuait, il échapperait sans doute à la crucifixion, car la coutume était passée de mode, mais il pourrait être fusillé ou pendu. Il essaya d'imaginer une peinture d'autel représentant son propre corps pendu à la place de l'image de Jésus. L'idée était déprimante. Rutja, au bout d'une corde, sur le mur de l'église, le cou long de un demi-mètre... la perspective n'était nullement plus agréable que la vision de Jésus en croix. Tout aussi dégoûtant, songea-t-il, en s'asseyant sur un banc. Il valait mieux rester sur ses gardes, afin que ces idolâtres de Finnois ne mettent pas la main sur le fils du dieu de l'Orage.

Le regard de Rutja remonta le long de la paroi latérale. La chaire était ornée de savantes sculptures sur bois, rehaussées de dorures. Elle était placée si haut que l'on pouvait aisément tenir à l'œil les gens assis en bas.

« C'est apparemment de là-haut que le grand prêtre donne de la voix », se dit Rutja. Il voulut monter dans la chaire, mais y renonça, car la porte latérale de l'église venait de s'ouvrir et un vieux bonhomme aux cheveux blancs entrait à petits pas, vêtu d'un costume noir avec un rabat blanc sous le menton. Constatant qu'il y avait un visiteur, il vint bavarder, ravi. Rutja devina que le bonhomme devait être le grand prêtre de l'église.

« Je suis le pasteur Salonen, annonça le vieillard d'une voix avenante.

— Rutja Ronkainen, répondit Rutja.

— Rutja ? Quel curieux prénom, un surnom, peut-être ? » remarqua le pasteur.

Rutja déclara qu'il s'appelait en réalité Sampsa Ronkainen, mais qu'il utilisait parfois le nom de Rutja, dans un contexte religieux. Pour ramener la conversation sur des sujets moins délicats, il demanda combien l'église pouvait contenir de personnes. Salonen expliqua que si l'on comptait les places dans la galerie, on pouvait loger 420 âmes.

« Et il y a autant de monde tous les dimanches ?

— Si seulement cela arrivait, ne serait-ce que de temps en temps, soupira avec résignation l'homme d'Église. C'est beau s'il y a vingt fidèles en moyenne. Presque personne ne vient écouter la parole divine, sauf s'il s'agit d'un mariage ou de l'enterrement d'une célébrité. Le peuple a bien déserté les églises, ces dernières années, se plaignit le vieux pasteur.

— Alors il ne vient pas plus de monde que ça dans cet édifice, se réjouit Rutja.

— L'hiver dernier, le deuxième dimanche de février, si je me souviens bien, il n'y a eu personne pour assister au culte. Pas une âme ! Il y avait en même temps la grande course de trot attelé de l'hiver. C'était déprimant... avec le sacristain, nous avons attendu une demi-heure, mais comme personne ne venait, nous avons lu une courte prière et nous sommes partis. Je suis rentré prier chez moi, mais le sacristain est allé aux courses. »

Rutja médita l'histoire. La foi chrétienne n'était donc pas si forte, si l'on songeait que les courses de chevaux étaient jugées plus importantes que l'adoration de Jésus.

« Et il ne vous est pas venu à l'esprit d'aller célébrer l'office aux courses ? demanda Rutja.

— On ne peut quand même pas prêcher la parole de Dieu dans les rassemblements populaires profanes. Nous nous contentons d'implorer l'aide du Seigneur pour résoudre le problème, mais le matérialisme est si profondément enraciné dans le peuple finnois que nos plus ferventes prières ne semblent servir à rien. »

Rutja eut envie de faire remarquer que le défaut venait peut-être aussi des cérémonies de culte. Pour peu que l'on célèbre dans cette salle Ägräs ou Pelto-Pekka, par exemple, les gens accourraient par centaines. On grillerait des bœufs dans la nef centrale, des tonneaux de bière de mille litres en occuperaient les coins et, sur le balcon, le chaman frapperait sur son tambour tandis que la foule en folie danserait sur le plancher ; les gens se rouleraient par terre, nus, et les plus heureux des plus fervents tomberaient en transe... voilà qui serait agréable à Ägräs, comme aux autres dieux des Finnois.

Rutja ne formula cependant pas ses pensées à voix haute, car il savait que les grands prêtres des religions étrangères ne comprenaient rien aux bons vieux sacrifices ou, alors, trouvaient l'idée pécheresse et s'y opposaient de toutes leurs forces.

Rutja songea que si l'on transformait cette église en lieu de culte d'Ukko Ylijumala, les croyants ne se tiendraient pas assis sur les bancs, contrits et repentants, mais se réjouiraient du fruit de leur travail, sacrifieraient à Ukko les produits de la terre et des eaux, mangeraient et boiraient, chanteraient et se divertiraient.

Le dogme chrétien n'admettait pas les sacrifices, Dieu devait se contenter de prières. Le rite était austère et dépouillé, comme si un esprit pieux et un cœur pur ne pouvaient habiter que dans l'âme de gens simples et sombres. Au dire de Sampsa, la coutume voulait que l'on offrît dans les églises, en certaines occasions, une gorgée de vin aigrelet et une hostie au goût de carton. Aucune personne sensée ne pouvait être attirée par de telles victuailles, surtout si des courses de chevaux se tenaient par hasard au même moment. Aux courses, on trouvait au moins des saucisses chaudes, des demi-poulets grillés et du café ou de la bière, en plus de l'excitation du turf.

« Vous devriez inventer quelque chose pour intéresser les gens, dit Rutja au pasteur. Il me semble que votre rituel est un peu sec. Le peuple aime le pittoresque.

— Nous avons tout essayé. Nous organisons des réunions à la maison paroissiale, où nous servons du café et des rafraîchissements. Il y a parfois des conférences sur la Terre Sainte, avec des diapositives en couleurs, mais rien n'y fait. J'ai acquis la conviction que nos contemporains sont blasés. Leur foi n'est pas vivante, c'est là que le bât blesse. Ils ne craignent plus Dieu. »

Satisfait, Rutja prit congé. Le pouvoir de la religion chrétienne ne semblait pas inébranlable, finalement. Le peuple de Finlande avait déjà en grande partie renoncé à cette foi, il avait certainement constaté que la doctrine chrétienne ne le concernait pas réellement. Et comme les liens avec leur propre vraie foi étaient rompus, les gens perdaient leur temps dans de vaines courses de trot, au lieu de pratiquer l'extase rituelle en l'honneur d'Ukko Ylijumala.

« Nous devrions nous rencontrer un jour, pasteur Salonen. Vous pourriez venir à Isteri, au domaine de Ronkaila. Il serait très intéressant d'échanger des idées sur le dogme chrétien dans la Finlande d'aujourd'hui », dit Rutja en serrant la main du pasteur. Ce dernier regarda l'homme s'éloigner, soupira tristement puis regagna lentement la sacristie.

Rutja retourna à Isteri. Croisant Anelma, dans la cour, il l'entendit siffler :

« Espèce de porc ! »

Rutja ignora la colère de la femme et rentra dans l'ancienne demeure, où il entreprit de ranger ses achats dans le placard à provisions. Il héla Sampsa, à l'étage, pour qu'il vienne lui montrer comment cuisiner. Celui-ci descendit l'escalier, majestueusement drapé dans sa cape en peau d'ours. Rutja dut s'avouer que son personnage divin avait grande et belle allure.

Sampsa apprit au fils du dieu de l'Orage à préparer la soupe au cervelas. Il prit une casserole, la remplit d'eau, la posa sur le réchaud installé sur la vieille cuisinière à bois et demanda à Rutja d'éplucher des pommes de terre et d'autres tubercules. Lui-même coupa dans la casserole des tranches de cervelas, ajouta un peu de beurre, fit fondre dans l'eau deux cubes de bouillon de bœuf, saupoudra le tout de sel et d'une dizaine de grains de poivre, pour donner du goût au bouillon. Une demi-heure plus tard, une délicieuse odeur flottait dans la pièce. Rutja mangea avec appétit, sa visite à l'église lui avait donné une faim de loup.

Il raconta son expédition à l'épicerie du village et au bourg.

« Ce Salonen se plaignait amèrement de ce que les gens n'allaient plus à l'église. J'ai eu l'impression que vous autres Finnois êtes ballottés à tous vents, religieusement parlant. Vous ne semblez pas vous soucier du christianisme, mais de vos propres dieux non plus.

— Tu n'as pas froid aux yeux, d'aller dès le premier jour à l'église parler au pasteur, s'étonna Sampsa.

— Il faut bien commencer quelque part la conversion de l'humanité », constata Rutja.

Sampsa rapporta que l'épicier avait téléphoné, dans tous ses états.

« Il paraît que tu as menacé Nyberg. Tant mieux, moi je n'aurais jamais osé. L'épicier aussi avait l'air effrayé. »

Rutja lampait son potage. Il déclara que Nyberg avait l'air d'un type coriace.

« Ne prends pas ça mal, Sampsa, mais ton corps ne me semble pas très solide. Si je devais me battre avec Nyberg, j'aurais le dessous. »

Rutja montra à Sampsa ses propres biceps, qui n'étaient effectivement pas très développés.

« Tu aurais pu les faire travailler un peu plus. C'est embêtant, si le fils du dieu de l'Orage se fait battre par n'importe quel péquenot. »

Sampsa se demanda si c'était vraiment à coups de poing que l'on fondait de nouvelles religions.

« Mais si mon corps ne te suffit pas, rien ne t'empêche de t'engraisser, c'est-à-dire de m'engraisser, comme tu voudras. Prends une deuxième assiettée de soupe, dors bien et va par exemple faire un footing cet après-midi. Tu peux soulever des haltères, faire de la gymnastique et des tractions. En ce qui me concerne, tu peux même suivre des cours de karaté », grommela Sampsa.

Rutja lui fit remarquer qu'il était inutile de se fâcher. D'ailleurs, si Rutja améliorait sa forme, ce serait finalement Sampsa qui en profiterait. Quand ils rechangeraient de peau, il lui rendrait un corps plus musclé, en paiement de la location, en quelque sorte.

Rutja avala trois assiettées de soupe, rota, rassasié, et monta dans sa chambre faire la sieste. À son réveil, l'après-midi, il enfila des chaussures de sport et disparut dans la forêt au petit trot. Anelma, Sirkka et son « frère » le regardèrent ébahis traverser en courant le jardin. Jamais ils n'avaient vu Sampsa Ronkainen faire du jogging.

« Mon dieu, il a définitivement perdu la tête », se plaignit Anelma.

## 9

Après son footing, Rutja se lava et mangea, puis il demanda à Sampsa s'il avait quelque chose à lui donner à lire sur Jésus. Sampsa tendit la Bible au fils du dieu de l'Orage. Celui-ci parcourut quelques passages de l'Ancien Testament, qu'il trouva terriblement violent et implacable. Il préféra le Nouveau Testament, dans lequel il s'intéressa aux Actes des Apôtres et aux épîtres de Paul, ainsi qu'en général aux descriptions du séjour de Jésus sur la terre.

« Il serait peut-être sage que je m'entoure aussi de quelques disciples zélés, songea Rutja. Et puis il faut fonder un lieu de culte sur le rocher de l'incarnation. Peut-être ton magasin d'antiquités, à Helsinki, conviendrait-il aussi pour de petites cérémonies de sacrifice au dieu de l'Orage », ajouta-t-il.

Sampsa lui rappela qu'il avait à son service une certaine Mme Moisander, mère célibataire de son état, qui faisait strictement la loi rue Iso Roobert. À son avis, la convertir à l'adoration des anciens dieux était une tâche insurmontable. Rien que l'idée de rites sacrificiels dans le magasin d'antiquités lui donnait le vertige. La Moisander n'admettrait pas cela facilement. Et puis il y avait encore autre chose : le percepteur voulait le voir. En fait, les comptes du magasin d'antiquités étaient si confus et embrouillés que personne ne pourrait les débrouiller sans dommage. Sampsa doutait que Rutja arrive à se débarrasser du percepteur et de la Moisander. Tout dieu qu'il fût.

« De toute façon, je dois aller à Helsinki. On ne peut pas convertir toute une nation depuis un aussi petit village », trancha Rutja.

Le lendemain, il fit ses préparatifs. Il prit les papiers dont il avait besoin, les clés, une sacoche et de l'argent, ainsi que la Bible, dans laquelle il comptait trouver en cas de besoin des conseils de comportement divin.

« Un tel livre serait bien utile aux dieux des Finnois, songea Rutja en le fourrant dans sa sacoche et en prenant congé de Sampsa. C'est un ouvrage presque aussi passionnant que le Kalevala[1], qu'Ilmari nous récite parfois chez nous dans le ciel. »

Dans la cour, Rutja tonna en direction d'Anelma, qui était assise en peignoir sur la véranda du nouveau pavillon, l'air amer :

« Pendant que je serai à Helsinki, ne t'avise pas d'organiser des fêtes dispendieuses. Le pouvoir a changé de mains, à Ronkaila ! »

Rutja prit la route de Helsinki. C'était une belle journée d'été. Il n'avait pas plu depuis la Saint-Jean. Rutja se demanda s'il ne fallait pas demander quelques ondées à son bonhomme de père,

---

1. Épopée nationale composée par Elias Lönnrot (1802-1884) à partir de la tradition orale populaire.

pour que les champs du village ne se dessèchent pas, mais il décida finalement qu'il valait mieux de son point de vue personnel qu'Ukko ne fasse pas pleuvoir, il n'aurait pas à vaquer à sa mission religieuse avec un imperméable sur le dos.

Arrivé sur l'autoroute, il appuya à fond sur l'accélérateur. La fourgonnette trembla et vibra, au maximum de sa vitesse. Rutja dépassait d'autres voitures, klaxonnait et agitait joyeusement la main quand les plus lents restaient en arrière.

À Ruoholahti, l'autoroute se muait en rue, Rutja dut ralentir. Il avait étudié à l'avance le plan de Helsinki et trouva sans trop de peine la rue Iso Roobert. Sur la place de Hietalahti, aux angles des rues, il y avait de curieux panneaux de signalisation interdisant de s'engager dans certaines voies. Rutja ne parvenait pas à comprendre comment on pouvait planter de tels signes, qui gênaient la circulation. Il prit le sens interdit, pour éviter un détour de plusieurs pâtés de maisons, irrationnel à son goût. Le trafic en sens inverse réagit cependant de manière très agressive. Chaque voiture ou presque que Rutja croisait en remontant la rue à contresens faisait entendre des coups de klaxon furieux. Un automobiliste alla jusqu'à montrer le poing au fils du dieu de l'Orage. Rutja eut envie de s'arrêter pour le corriger, mais il se dit qu'il avait mieux à faire que d'apprendre les bonnes manières à des imbéciles.

Au carrefour de la rue Abraham et de la rue Lönnrot, une voiture de police s'en mêla, s'arrêtant toutes sirènes hurlantes devant la fourgonnette ; deux policiers en tenue en surgirent, criant à Rutja de se ranger sur le trottoir pour faire demi-tour. Il obtempéra, mais cela ne leur suffit pas. Ils garèrent leur voiture derrière celle de Rutja et lui expliquèrent qu'il était passible d'une amende.

Une amende ? Rutja fouilla dans les souvenirs que lui avait laissés Sampsa. Il découvrit que les amendes étaient pour la police le moyen de punir les citoyens... On exigeait un dédommagement pour une infraction quelconque.

Les policiers interrogèrent le fils du dieu de l'Orage dans leur voiture.

« Nom ? Profession ? Situation de famille ? Revenus mensuels ? Personnes à charge[1] ? »

Rutja essaya de répondre aussi intelligemment que possible. Il annonça qu'il s'appelait Ronkainen, mais ne parvint pas à se souvenir de son numéro de Sécurité sociale. On le trouva sur son permis de conduire, où il y avait aussi sa photo. Profession ? Rutja faillit d'abord dire — comme c'était le cas — qu'il était un dieu, mais se rappela que ce n'était pas un métier actuellement reconnu en Finlande. Mieux valait indiquer qu'il était agriculteur. Les revenus annuels furent plus difficiles à évaluer. Combien d'hectares cultivait-il ?

« Peut-être un millier », estima Rutja.

Les policiers, en bons fils de paysan, hennirent de rire. Ils marquèrent sur la contravention les revenus correspondant à une ferme de dix hectares, puis expliquèrent à Rutja que dans la grande ville, on ne conduisait pas n'importe

1. En Finlande, les amendes sont proportionnelles au revenu.

comment. Le fils du dieu de l'Orage écopa d'une amende d'un montant de huit unités de base.

« Et essayez de conduire plus prudemment, vous n'êtes pas à la campagne », conseillèrent les représentants de la loi en laissant le contrevenant poursuivre sa route.

Rutja s'arrêta devant le magasin d'antiquités Ronkainen. Il examina les alentours, regarda l'enseigne de la boutique. La rue était noire de monde, les voitures nombreuses. Un endroit animé — de ce point de vue, le quartier semblait bien choisi pour sa mission de conversion. Rutja entra dans le magasin, où il n'y avait alors aucun client. Mme Moisander était affalée sur le canapé Gustave III, feuilletant paresseusement des nouvelles à l'eau de rose.

Rutja la regarda. Le pauvre Sampsa était doté là d'une vendeuse bien peu avenante. Rutja envisageait déjà de regagner la rue, mais il en fut empêché par la voix glaciale de Mme Moisander :

« Mais voilà le directeur, pour une fois. »

Rutja se figea.

« Lève-toi de là et nettoie la boutique. Essuie la poussière des meubles et passe l'aspirateur. Puis tu me montreras les comptes. Je vais faire un tour en ville et je reviendrai après le déjeuner vérifier ce que tu as fait. »

Rutja fixa sur Mme Moisander un regard fulgurant d'éclairs bleus. L'ex-mère célibataire allait protester, mais le regard divin lui cloua le bec. Rutja la laissa se perdre en conjectures sur le canapé, fit le tour du propriétaire, examina les vieux meubles et les autres objets réunis par Sampsa. Il y avait plusieurs dizaines de quenouilles ouvragées, on ne risquait pas d'en manquer de sitôt. Rutja passa dans la cuisine, jeta un coup d'œil dans le réfrigérateur à moitié vide, revint dans la salle, traversa le vestibule et sortit dans la rue. Il prit la rue Iso Roobert vers l'est. Il avait l'intention d'aller visiter la cathédrale de Helsinki, quartier général du christianisme en Finlande. Sampsa lui avait appris que le prêtre suprême des chrétiens finlandais, leur archevêque, habitait Turku, mais que les principales cérémonies religieuses officielles se tenaient néanmoins dans la cathédrale de Helsinki ; c'est là que venaient les membres du Conseil d'État, le président et les représentants du peuple chaque fois que l'État finlandais avait affaire à son dieu.

La place du Sénat était facile à trouver. On voyait déjà de loin le bâtiment crème à coupole verte de la cathédrale. Rutja traversa la place le cou tordu, regardant les hauteurs vertigineuses de l'église. En haut, sur le fronton, était sculpté un groupe d'apôtres. S'agissait-il de dieux des Finnois ? se demanda Rutja. Apparemment. L'escalier monumental de l'église, de la largeur de la place, conduisait à une imposante colonnade. Rutja entreprit de le gravir. Il était un peu anxieux — et s'il rencontrait Jésus en personne dans l'église ? Comment se comporterait-il envers le fils du dieu de l'Orage ? Chasserait-il son concurrent hors de son temple à coups de fouet ?

Mais l'église était aussi vide d'hommes que de dieux. Pas un seul prêtre ne s'affairait à pas feutrés dans la vaste salle. Rutja arpenta le dallage de l'église, jeta un coup d'œil d'ensemble sur le bâtiment, puis, ne voyant pas Jésus, sortit au soleil.

Il se demanda s'il faudrait, quand il aurait accompli sa mission, investir ce beau temple et le transformer en sanctuaire du dieu de l'Orage. Ou vaudrait-il mieux le laisser aux rares chrétiens que l'on trouverait encore en Finlande ? Ayant réfléchi un moment à la question, Rutja décida que les Finnois devraient construire un tout nouveau sanctuaire à Ukko Ylijumala, encore plus grand que la cathédrale. Il regarda vers le palais du gouvernement. Si on démolissait deux blocs de ces bâtiments jaunes de faible hauteur, il y aurait la place d'ériger un temple immense. Le bâtiment devrait avoir au moins cent mètres de haut. Au-dessus de l'escalier d'honneur, au fronton, il faudrait sculpter des statues en granit rose de dix mètres de haut de tous les dieux des Finnois : Ukko au centre, puis, sur les côtés, Ilmarinen, Tapio, Ägräs, Ahti... et en bas entre les colonnes, ici et là, des figures de maahinens, de menninkäinens et de sylphides. Le dieu de l'Orage pourrait couronner le toit d'une aurore boréale rougeoyante, qui, les nuits noires, illuminerait toute la ville. On ferait venir des géants, les aarnis, comme serviteurs du temple. Avec les démons, ils veilleraient sur les feux follets qui brilleraient aux fenêtres de l'édifice. Le lieu retentirait de hurlements sacrés quand les Finnois reconvertis à la vraie foi danseraient et crieraient autour des bœufs sacrificiels rôtissant sur leur broche ! En vérité !

Mais pour l'instant on n'adorait pas Ukko Ylijumala en Finlande. Et le fils du dieu de l'Orage se tenait sur la place du Sénat comme n'importe quel touriste en train de regarder la cathédrale, l'air timide et hésitant plutôt que divinement terrible. Il était vêtu d'un costume de laine fatigué et de souliers de ville poussiéreux, ses cheveux étaient sagement coiffés sur le côté. Rien en lui ne trahissait son origine divine. Sur le chemin du retour, Rutja aperçut le reflet de sa modeste silhouette dans les vitrines de la rue Aleksanteri. Il soupira, ce n'était pas brillant.

En se contemplant dans les devantures, Rutja remarqua que plusieurs contenaient des poupées de la taille d'un homme, vêtues de vêtements propres et neufs. Il conclut que c'étaient les habits qui étaient à vendre, et non les poupées, car quel besoin aurait un citoyen ordinaire de se procurer une figure humaine grandeur nature. Il décida de s'acheter de nouveaux vêtements, plus compatibles avec sa condition de fils du dieu de l'Orage. Si les poupées étaient comprises dans le prix, peu importait. Peut-être pourrait-on les vendre dans le magasin d'antiquités, ou les donner, si elles ne trouvaient pas d'acquéreur.

Il apparut que les poupées n'étaient pas à vendre, elles étaient seulement placées dans les vitrines pour présenter les vêtements.

« Bien, je voudrais donc seulement un costume, et peut-être un manteau de fourrure, si vous en avez. »

Rutja acheta un costume croisé de tweed sombre, de nouvelles chaussures, un porte-documents et, pour couronner le tout, un long manteau de loup qui lui plut tout de suite énormément. Satisfait, le fils du dieu de l'Orage contempla ses nouveaux habits dans le miroir de la boutique de prêt-à-porter.

« Ça vous sied à ravir », gazouilla la vendeuse, qui rougit quand Rutja posa son regard sur elle.

Il paya ses coûteux achats avec un chèque certifié. Il avait la vague impression que son compte chèques n'était pas approvisionné, mais il n'avait pas la force d'attacher plus d'importance, sur le moment, à une question aussi insignifiante. Il faudrait en parler à Sampsa, à l'occasion, songea-t-il en inscrivant la somme et en signant.

Rutja laissa ses vieux habits dans la boutique, demandant qu'on les fasse porter plus tard au magasin d'antiquités de la rue Iso Roobert.

Dans la rue, Rutja attira les regards, avec sa fourrure de loup et son superbe costume trois-pièces. Lui-même trouvait qu'il avait davantage l'air d'un dieu qu'un moment plus tôt, alors qu'il arpentait la ville dans les vieilles nippes de Sampsa.

## 10

Rutja avait faim. Il entra dans un restaurant, où c'était apparemment l'heure du déjeuner. Le portier prit poliment son manteau. La fourrure de loup faisait son effet. Le maître d'hôtel conduisit Rutja à une table. « Par ici, je vous prie », murmura-t-il.

Jésus, dans la Bible, se voyait souvent adresser des prières. Le maître d'hôtel venait de prier Rutja. Était-ce parce qu'il avait senti que celui-ci était en réalité d'essence divine ?

Quoi qu'il en fût, Rutja, sur ses conseils, commanda des hors-d'œuvre, un consommé, un steak saignant comme plat principal et une bouteille de vin rouge.

Le vin était étonnamment bon. Le potage, la viande et tous les autres mets étaient exquis. Rutja trouva la boisson si agréable qu'il en demanda une seconde bouteille. Le serveur haussa les sourcils en prenant la commande, mais ne dit rien. Après avoir mangé et bu, Rutja paya et sortit du restaurant. Il se sentait léger, un peu embrumé. Il se promit de revenir une autre fois. En retournant au magasin d'antiquités, il avait envie de chanter, tellement il se sentait bien. Son corps lui paraissait presque aussi puissant que chez lui dans le ciel. Il aurait pu sauter par-dessus une haie de cinq mètres. Rutja se força cependant à un peu de maintien, car il se trouverait bientôt face à Mme Moisander. Il fallait vérifier comment le ménage avançait dans le magasin.

Mme Moisander était avachie sur le canapé, amère et révoltée. Quand Rutja entra, elle sauta sur ses pieds et se mit à l'invectiver. Rutja lui demanda froidement si elle avait fait ce qu'il lui avait ordonné. Non, la boutique était aussi sale qu'avant.

Rutja accrocha sa fourrure de loup au porte-manteau. Quand il put placer un mot, il déclara à Mme Moisander :

« Tu peux ramasser tes affaires et t'en aller. Tu es renvoyée. »

L'ex-mère célibataire en resta bouche bée. Elle avait elle-même menacé ces dernières années de démissionner et de révéler à la face du monde et surtout aux autorités tous les méfaits de Sampsa. Et maintenant il prétendait la licencier. Était-il devenu fou ?

Mme Moisander éructa. Elle rappela à Sampsa comment elle avait dû se sacrifier pour lui... il lui avait presque fait perdre la raison... ne se rappelait-il pas les assauts sexuels, les nuits de coucherie auxquels elle avait dû se soumettre quand elle n'était qu'une pauvre mère célibataire sans ressources ? Et que dirait Sampsa à l'inspection des impôts ? La comptabilité du magasin d'antiquités ne résisterait pas à un examen attentif, l'avait-il complètement oublié ? Mme Moisander demanda d'une voix glaciale si M. Ronkainen avait perdu ses dernières miettes de bon sens, en parlant de la renvoyer.

Rutja fut inébranlable. Il ne supportait pas la paresse. Le magasin était déjà bien assez déficitaire.

« Si le travail ne te plaît pas, tu peux partir. »

Mme Moisander se mit à hurler et à jurer, hystérique. Elle saisit une quenouille pendue au mur et essaya de frapper son patron. Rutja recula, au moment où un jeune garçon entrait dans le magasin, portant un sac de la boutique de prêt-à-porter.

« Ce sont les vieux vêtements de M. Ronkainen, signez là, s'il vous plaît. »

Rutja signa et quitta le magasin sur les talons du garçon. Il ne tenait pas, pour le moment, à se quereller avec cette femme, il préférait se promener en ville et réfléchir à la manière de propager sa religion parmi les Finnois.

Mme Moisander resta seule dans la boutique. Elle était totalement bouleversée. Sampsa avait l'air sérieux. Mais elle n'accepterait pas d'être traitée de la sorte. Jamais !

Elle réfléchit à la conduite à tenir. Si elle se mettait effectivement à répandre des histoires obscènes sur le compte d'un antiquaire obsédé sexuel qui abusait d'innocentes mères célibataires ? Qui s'en soucierait, quelles preuves pouvait-elle présenter à l'appui de ses dires ?

Aucune. Quant à ses dépressions nerveuses, elles n'étaient dues qu'aux propres tourments de son esprit, ce n'était pas la peine d'en parler. Son patron n'avait rien à se reprocher.

Sampsa Ronkainen avait changé, il semblait

un homme nouveau. Disparue, son attitude craintive et conciliante. Mme Moisander ne comprenait pas très bien à quoi tout cela était dû. Sampsa lui avait glissé des mains. Quelques jours plus tôt, il se conduisait encore comme n'importe quel imbécile, faisant tout ce qu'elle lui ordonnait, mais l'homme était maintenant froid et résolu, comme si une personnalité entièrement différente avait pris possession de lui.

La seule chose qui pouvait permettre de reprendre les rênes en main était de le dénoncer à l'inspection des impôts. Mme Moisander savait que les comptes de la boutique ne résisteraient pas à une vérification, elle les avait elle-même suffisamment embrouillés ces dernières années. Le paiement des charges sociales était en retard, le tiers provisionnel n'avait pas été versé. De plus, toutes les opérations étaient loin de figurer dans les livres. C'était courant dans le commerce d'objets anciens, mais néanmoins frauduleux.

Mme Moisander entreprit d'essuyer la poussière des vieux meubles ; la tâche était désagréable et humiliante et le feu de la vengeance couvait en elle, lourd de noires fumées. Soudain elle se décida ; elle jeta son chiffon, empoigna l'annuaire et téléphona au service des impôts. Son visage était dur, déformé par la soif de revanche.

Malheureusement, l'inspectrice à qui elle voulait parler, Mme Suvaskorpi, n'était pas dans son bureau. Furieuse, Mme Moisander reposa le combiné. Elle continua son ménage, mais sans cesser de réfléchir au moyen de rétablir la situation. Si Sampsa parvenait réellement à la renvoyer, où irait-elle ? Elle se retrouverait au chômage, et si elle trouvait un travail, il serait fatigant et exigeant, elle ne pourrait plus couler des jours faciles dans le magasin d'antiquités désert.

Rutja marcha jusqu'au square de Punanotko. L'église Saint-Jean s'élevait au milieu du jardin, jusqu'à des hauteurs vertigineuses. Le fils du dieu de l'Orage demanda à une jeune fille qui ratissait les allées de quel bâtiment il s'agissait ; était-ce une église ?

« J'en sais rien, oui, sans doute », répondit la fille en regardant l'église. Rutja demanda quel dieu on y adorait, le savait-elle ?

« Non, enfin ouais, je suppose qu'on y chante des bondieuseries quelconques. Aucun intérêt. »

Rutja laissa la jeune fille tranquille. Il semblait que la jeunesse ne fût pas très croyante, puisque même les balayeurs de square d'église se moquaient de la religion. Rutja décida de retourner au magasin d'antiquités. Mme Moisander se serait-elle mise au travail ? Il se sentait fatigué, elle pourrait lui préparer un lit dans l'arrière-boutique. Sampsa lui avait dit qu'il y avait des draps et des couvertures à cet effet.

« Tiens, tu as fait un peu de ménage, remarqua Rutja en revenant de sa promenade. Tu pourrais m'installer le lit, maintenant, je vais passer la nuit ici. »

Mme Moisander s'exécuta à contrecœur. Elle aéra les draps, tapota les oreillers, toujours aussi mortifiée. Puis une idée diabolique lui traversa l'esprit. Elle déplia entièrement le canapé-lit et le prépara pour deux. Puis elle annonça à son patron, qui étudiait la comptabilité dans la salle, qu'elle aussi passerait la nuit dans le magasin

Elle avait en ce moment des travaux de plomberie dans son appartement, et elle ne voulait pas passer la nuit à l'hôtel. Un tissu de mensonges.

« Après tout, nous avons déjà dormi ensemble. Tu m'as même violée plusieurs fois, Sampsa, tu ne te rappelles pas ? »

Rutja déclara qu'il ne pouvait pas se souvenir de tout et se replongea dans l'inventaire. Sampsa avait vraiment réuni un bric-à-brac incroyable dans son magasin. Il y avait apparemment en stock plus de 200 quenouilles de rouet ouvragées, 12 clochettes d'attelage, 6 barattes, plus de 200 pots et flacons divers, 3 chandeliers en argent, 15 aiguières, avec ou sans service complet... tout cela était inscrit dans le livre de comptes d'une petite écriture soignée. Si un objet avait été vendu, le fait était dûment noté.

Le soir, Rutja alla boire une bouteille de vin blanc dans une brasserie. Il avait l'impression que le vin et le bien-être qu'il éprouvait étaient liés. Il songea qu'il serait bon d'avoir du vin et de la nourriture dans le ciel des Finnois. On pourrait même y ouvrir quelques restaurants. Les esprits inférieurs pourraient passer les plats, on ferait venir des chiens de Horna pour jouer les portiers... dommage seulement que les dieux n'eussent pas faim et soif comme les humains.

Après avoir fait le lit, Mme Moisander se retira dans la salle de bains. Elle regarda son visage crayeux dans la glace. Était-elle encore capable de faire de l'effet à un homme ? Cela valait la peine d'essayer sur Sampsa, même si cela demandait du travail. Depuis des années, elle n'avait pas pris la peine de se maquiller. Ses cheveux pendaient, ternes et raides, ses yeux étaient

cernés de bleu, son front strié de rides courrou-
cées. Mme Moisander soupira, elle avait du pain
sur la planche. Elle chercha des produits de
maquillage dans son sac, mais ne trouva pas
grand-chose. Ayant étalé sur son visage le peu
qu'elle avait à sa disposition, elle examina son
image. Ce n'était pas beau à voir.

Mais l'ex-mère célibataire avait décidé de
séduire son patron ; si elle n'y parvenait pas, elle
pourrait toujours le dénoncer à l'inspection des
impôts.

« J'ai des courses à faire », dit-elle à Rutja, qui
était de retour du restaurant. Et elle en fit effectivement, dans une parfumerie. Elle acheta différents produits de beauté et, sur le chemin du
retour, passa chez le coiffeur louer une perruque
aux boucles folles. En s'enfermant dans la salle
de bains, elle se demanda si son stérilet était
encore en place.

Au bout de deux heures d'efforts acharnés,
Mme Moisander avait totalement changé d'aspect.
Disparue la vendeuse revêche, finis les rides et
les cheveux raides, la peau grise et les ongles
cassés. À la place, il y avait une séduisante beauté,
du meilleur genre ; la chevelure ondoyante, des
boucles aguichantes sur le front, les joues roses,
les yeux soulignés de vert, Mme Moisander fit son
entrée dans la chambre.

Pendant ce temps, Rutja s'était installé pour
la nuit. Mme Moisander éteignit le plafonnier,
alluma une bougie dans un chandelier ancien,
s'approcha du lit et commença à se déshabiller
lentement. Elle se dévêtit avec des gestes langou-
reux, aguichants ; Rutja la regarda et nota qu'elle
s'était peinte. Sampsa avait raison, les femmes se

117

coloraient réellement la figure. Enfin, Mme Moisander n'avait pas l'air si mal, avec sa peinture, à la lumière dansante de la bougie.

« Tu m'as dit un jour que j'avais les seins fermes », murmura Mme Moisander en soulevant sa poitrine dans ses mains. Rutja se dressa pour regarder. Il y avait là deux seins, deux mamelles de femme. Qu'est-ce que cela voulait dire, n'était-il pas temps de dormir ?

Mme Moisander se redressa, nue. Elle commença à onduler des hanches. Rutja la fixait, étonné. Sampsa ne l'avait prévenu de rien de tel. Il réfléchit intensément — ce comportement était-il d'usage avant d'aller se coucher ? Peut-être devait-il faire comme la Moisander ? Si telle était la coutume, pourquoi pas. Rutja se glissa hors du lit, ôta son caleçon et commença à se balancer comme Mme Moisander. Il se sentait ridicule, mais ce n'était pas désagréable du tout.

« Ooh », gazouilla Mme Moisander en se serrant contre Rutja. Leurs corps nus s'enlacèrent, la bougie projeta une grande ombre mouvante sur le mur.

Mme Moisander souffla doucement la bougie et roula sur le lit. Elle entraîna Rutja d'un geste décidé. Le fils du dieu de l'Orage songea avec satisfaction qu'il avait adopté la bonne tactique, on allait enfin pouvoir dormir.

Mais le rituel n'était pas terminé. Mme Moisander prit dans ses mains le membre divin de Rutja, le pétrit rythmiquement de bas en haut et, quand il se raidit, l'introduisit là où il convenait. Soufflant et ahanant, le fils du dieu de l'Orage dut ensuite conduire le rituel du soir à son terme. Il constata que son corps se mouvait automatiquement en cadence. Mme Moisander, sous lui, semblait bouger au même rythme. C'était bon, Rutja en aurait crié de joie. Puis il sentit quelque part du côté de son bas-ventre un violent épanchement, accompagné d'une merveilleuse sensation d'extase, proche de la transe. Quoi qu'il en fût, le rituel semblait enfin terminé. La femme reposait sur le lit, respirant régulièrement, et Rutja en conclut qu'il était maintenant temps d'essayer de dormir.

Peu avant l'aube, Mme Moisander réveilla Rutja. Elle chuchota à l'oreille du fils du dieu de l'Orage :

« Oh, Sampsa, c'était divin ! Cessons de nous disputer, agissons en partenaires responsables, non ?

— Si tu fais ton travail correctement, tu peux rester, promit Rutja.

— Mais Sampsa, pourquoi es-tu de nouveau si désagréable ? Je fais pourtant mon travail comme d'habitude.

— Il va aussi y avoir de nouvelles choses à faire. Tu vas me dactylographier mes discours. Peut-être pourrait-on faire de toi une disciple acceptable, il faut voir. La réforme religieuse de la Finlande est en marche. On va abandonner le christianisme et se remettre à adorer les anciens dieux. Je t'expliquerai plus tard ce que j'attends de toi, mais dormons, maintenant. »

Mais Mme Moisander ne voulait plus dormir.

« Qu'est-ce que c'est que ce délire, Sampsa Ronkainen ? Tu as perdu la raison ? »

Rutja se redressa, irrité. Il annonça à Mme Moisander qu'il n'était pas du tout Sampsa Ronkainen, comme elle le croyait, mais un dieu. Un véritable dieu des Finnois, Rutja.

« Je suis le fils du dieu de l'Orage. Mets-toi ça dans la tête, femme, et dors. »

Les yeux bleus de Rutja se mirent à scintiller dans l'obscurité de la chambre. Mme Moisander recula, effrayée, et sortit du lit. Quand elle parla, sa voix tremblait :

« Si je... téléphonais à l'hôpital Hesperia... ne te fâche pas, mais je vais leur demander de venir te chercher. »

Rutja ne voulait pas entendre de telles sottises. Il expliqua les faits d'un ton sentencieux et paternel : comment on avait tenu une réunion dans le ciel et comment on avait décidé de l'envoyer sur terre parmi les Finnois se rendre compte de la situation religieuse et reconvertir le peuple à sa seule vraie foi. Rutja révéla que le véritable Sampsa Ronkainen était actuellement à Isteri, bien réveillé, à lire ses livres ou à réparer ses quenouilles. Certes, il avait la forme du fils du dieu de l'Orage, il avait une cape en peau d'ours et l'apparence d'un dieu. Le véritable fils du dieu de l'Orage, par contre, se trouvait dans ce lit, à Helsinki.

« Je suis venu sur la terre porté par un éclair et quand j'ai rencontré Sampsa, nous avons changé de peau. Je suis un dieu incarné en homme, et Sampsa est un homme sous l'apparence d'un dieu.

— C'est pour ça que tu as acheté un manteau de loup, parce que tu te crois changé en dieu ? Mais tu es devenu fou ! »

Mme Moisander recula dans le fond de la pièce. Sampsa était-il devenu lycanthrope ? Pas étonnant que l'homme ait changé, et maintenant il délirait, prétendant être un dieu !

Mme Moisander avait déjà vu des fous de ce genre et elle savait qu'il ne fallait pas plaisanter avec eux. Elle s'habilla aussi vite qu'elle put, elle ne voulait pas rester un instant de plus dans la même pièce qu'un dément à fourrure de loup. Dehors, elle courut sur la longueur de deux pâtés de maisons avant de se calmer suffisamment pour chercher un taxi et rentrer chez elle.

Elle verrouilla la porte de son appartement derrière elle, en état de choc. Elle savait qu'elle n'oserait plus retourner au magasin d'antiquités. Elle ne voulait pas travailler pour un malade mental, c'était trop dangereux, et humiliant.

Elle songea en frissonnant que le germe de leur union se terrait peut-être maintenant dans son ventre, elle s'était donnée à un homme qui avait perdu la raison et se prenait pour le fils d'un quelconque dieu de l'Orage. Mme Moisander resta éveillée jusqu'au matin, et ce n'est que quand le grondement du trafic emplit les rues et que la lumière du jour éclaira sa chambre qu'elle osa se déshabiller et dormir un moment. Vers midi, elle s'était suffisamment calmée pour pouvoir réfléchir posément à la situation. Elle n'avait plus de travail, c'était clair. Qu'avait-elle à perdre, même si elle dénonçait Sampsa à l'inspection des impôts ? Ce malade mental avait gâché sa vie, il le paierait cher.

« Et il m'a obligée à essuyer la poussière, c'est répugnant... »

Mme Moisander repoussa sa perruque emmêlée et saisit le téléphone. D'un geste décidé, elle composa le numéro de l'inspection des impôts. Mme Suvaskorpi répondit. S'efforçant de parler d'un ton calme et professionnel, Mme Moisander déclara qu'il y avait quelques irrégularités dans la comptabilité du magasin d'antiquités Ronkainen et que le propriétaire était à Helsinki pour régler cette affaire. L'inspectrice des impôts remercia pour l'information et promit d'aller immédiatement voir M. Ronkainen.

Mme Moisander sourit cruellement en reposant le combiné. Un instant, elle se régala à l'idée que Sampsa Ronkainen perdrait toute sa superbe, quand on l'emmènerait se faire interroger par la police et de là peut-être même en prison. Puis les éclairs bleutés de ses yeux, ses propos démentiels et son horrible fourrure de loup lui revinrent à l'esprit et elle se remit à trembler de terreur, bien qu'il ne fît plus nuit et que le loup-garou ne fût plus dans la même pièce qu'elle.

## 11

Au matin, Rutja se réveilla seul dans son lit. Il devina que Mme Moisander ne reviendrait pas travailler, à en juger par sa terreur quand elle avait quitté le magasin d'antiquités au milieu de la nuit. Tant mieux. Elle aurait difficilement fait une disciple convenable, songea Rutja. Sampsa avait raison. La femme était paresseuse, ne travaillait que sous la menace et inventait ensuite toutes sortes de prétextes. Rutja se dit aussi que Sampsa aurait dû l'avertir du rituel du soir, avec le déshabillage et le reste. Cela dit, l'expérience avait été plaisante.

Rutja alla prendre le petit déjeuner à la cafétéria voisine. Il attendit un moment pour voir si ses oreilles se mettaient à bourdonner et s'il devenait d'humeur joyeuse, mais il se sentait strictement humain. Rutja en conclut que si l'on voulait se sentir divin, il fallait aller dans un restaurant ou une brasserie et non dans une cafétéria.

Après avoir pris une douche et s'être habillé, Rutja entreprit de relever le plan de l'appartement. Il constata qu'il dessinait de façon tout à fait satisfaisante. Le plan prit rapidement forme, à l'échelle.

Il voulait voir sur ce dessin si le magasin d'antiquités se prêtait réellement à une transformation en lieu de culte d'Ukko Ylijumala. Si on vidait la réserve, que l'on vendait les vieux meubles et tout le bric-à-brac, on pourrait y caser la garde-robe du chaman, avec les tambours, les sistres et les autres objets nécessaires aux sacrifices. Il faudrait aussi un congélateur d'au moins 500 litres — Rutja en avait vu la veille en ville dans des magasins d'électroménager. Dans un appareil de cette taille, on pouvait conserver un bœuf entier pendant des mois.

Dans la salle même, on pourrait dégager un espace vide au centre de la pièce et y construire un foyer. On disposerait autour des bancs et des dessertes sur lesquelles les adorateurs d'Ukko Ylijumala pourraient déposer la viande des animaux sacrifiés et d'autres bonnes choses. Une cuve à bière dans l'angle de la pièce. Il y avait suffisamment de place, mais Rutja estima que l'évacuation des fumées sacrificielles risquait de poser des problèmes. Il n'y avait pas de cheminée, et donc pas de conduit. L'appartement était apparemment chauffé par des radiateurs à eau. Rutja avait entendu parler de saunas sans conduit de fumée, mais on pouvait difficilement utiliser ce système en ville, dans un immeuble. La suie noircirait tout de suite le papier peint, et où aménagerait-on la trappe d'aération ? On ne pouvait pas laisser la fumée s'échapper directement par la fenêtre, cela provoquerait l'intervention immédiate des pompiers.

Tandis que Rutja réfléchissait ainsi, la sonnette de l'entrée retentit, signalant l'entrée du premier client de la journée. C'était une très vieille dame, habillée avec recherche et parlant finnois avec un accent étranger. Rutja conclut qu'il s'agissait d'une suédophone. Elle cherchait une applique pour son appartement, de préférence de style Biedermeier.

Rutja regarda autour de lui ; il y avait bien des appliques, mais pas du style voulu. Il décida de proposer à sa cliente un lustre en cristal. Selon l'inventaire de Sampsa, on pouvait en tirer plusieurs milliers de marks. Rutja présenta le coûteux objet à la femme, qui s'y intéressa. Pour le prix, il annonça le double de l'évaluation donnée dans l'inventaire.

« J'aimerais que ce luminaire précieux trouve sa place dans un intérieur de style et de qualité », expliqua Rutja. L'affaire fut immédiatement conclue.

La porte sonna bientôt une nouvelle fois. Une grande et belle femme d'environ trente-cinq ans entra. Elle avait de longs cheveux roux, une jupe-culotte, un chemisier en coton et une cravate du genre de celles que les femmes se mettent au cou quand elles veulent montrer qu'elles sont aussi capables que les hommes, tout en étant femmes. Celle-ci portait une énorme sacoche de cuir, remplie à craquer.

Une personne tout à fait séduisante, jugea le fils du dieu de l'Orage. Elle avait quelque chose d'Ajattara. Rutja se rappela que s'il accomplissait avec succès sa mission sur terre, il obtiendrait la main de la déesse à l'ondoyante chevelure. À ce moment-là, il quitterait définitivement Horna pour le ciel, car les rives du fleuve de Tuonela ne convenaient pas à une déesse telle qu'Ajattara, en tout cas pas indéfiniment.

Avant que Rutja ait le temps de s'enquérir de ce qu'elle désirait, la femme demanda d'un ton officiel si M. Sampsa Ronkainen pouvait la recevoir. Rutja faillit répondre que Sampsa se trouvait à Isteri, vêtu de peaux d'ours, mais se rappela à temps qu'il était lui-même la personne en question. Il demanda de quoi il s'agissait.

« Je suis Mme Suvaskorpi, inspectrice des impôts. Je suis venue effectuer un contrôle fiscal complet de votre magasin. J'ai appris hier que vous seriez ici. Je suppose que vous n'avez pas d'objection à ce que je commence tout de suite ? »

Rutja comprit que les difficultés annoncées par Sampsa et Mme Moisander étaient là. Il proposa à l'inspectrice des impôts sa chaise ancienne la plus confortable et un secrétaire du même style. L'inspectrice réclama la comptabilité des cinq dernières années, avec tous les justificatifs.

Rutja se mit en quête des papiers demandés. Il les trouva peu à peu, l'un ici, l'autre là. Mme Moisander avait rangé certains dossiers dans les placards de la cuisine, une partie des pièces comptables fut découverte dans une commode néo--Renaissance, le reste dans un coffre-fort, qui était heureusement ouvert car Mme Moisander en avait perdu la clé depuis des années.

Ayant jeté un coup d'œil sur la comptabilité du magasin d'antiquités et sur toutes les autres paperasses, l'inspectrice soupira. Elle prit un air résigné et constata que le contrôle fiscal prendrait plus de temps que prévu.

« Comment avez-vous pu mettre vos comptes dans un tel désordre », reprocha-t-elle à Rutja.

Celui-ci, loin de se laisser impressionner, la

fixa dans les yeux, les pupilles étincelantes comme des feux follets bleus, ce qui fit aussitôt son effet : la femme se troubla, une vive rougeur envahit son visage. Elle baissa le regard sur ses papiers. Son pied battait machinalement le sol sous le secrétaire Renaissance. Rutja interpréta tout cela comme le signe d'une vive émotion.

Si seulement je pouvais avoir une telle femme pour disciple, soupira-t-il. Il n'espérait cependant pas la convertir facilement à la vieille foi finnoise, elle était là pour effectuer un contrôle fiscal, et Sampsa l'avait prévenu que les fonctionnaires du fisc finlandais étaient des gens terriblement têtus. Cette femme devait donc l'être aussi. Rutja décida malgré tout d'essayer. Quoi qu'il en fût, il serait agréable de se coucher sur Mme Suvas-korpi dans le cadre du rituel du soir, songea-t-il.

L'inspectrice se mit au travail. Elle resta assise sur sa chaise en silence, plusieurs heures, alla déjeuner, puis revint à ses papiers. Elle évitait de regarder Rutja dans les yeux, mais si leurs regards se croisaient malgré ses efforts, elle rougissait violemment et en avait ensuite honte pendant de longs moments.

« Vous êtes certainement une fonctionnaire très qualifiée », fit remarquer Rutja dans l'après-midi pour essayer d'engager la conversation. L'inspectrice répliqua qu'à sa connaissance, tous les fonctionnaires finlandais étaient générale-ment qualifiés. Chaque poste faisait l'objet de spécifications précises, contrairement à ce qui se passait dans le secteur privé et pour les fonctions les plus élevées, pour lesquelles on n'exigeait pas de qualifications particulières, mais de l'expé-rience politique.

« Puisque vous êtes si qualifiée, dites-moi comment je devrais m'y prendre pour changer de nom. C'est-à-dire officiellement. »

La femme leva le nez de ses papiers.

« Quel nom voudriez-vous prendre ? Sampsa Ronkainen, n'est-ce pas un très bon nom ?

— Je ne lui reproche rien, mais j'ai une meilleure idée. Je voudrais changer mon nom en Rutja, fils du dieu de l'Orage. »

La femme interrompit son travail. Cela l'amusait : ces vieux célibataires, ces petits boutiquiers, étaient parfois assez spéciaux, plutôt bohèmes. Apparemment, s'occuper de vieux objets rendait les hommes un peu bizarres.

« L'appellation "fils de" a été abandonnée en Finlande il y a plus d'un siècle. Si je me rappelle bien, l'un de mes ancêtres s'appelait autrefois Hemminki, fils de Suvas. D'où mon nom de Suvaskorpi. »

L'inspectrice fit tourner un moment sur sa langue le nom proposé par Rutja. Elle le trouvait imposant, un peu effrayant, mais intéressant à bien des points de vue :

« Avec ce mobilier paysan que vous vendez, ce nom serait peut-être une bonne publicité pour votre magasin. "Boutique d'antiquités du fils du dieu de l'Orage." Vous auriez l'étoffe nécessaire pour réussir en affaires, si seulement vous soigniez mieux votre comptabilité. »

Elle expliqua que si M. Ronkainen voulait réellement changer de nom, il devait s'adresser à la préfecture du département d'Uusimaa. Elle y téléphona, afin de se renseigner, et apprit que les affaires de nom devaient être soumises à l'officier ministériel, puis visées par le chef de cabinet.

Pour les noms sortant de l'ordinaire, il fallait cependant d'abord demander l'avis de la Ligue pour la défense du finnois.

« Pourriez-vous venir avec moi à la préfecture, demain par exemple, demanda Rutja. Je ne maîtrise pas très bien ces questions administratives, je n'ai pas l'habitude. »

L'inspectrice des impôts voulait bien le croire. Elle réfléchit un instant, croisa par hasard le regard de Rutja, rougit aussitôt jusqu'aux cheveux et accepta.

« Je pourrais effectivement venir parler de cette affaire à maître Mälkynen, l'officier ministériel », promit-elle en se replongeant dans son travail, qui n'avait guère avancé au cours de cette première journée. Elle avait fait quelques calculs, qui ne semblaient pas très encourageants du point de vue du magasin d'antiquités Ronkainen. Le travail ne faisait cependant que commencer et il prendrait plusieurs jours, déclara l'inspectrice. « Ça s'annonce mal », fit-elle ; mais sa voix n'était plus aussi froidement administrative que le matin. On pouvait y déceler de la pitié et un soupçon de sentimentalité.

Le soir, peu avant la fermeture du magasin, Rutja mit la conversation sur le sommeil et sur les rituels qui, d'après son expérience, y étaient associés. Mme Suvaskorpi accueillit avec stupeur les propos de l'antiquaire. Quand Rutja expliqua qu'il était prêt à se coucher le soir sur l'inspectrice — si elle était d'accord — elle ne put que rougir une nouvelle fois. Mais de colère. Blessée, elle dit :

« Écoutez, Ronkainen. Je suis ici pour effectuer un contrôle fiscal officiel. Essayez de vous en souvenir. »

Elle ramassa les papiers et les dossiers, les fourra dans son imposante sacoche et quitta le magasin, furieuse. La porte claqua bruyamment derrière elle.

Rutja s'étonna de ce comportement. À son avis, il avait plutôt bien présenté les choses, et il ne comprenait pas pourquoi l'inspectrice avait réagi de la sorte. Mme Moisander, la veille, s'était conduite de manière exactement opposée. Les femmes sont bizarres, se dit Rutja. Il décida de téléphoner à Isteri pour parler à Sampsa de cette question de rituel du soir.

« Ici Rutja, salut. Écoute, j'ai quelques problèmes avec les femmes. Cette Mme Moisander... »

Il raconta que Mme Moisander avait enfin quitté le magasin. Il parla aussi de l'inspectrice des impôts, puis demanda comment les hommes devaient s'y prendre pour le rituel du soir. Sampsa demanda des précisions et Rutja lui décrivit ce qui s'était passé.

« Écoute, oh, mon dieu... tu as eu des relations sexuelles avec cette Moisander. »

Sampsa était effaré. Le fils du dieu de l'Orage avait fait l'amour avec l'ex-mère célibataire, sans le savoir. Si elle se retrouvait enceinte et qu'elle donne naissance à un enfant... c'est-à-dire si elle donnait un héritier au fils du dieu de l'Orage... nom d'un chien. C'est lui qui serait accusé, bien entendu !

Sampsa se sentit un instant dans la même situation que Joseph, dans le temps. Mais en Finlande, personne ne croirait à l'intervention de Rutja, la paternité lui serait imputée. Sampsa était effondré à l'idée qu'il serait contraint de verser pendant le restant de ses jours une pension alimentaire à l'enfant du fils du dieu de l'Orage. Il peut vraiment vous arriver n'importe quoi, songea-t-il.

Il expliqua à Rutja ce que signifiait en pratique la différence entre l'homme et la femme. Il parla de vagin, de verge et d'autres questions relatives à l'accouplement. Il apprit à Rutja que les femmes tombaient enceintes, donnaient naissance à des enfants, etc., et qu'il devait, pour cette raison, se montrer très prudent avec le rituel. Sampsa ne trouvait pas du tout étonnant que Mme Suvaskorpi fût blessée. Les hommes bien élevés ne présentaient pas les affaires sexuelles aussi directement.

Rutja écouta fasciné. Il reconnut qu'il avait agi imprudemment et promit d'éviter dorénavant les rituels du soir. La conversation terminée, il se dit qu'il pourrait tout de même faire une exception pour Mme Suvaskorpi.

L'inspectrice des impôts buvait un chocolat chaud à la cafétéria voisine, agitée de sentiments contradictoires. Elle avait rougi toute la journée devant l'antiquaire et cela l'irritait. Puis ce vendeur de vieilleries avait osé lui faire des propositions malhonnêtes, à elle, une fonctionnaire. Mais elle l'avait regardé dans les yeux et, en y resongeant, elle ne pouvait qu'être épouvantée de ce qu'elle avait ressenti.

## 12

Mme Suvaskorpi vint le lendemain matin poursuivre son contrôle. On ne parla plus du rituel de la veille. L'inspectrice par contre, s'intéressa au plan du magasin établi par Rutja. Elle demanda si M. Ronkainen avait l'intention de réaménager l'appartement.

« Je pensais faire construire un foyer sacrificiel, là, au milieu de la salle », expliqua Rutja. Puis il développa son idée.

« Ici, il y aura un âtre, là une vasque à sacrifice et ici, dans la réserve, des placards pour le matériel chamanique. Le projet est tout à fait raisonnable, n'est-ce pas ? Le seul problème est que je ne sais pas très bien par où évacuer les fumées sacrificielles. Je me suis renseigné auprès du syndic, il n'y a pas un seul conduit de cheminée. Il paraît qu'ils ont été démolis.

— Vous êtes vraiment impossible. »

Rutja commençait à avoir l'habitude — chaque fois qu'il était question de sa divinité ou de questions religieuses en général, on le trouvait extravagant ou impossible.

Mme Suvaskorpi se replongea dans ses papiers ; au bout d'un moment, elle demanda :

« Écoutez... j'en suis au mois de novembre 1982. Je ne vois pas pourquoi, pendant tout le mois, on n'a inscrit aucune opération comptable ? Vous ne prétendez quand même pas qu'il n'y a pas eu un seul client dans ce magasin pendant un mois. »

Rutja se pencha sur les papiers désignés par l'inspectrice des impôts. Il lui était impossible de dire pourquoi en novembre 1982 il n'y avait eu ni transactions ni écritures. Il décida de téléphoner à Sampsa, à Isteri, pour demander au propriétaire du magasin lui-même s'il pouvait se rappeler les événements de novembre 1982.

« C'est encore Rutja, salut. L'inspectrice des impôts demande pourquoi il n'y a pas eu d'écritures en novembre 1982. Je ne sais pas quoi lui répondre, parle-lui, toi. »

Rutja tendit le combiné à Mme Suvaskorpi.

Sampsa expliqua à l'inspectrice des impôts qu'il avait été pendant la période en question en tournée dans le Nord, pour acheter de vieux objets paysans. Le magasin avait été fermé tout le mois de novembre, car son assistante, Mme Moisander, était alors en vacances en Espagne.

« Et à part cela, vous avez relevé beaucoup de délits, là-bas ? demanda prudemment Sampsa.

— C'est vous qui devriez savoir si vous avez commis des délits fiscaux », répondit sèchement Mme Suvaskorpi avant de mettre fin à la conversation.

Elle s'assit pour reprendre son travail. Elle avait l'air indécise, perdue dans ses pensées. Puis elle demanda :

« Écoutez un peu. Si la personne à laquelle nous venons de téléphoner était M. Ronkainen, qui êtes-vous, vous ?

— Je suis Rutja, fils du dieu de l'Orage. Le fait est que je viens du ciel des Finnois et que j'ai changé de peau avec Sampsa Ronkainen. Sampsa est à Isteri, dans mon enveloppe divine, et moi je m'occupe ici de ses affaires. Il s'agit d'une sorte de division du travail, qui a été mise en place parce que...

— Mais taisez-vous, à la fin, un contrôle fiscal n'est pas un sujet de plaisanterie. »

Quand le téléphone avait sonné à Isteri, Anelma était assise sur la véranda du nouveau pavillon, à demi vêtue, en train de boire du café. La fenêtre de la bibliothèque du premier était entrouverte, Sampsa avait oublié de la fermer en partant pour Helsinki. « Crétin », pensa Anelma. Elle faillit s'étouffer dans sa brioche quand quelqu'un répondit soudain au téléphone. La maison était vide, mais on décrochait ! Anelma tendit l'oreille. La voix semblait familière, on aurait dit celle de Sampsa, au premier abord, mais elle était plus basse et plus sonore. Anelma eut froid dans le dos. Il se passait depuis quelque temps des choses étranges dans cette maison. Et voilà qu'on téléphonait dans la bibliothèque déserte.

La conversation prit fin. Anelma courut dans le pavillon, où le « frère » de Sirkka, Rami, ronflait sur le canapé. Elle lui ordonna d'aller examiner de fond en comble le bâtiment principal, affirmant qu'il y avait quelqu'un dans la vieille maison, elle avait entendu de ses propres oreilles le téléphone sonner et quelqu'un y répondre.

L'indolent jeune homme aurait préféré ne pas interrompre sa sieste, mais comme Anelma insistait, il fut bien obligé d'aller tirer les choses au clair. Elle lui donna une vieille clé de la maison. Celle-ci était effectivement fermée. Le garçon ouvrit la porte et entra dans la salle.

La peur d'Anelma avait déteint sur Rami. Il tremblait à l'idée d'explorer cette vieille baraque vide, dont on ne pouvait savoir si elle était réellement déserte.

Il inspecta les pièces du rez-de-chaussée et constata qu'elles étaient inhabitées. Il s'arrêta pour regarder l'escalier qui conduisait au premier. Il n'avait aucune envie de monter. Et s'il retournait au pavillon en disant qu'il n'y avait personne ? Si quelqu'un se cachait en haut, qu'est-ce que ça pouvait bien lui faire, après tout ?

Sampsa entendit quelqu'un au rez-de-chaussée. Il jeta un coup d'œil par la porte de la bibliothèque. Au bas des marches se tenait le « frère » de Sirkka, regardant droit vers lui. Soudain, Sampsa se rappela qu'il n'était pas dans sa propre peau, mais dans celle du fils du dieu de l'Orage. Il recula et tira soigneusement la porte. Rami l'avait vu dans ses vêtements en peau d'ours, cela ne faisait aucun doute. Qu'en résulterait-il ?

En apercevant à la porte de la bibliothèque une imposante créature velue, Rami fut si terrifié qu'il n'eut même pas l'idée de partir en courant. Une sueur froide suinta sur ses mains, il se sentit glacé. Ce n'est que quand l'apparition se retira que Rami prit ses jambes à son cou. Il referma la porte d'entrée et s'enfuit vers le pavillon, où il s'enferma dans sa chambre et se réfugia dans son lit, sous les couvertures. Il ne croyait pas à ce qu'il avait vu, mais n'osait pas non plus ne pas y croire.

Les femmes tambourinèrent à la porte pour savoir s'il avait trouvé quelqu'un dans la vieille maison. Pourquoi donc Rami ne les laissait-il pas entrer ?

Une fois calmé, il ouvrit et expliqua que la vieille maison était hantée. Il y avait là-bas un monstre hirsute, et lui prendrait le prochain car pour Helsinki. Il n'était pas homme à rester dans un endroit pareil.

« Tu ne peux pas nous laisser toutes les deux seules ici », décréta Anelma en lui confisquant ses chaussures. Elle les enferma dans un placard et mit la clé dans son sac à main. Rami, ainsi, ne pouvait s'évader de Ronkaila, car il n'y a rien de plus atroce que de se promener pieds nus en ville.

À Helsinki, Rutja essayait de démontrer à Mme Suvaskorpi qu'il n'était pas un homme mais un dieu. L'inspectrice ne le croyait pas, ce qui n'avait rien d'étonnant.

« Je fais ce travail depuis dix ans, figurez-vous, depuis que je suis veuve. Je sais bien tout ce que les gens peuvent inventer, mais cette histoire de dieu est vraiment un comble. D'ailleurs, j'effectue mes contrôles fiscaux tout à fait indépendamment du fait qu'ils touchent l'activité commerciale d'un homme ou d'un dieu. »

Rutja déclara qu'il lui semblait se souvenir du mari de Mme Suvaskorpi.

« Votre mari avait bien le nez un peu busqué ? Sur le torse, dans le dos, une large tache de naissance foncée, au niveau des omoplates ? Un dentier dans la bouche et une jambe un peu plus courte que l'autre ? Il plissait les yeux ? »

L'inspectrice des impôts reconnut que le signalement concordait. Où M. Ronkainen voulait-il en venir ?

« Voyez-vous, il se trouve que je m'occupais justement des affaires de Horna quand votre époux est mort. Il y arrive énormément de gens, impossible de se rappeler tout le monde, mais ce Suvaskorpi m'est resté en mémoire. Son prénom était Oskari, non ? »

Rutja révéla à Mme Suvaskorpi que feu son mari avait descendu les rapides fumants du fleuve de Tuonela l'attaché-case sous le bras et la cravate flottant dans le vent brûlant et que quand il était enfin arrivé en Horna, il avait fait une scène épouvantable, exigeant d'être transféré au ciel. Ce n'était rien, beaucoup de gens crient en Horna, mais Suvaskorpi avait déclaré qu'il était juriste et argué que l'on ne pouvait supprimer des avantages acquis. Selon lui, le fait d'être soudainement mort d'une crise cardiaque n'avait aucune importance. Il devait obtenir un logement de même standing que sur terre. Il exigeait son transfert immédiat dans le ciel, demandait à être traité correctement et voulait le niveau de vie de la classe moyenne supérieure auquel il avait droit. En outre, il considérait comme allant de soi qu'on lui procure une belle et intelligente épouse, comme celle qu'il avait eue avant sa mort.

« Alors bon, avec Lempo et Turja, nous avons donné à Oskari un travail plus facile que d'habitude, brouetter du charbon de bois pour les marmites de Horna. Mais cela ne plaisait pas du tout à votre mari. Il prétendait avoir été conseiller auprès du comité de rédaction des lois du ministère de l'Intérieur et connaître parfaitement ses droits. Il menaçait et tempêtait tant que Turja s'est énervé et lui a passé une sacrée raclée.

— Mais c'est horrible », souffla Mme Suvaskorpi.

Rutja raconta qu'avec le temps maître Suvaskorpi s'était accoutumé à son travail et avait cessé de protester. Au bout d'un moment, il avait engagé quelques ouvriers décédés pour brouetter le charbon de bois à sa place et, maintenant, Oskari Suvaskorpi occupait en Horna une position en vue. Il tenait le registre des morts.

Mme Suvaskorpi ne croyait toujours pas Rutja. Elle fit remarquer qu'il était stupide de plaisanter ainsi. M. Ronkainen pouvait avoir connu Oskari Suvaskorpi, par exemple pendant leur service militaire.

« Vous autres fonctionnaires êtes vraiment des gens incroyablement têtus, soupira Rutja. Mais que vous le croyiez ou non, je suis le fils du dieu de l'Orage.

— C'est ça. »

L'inspectrice des impôts se remit au travail. Ses pensées tournaient cependant autour des propos de Rutja. L'homme était idiot, il fallait le reconnaître, mais d'une certaine manière, tout cela lui plaisait. Il y a si peu de fantaisie dans la vie d'une inspectrice des impôts qu'une telle dose, en une seule fois, c'était presque trop. Mais ça faisait du bien.

L'après-midi, Rutja invita Mme Suvaskorpi à l'accompagner au restaurant. Il pensait qu'il serait agréable de faire un bon repas, de boire du vin et d'essayer d'amener l'inspectrice à de meilleurs sentiments. Mais Mme Suvaskorpi avait d'autres projets :

« J'aurais peut-être pu accepter, mais je suis inspectrice des impôts et j'ai pour mission d'étudier les imprécisions relevées dans votre comptabilité. Si je dînais avec vous, ce serait considéré comme de la corruption. Et deuxièmement, j'ai pris un billet pour ce soir au théâtre d'été de la forteresse de Suomenlinna. Merci beaucoup, mais je ne peux pas venir. »

Rutja déclara que, dans ce cas, il prendrait lui aussi un billet pour le théâtre d'été. Mme Suvaskorpi décréta qu'elle ne voulait empêcher personne d'aller au théâtre, toute inspectrice des impôts qu'elle fût.

Le théâtre d'été de Suomenlinna donnait dans les murs du bastion de la Bonne Conscience la première pièce d'un jeune auteur prometteur, *Les Deniers du crime*, qui traitait de graves problèmes sociaux tels que le trafic de drogue, l'exploitation capitaliste, etc. Rutja et Mme Suvaskorpi avaient pris place au plus haut rang des tribunes, où le fils du dieu de l'Orage avait réussi à obtenir un billet au dernier moment. Mme Suvaskorpi était élégamment vêtue, délicieusement parfumée, et laissait Rutja lui tenir la main. Son attitude n'avait rien d'officiel et elle bavardait avec animation, en attendant le début du spectacle, de théâtre et d'autres manifestations de la vie culturelle. Rutja avoua que c'était la première fois qu'il allait au théâtre, mais Mme Suvaskorpi ne le crut pas.

La pièce commença dans un tohu-bohu terrible. Une dizaine de jeunes acteurs se ruèrent sur scène en criant et en frappant sur des tambours. Par moments, la troupe éclatait de rire, par moments elle chantait, réveillant tous les échos de la forteresse. Rutja regardait le spectacle avec de grands yeux, cela lui plaisait. Même en Horna, il n'y avait pas autant d'action !

Au fil de la pièce, Rutja constata cependant qu'il ne s'agissait pas d'un simple divertissement, mais que l'un des comédiens, un véritable criminel, troublait sans arrêt la vie et le bonheur des autres. Il leur extorquait de l'argent, les menaçait et les faisait chanter, se conduisant comme un gangster. Rutja fut tellement pris par la pièce qu'il oublia qu'il se trouvait sur les gradins du théâtre d'été. Il se mit dans une colère terrible contre le malfaisant personnage, grogna même à l'inspectrice des impôts :

« Il n'y a donc personne pour mater ce vaurien ! »

Mme Suvaskorpi ne semblait absolument pas émue par les agissements du jeune homme.

Le fils du dieu de l'Orage bouillonnait. Le scélérat sans vergogne alla même jusqu'à battre une jeune actrice, sur scène, sous les yeux du public, avec d'autant plus de cruauté que la malheureuse implorait pitoyablement grâce.

Puis un coup de cloche retentit. L'assistance, qui se pressait en rangs serrés, applaudit avec enthousiasme, un entracte suivit. Les spectateurs se massèrent près du buffet, à la porte du bastion. Mme Suvaskorpi prit Rutja par la main et le conduisit à l'extérieur de l'enceinte. Elle avait le sentiment qu'il avait pris le spectacle bien trop à cœur. D'un autre côté, il était vrai qu'elle aussi avait trouvé la pièce impressionnante.

Les acteurs vinrent se mêler au public. L'un servait du café au buffet, un autre échangeait des impressions artistiques avec les spectateurs, d'autres changeaient les décors. Rutja chercha d'un œil dur l'immonde scélérat. Derrière le buffet, il vendait des gobelets de sirop rouge aux spectateurs, riant comme si ses méfaits de tout à l'heure n'avaient pas existé. Constatant cela, Rutja décida de lui donner une bonne leçon. Désignant l'homme, il dit à Mme Suvaskorpi :

« Si personne d'autre sur cette île n'est capable de mettre ce voyou au pas, je vais m'en charger. C'en est trop, qu'il puisse se promener en liberté, regardez, il est là à prendre l'argent des gens. Je suis quand même le fils du dieu de l'Orage ! »

Mme Suvaskorpi tira Rutja à l'écart de la queue du buffet. Le couple monta sur un tertre gazonné voisin. Les yeux de Rutja lançaient des éclairs de fureur bleus, Mme Suvaskorpi tenta de l'apaiser.

« Monsieur Ronkainen, je vous en prie... essayez de vous calmer. Auriez-vous bu ? Je n'aurais pas dû vous amener ici, reprenez-vous. »

Rutja déclara qu'il en avait vu assez. Il leva son visage courroucé vers le ciel bleuté du soir, récita une brève incantation d'une voix rauque :

> *Ô Ukko Ylijumala,*
> *maître des cieux tumultueux,*
> *darde ta flèche impitoyable*
> *vers la poitrine du chien galeux !*

Au même instant, un éclair fendit le ciel sans nuages et s'abattit sur les remparts de la vieille forteresse, jetant le vil vendeur de sirop en une masse fumante aux pieds des spectateurs ; tous les rochers de Suomenlinna grondèrent, renvoyant l'écho d'un formidable roulement de tonnerre, des centaines de personnes s'enfuirent en tous sens devant l'orage imprévu. Une fumée bleue flottait autour du buffet en miettes et sous les décombres gisait inconscient le comédien qui, deux battements de cils plus tôt, servait joyeusement du sirop aux papotants spectateurs du théâtre d'été. Les gens, pris de panique, se pressaient maintenant sous le porche de la forteresse, un enfant pleurait, des femmes hurlaient, les bancs des gradins furent renversés quand les plus terrorisés se ruèrent à l'abri dans le bastion.

Mme Suvaskorpi sentit la terre trembler sous ses pieds, attendit un nouveau coup de tonnerre, mais rien ne vint. Le ciel était sans nuages : aucune pluie ne suivit l'éclair, mais une odeur d'ozone flottait à la porte de la forteresse. L'inspectrice des impôts jeta un coup d'œil à Rutja, qui était tout à fait calme. Finie l'irritation de tout à l'heure. L'homme avait l'air pleinement satisfait, comme s'il avait accompli une bonne action.

« Qu'avez-vous fait là ! Vous avez foudroyé un innocent comédien ! »

L'accusation de Mme Suvaskorpi était fondée, mais elle essaya ensuite de se persuader qu'il s'agissait peut-être d'une coïncidence. Elle l'espérait, de tout son être. Mais si le cataclysme avait été provoqué par M. Ronkainen, comme elle l'avait vu de ses yeux, cela signifiait qu'elle avait devant elle un être surnaturel, peut-être même le fils du dieu de l'Orage, comme il le prétendait

142

obstinément. Mme Suvaskorpi se sentit faiblir sur ses jambes.

Ce ne fut qu'au bout d'un long moment que la foule se calma suffisamment pour que les machinistes et les acteurs présents puissent se pencher sur le sort de leur camarade. L'un des comédiens demanda d'une voix forte s'il y avait un médecin dans l'assistance. Il s'en présenta deux. On mit l'acteur foudroyé sur une civière, on s'affaira autour de lui, on pratiqua la respiration artificielle.

« Nous sommes désolés de cet éclair, mesdames et messieurs ! Nous nous voyons dans l'obligation d'interrompre la représentation en raison de l'accident survenu à notre premier rôle. Nous vous demandons de bien vouloir vous rendre calmement à l'embarcadère. Gardez le talon de votre billet, l'interruption de la séance y sera marquée d'un coup de tampon et, en échange, vous pourrez acheter un billet à moitié prix pour la prochaine représentation. Merci de votre présence et à bientôt ! *Les Deniers du crime* demain à dix-neuf heures ! »

On entreprit d'appliquer sur le talon des billets le cachet du théâtre d'été de Suomenlinna. Certains ronchonnaient parce que la représentation avait été interrompue et qu'il leur faudrait payer un supplément pour une nouvelle place, mais la majeure partie du public comprenait que le théâtre n'était pas responsable de l'incident, qu'une force supérieure avait été à l'œuvre. Peu à peu, la foule s'écoula de la forteresse vers le quai. Le comédien inanimé fut porté dans le bastion sur la civière. L'un des médecins lui pressait la poitrine en cadence, lui faisant un massage cardiaque. L'autre maintenait la bouche du patient ouverte, pour qu'il ne s'étouffe pas.

Rutja et Mme Suvaskorpi se dirigèrent avec les autres vers le bac. Ils n'échangèrent pas un mot, mais Mme Suvaskorpi réfléchissait si intensément à ce qu'elle avait vu qu'elle en avait presque le vertige. Pendant la traversée, elle observa discrètement le visage tranquille de M. Ronkainen et dut avouer qu'il y avait dans ses traits quelque chose de divin. Au débarcadère de la place du Marché, Mme Suvaskorpi glissa sa main dans celle de Rutja et déclara :

« Pardonnez-moi... de vous avoir accusé de cet éclair. On aurait vraiment dit que vous l'aviez provoqué. Mais aucun humain ne peut faire cela. Je déraisonne. »

Sur la place du Marché, Rutja prit congé de Mme Suvaskorpi.

« Vous viendrez sans faute demain continuer votre contrôle fiscal, n'est-ce pas ? demanda-t-il. Il y a encore de nombreux points d'ombre... »

Chez elle, Mme Suvaskorpi songea qu'on ne lui avait jamais demandé un contrôle fiscal avec autant de ferveur que ce soir. Elle se sentit rougir. M. Ronkainen était vraiment un homme étrange.

L'accident du théâtre d'été fut mentionné dans le journal radiophonique du soir. Le comédien foudroyé avait été conduit à l'hôpital universitaire central de Helsinki, où il avait en partie repris connaissance. Selon les médecins, il se rétablirait pleinement, même si cela devait prendre quelques jours. Le théâtre avait annoncé qu'un autre acteur tiendrait le rôle pendant le temps qu'il lui faudrait pour se remettre de ce coup de foudre.

## 13

Mme Suvaskorpi revint le jour suivant démêler les incohérences de la comptabilité du magasin d'antiquités Ronkainen. L'orage de la veille lui avait cependant fait un tel effet qu'elle ne parvenait pas à se concentrer sur son travail de représentante de l'État. Elle ne cessait de réfléchir à la possibilité que la cible de son contrôle ne fût pas un homme mais un dieu, comme il s'entêtait à l'affirmer. La législation fiscale terrestre s'étendait-elle aux actes des dieux ? Il n'existait aucune règle générale en la matière, aucune circulaire de l'administration n'indiquait comment procéder quand une divinité se rendait coupable de fraude fiscale. Mme Suvaskorpi soupira. Elle avait des pensées tout à fait impossibles.

« Ce comédien frappé par la foudre, hier soir, au théâtre d'été... il s'en remettra, je l'ai entendu hier à la radio, dit-elle à Rutja. C'était quand même inconsidéré de votre part », ajouta-t-elle d'un ton de reproche.

Rutja ne jugea pas utile de s'étendre sur les rapports entre l'art dramatique et les orages. Il rappela par contre à l'inspectrice des impôts qu'elle avait promis de l'aider pour sa demande de changement de nom. Mme Suvaskorpi remit ses papiers dans sa sacoche et déclara qu'ils pouvaient aussi bien aller tout de suite à la préfecture s'occuper de cette affaire.

« Nous allons passer vous chercher une fiche d'état civil, il faudra la demander au nom de Sampsa Ronkainen, même si vous n'êtes pas vraiment Sampsa Ronkainen.

— C'est bien pour cela que je veux changer de nom, fit remarquer Rutja. Croyez-vous enfin que je sois le fils du dieu de l'Orage », demanda-t-il lorsqu'ils furent dans la rue, en route vers les services de l'état civil. Mme Suvaskorpi ne répondit rien, d'où Rutja conclut que le coup de tonnerre de la veille avait peut-être déjà fait son effet. L'inspectrice des impôts réfléchissait en tout cas très sérieusement à la question.

À la préfecture, le fils du dieu de l'Orage et Mme Suvaskorpi présentèrent la demande de changement de nom et la fiche d'état civil à maître Mälkynen, l'officier ministériel qui s'occupait de ces questions. C'était un homme volubile, d'une trentaine d'années, vêtu d'un costume gris comme tous les fonctionnaires du monde, avec une cravate en laine soigneusement nouée autour du cou. Il était grand et mince, décontracté, et semblait se trouver irrésistiblement drôle. Peut-être avait-il de l'humour, d'ailleurs, qui sait, se dit Rutja. Mais l'homme lui-même importait moins pour l'instant que ce qu'on attendait de lui. Il fallait d'abord s'occuper de cette histoire de changement de nom, on verrait ensuite si on pouvait convertir l'officier ministériel en disciple. Rutja pensait qu'il serait

bon qu'il y ait parmi ses fidèles quelques fonctionnaires connaissant les lois et les méandres de
l'administration finlandaise.

Jésus, en son temps, s'était essentiellement
entouré de pêcheurs, mais ce procédé ne convenait pas à Rutja. Les harenguiers du golfe de Finlande avaient peut-être une foi inébranlable,
mais quand on savait à quel point ils géraient
mal leurs intérêts — vendre du bon poisson à des
élevages, à un prix dérisoire, pour nourrir d'inutiles visons — on se disait qu'ils ne seraient pas
d'une grande aide quand il s'agirait de ramener
toute la Finlande, puis le monde entier, à la vraie
foi.

Maître Mälkynen prit un air accablé et commença à se plaindre de son sort.

« Sampsa Ronkainen ! Pourquoi diable vou-
lez-vous changer de nom ? Le vôtre est parfait.
Songez un peu à ce que cela serait d'en avoir
un aussi affreux que le mien : Mälkynen, Aser,
Aimé ! C'est moi qui devrais exiger d'en changer,
pas vous ! Vous arrivez à comprendre le raison-
nement de mes parents, vous ? Appeler un enfant
Aser Aimé, quand il porte un nom aussi écœurant que Mälkynen[1]. De l'humour morbide, voilà
ce qu'était mon baptême. Qu'est-ce que je n'ai
pas entendu sur Aser, dans mon enfance, puis
sur Mälkynen, à l'armée. Je ne suis pas marié, et
ça ne vient pas de moi, mais de mon nom. On dit
qu'à bon homme mauvais nom ne nuit pas, mais
dans mon cas, le proverbe a tort.

— Changez donc de nom, si cela vous amuse,

---

1. Approximativement, en français, « Foutreux ».

mais si nous nous occupions de notre affaire, interrompit Mme Suvaskorpi.

— Une fois, j'ai été jusqu'à me fiancer, mais quand le père a su que sa fille deviendrait peut-être un jour Mme Mälkynen, il a fait un scandale terrible et m'a chassé de la région... enfin passons. Mon ex-fiancée a finalement épousé un certain Virtanen[1]. Je me demande si le beau-père est content, maintenant ? »

Après ces considérations préliminaires, Mälkynen entreprit d'exercer les devoirs de sa charge. Il remplit des papiers, puis déclara qu'il n'était pas possible de changer de patronyme. Par contre, il était prêt à accepter un changement de prénom, à titre de compromis, en quelque sorte.

« Pour le changement de patronyme, il faudrait demander l'avis de la Ligue pour la défense du finnois, et elle ne donnera certainement pas un avis favorable pour "fils du dieu de l'Orage". Vous pouvez leur téléphoner si vous ne me croyez pas. On peut bien entendu faire appel en cas de refus de la préfecture. Cela demande un an. Généralement, les appels sont rejetés. Mais je peux changer votre prénom, même en Rutja si ça vous plaît tant. Est-ce que celui-ci figure seulement dans l'almanach, d'ailleurs ? »

On étudia l'almanach. Rutja n'y figurait pas. Il y avait bien Raimo, Rauno et Reko, mais pas Rutja.

« Alors il faut aussi demander l'avis de la Ligue sur Rutja. Les nouveaux prénoms doivent en principe figurer dans l'almanach. Sinon, il y

1. Toujours approximativement, « Coulant ».

aurait la même confusion que sur le chantier de la tour de Babel, haha. »

L'inspectrice des impôts téléphona à la Ligue pour la défense du finnois et demanda officieusement si elle serait favorable à ce qu'un certain Sampsa Ronkainen change son prénom en Rutja. La Ligue fut catégorique. On ne donnerait pas d'avis favorable, car Rutja ne figurait pas sur la liste des prénoms.

« Et voilà. M. Ronkainen devra se passer de Rutja, rigola Mälkynen à la fin de la conversation.

— Vous refusez donc, demanda Mme Suvaskorpi d'un ton sec.

— C'est-à-dire... dans un sens, Rutja me semble parfait. Rutja Ronkainen... ça sonne bien. Je ne suis pas de bois, inscrivons-le sur le papier et ce sera fait. La loi n'exige pas de demander un avis pour les prénoms, et s'il est négatif, la préfecture peut ne pas en tenir compte, c'est-à-dire le flanquer au panier. »

L'officier ministériel remplit le document, le parapha et le tamponna.

« Je dois encore donner ceci à signer au chef de cabinet. Officieusement, vous pouvez commencer à vivre sous le nom de Rutja, mais ne signez pas de reconnaissances de dette comme ça avant d'avoir les papiers. Il me faut aussi des timbres fiscaux. Et vous pouvez mettre une annonce dans le journal, que vos copains sachent vous appeler par votre nom, haha. Maintenant que vous êtes Rutja Ronkainen, peut-être faudrait-il que je me cherche aussi un nouveau prénom... Que penseriez-vous de Mutja Mälkynen ? Ça a un petit côté mutin, tout à fait

adapté à ce qu'on attend des hommes d'aujour-
d'hui... »

Quand Rutja Ronkainen fut parti à la poste
acheter les timbres fiscaux nécessaires pour faire
avancer son dossier, Mälkynen demanda à
Mme Suvaskorpi si l'homme était fou — pourquoi
sinon voudrait-il échanger un bon nom contre
Rutja ? L'inspectrice des impôts se fâcha presque.

« Écoutez, monsieur Mälkynen. Cet homme
prétend être un dieu, le fils du dieu de l'Orage,
Rutja. Il est venu du ciel des Finnois ici sur la terre
et il a l'intention de sauver le peuple de Finlande
et de le convertir à son ancienne vraie foi. Je suis
une fonctionnaire expérimentée et capable de dis-
cernement, inspectrice des impôts, comme vous
le savez peut-être, et je ne crois pas tellement à ce
genre d'histoires. Mais hier soir, à Suomenlinna,
j'ai assisté à un événement qui m'a convaincue du
caractère tout à fait exceptionnel de M. Ronkainen. Disons même de sa divinité. Si vous ne
croyez pas ses propos, cela vous regarde, mais
moi, je ne doute plus, et je ne cache pas ma foi. Il
n'est en aucun cas fou.

— Votre secte, c'est une espèce de société
secrète de parapsychologie, ou quoi ? Ou peut-
être êtes-vous en train de fonder en Finlande une
communauté religieuse entièrement nouvelle ?
Vous n'avez vraiment pas froid aux yeux. Le
métier d'inspectrice des impôts doit être plutôt
aride, non ? Peut-être que ce zèle religieux y
ajoute un peu de piment. »

Rutja revenait avec les timbres fiscaux. Il eut le
temps d'entendre les derniers mots de Mälkynen.
Ils l'irritèrent et il le dit franchement à l'officier
ministériel.

« Je pourrais vous foudroyer net, si je voulais, monsieur Mälkynen. Il ne resterait de vous qu'un tas de cendres fumantes. »

La menace amusa énormément Mälkynen. Il entreprit de raconter l'histoire d'un type qui en avait eu tellement assez de la médiocrité des programmes de télévision qu'il avait fini par uriner dans son téléviseur. Il l'avait d'abord bourré de coups de pied, puis avait pissé dedans.

« Devinez quoi ? Le type a reçu de l'engin une décharge électrique tellement violente qu'on a directement pu balayer dans une urne ce qui restait de son corps, haha ! 30 000 ampères droit dans la queue ! Un vrai coup de foudre, non ! »

Rutja fut courroucé. On se moquait des dieux. Il jeta un coup d'œil autour de lui pour vérifier qu'il n'y avait pas de tiers dans le bureau. Puis il leva un regard suppliant vers le ciel et marmonna :

> *Ô Ukko Ylijumala,*
> *maître des cieux tumultueux,*
> *envoie-moi de grâce un éclair,*
> *une boule de foudre crépitante !*

Instinctivement, Mme Suvaskorpi mit ses mains sur ses oreilles et se recula dans un coin. On entendit bientôt un sifflement dans le conduit d'aération du bureau et une boule de foudre jaune se fraya en vrombissant un passage dans la pièce, dégageant une brûlante odeur d'ozone et voletant impatiemment comme un feu follet. La boule tourna d'abord deux fois autour de Rutja, s'approcha de Mme Suvaskorpi qui tremblait dans son coin, avant de foncer, sur un geste de

Rutja, vers Mälkynen, laissant échapper un sifflement aigu. Elle se précipita sur l'officier ministériel, grésilla et pétilla autour de lui, enflamma sa cravate, la coupant en deux et lui laissant une brûlure sur le cou, bien qu'il eût vivement jeté au loin le tissu enflammé ; puis la boule de foudre resta à crépiter sur le bureau. La calculette de poche de Mälkynen, qui se trouvait par hasard sous elle, fondit en un tas informe et brûla un morceau de la table. Une liasse de documents officiels se trouva carbonisée et l'air de la pièce s'emplit de gaz et d'épaisses fumées. Une vapeur jaune montait du col de l'officier ministériel.

« Faites-la immédiatement sortir, je vous crois ! » cria-t-il affolé.

Rutja indiqua la trappe d'aération à la boule, mais celle-ci ne tenait pas encore à sortir. Il fallut le lui ordonner sévèrement avant qu'elle ne s'engouffre en chuintant dans le conduit. Là, elle explosa sourdement.

L'inspectrice des impôts reprit ses esprits avant l'officier ministériel. Elle alla ouvrir la fenêtre pour aérer la pièce. Elle n'avait pas peur, mais son visage était grave. Mälkynen, par contre, était terrorisé, blanc comme un linge ; sa voix chevrotait, ses mains tremblaient, il s'en fallut de peu qu'il ne prenne ses jambes à son cou et s'enfuie de son bureau. Il n'avait plus envie de rire de Rutja Ronkainen. Jamais, plus jamais.

Rutja s'inclina légèrement en direction de Mme Suvaskorpi pour lui signifier que tout était en ordre et qu'ils pouvaient partir. L'inspectrice des impôts plia l'autorisation de changement de nom dans son sac. L'officier ministériel resta seul dans son bureau de la préfecture, encore empli de fumée.

Dans la rue, Mme Suvaskorpi prit Rutja par le coude.

« Oh, comme je t'admire. Je crois en toi, tu as des forces divines. »

Rutja lui fit remarquer que sa conversion avait vraiment été une tâche difficile, il avait fallu de nombreuses explications, et deux coups de foudre par-dessus le marché.

« Si tous les Finnois sont aussi têtus que toi en matière de religion, cela veut dire qu'à partir de maintenant la foudre va tomber sans discontinuer sur la Finlande. Il va nous falloir dix millions d'éclairs...

— Tous les Finnois ne sont pas inspecteurs des impôts. Mon métier fait que, depuis des années, je ne crois plus ce que les gens m'expliquent. Je ne crois que dans les faits froidement attestés. Tout doit être sur papier.

— Tu as quand même fini par croire, quand le tonnerre a grondé, que j'étais le fils du dieu de l'Orage. »

Mme Suvaskorpi reconnut que dorénavant, en plus des documents officiels, elle ferait aussi confiance aux orages.

Rutja l'emmena déjeuner au restaurant. Selon son habitude, il mangea bien et but deux bouteilles de vin avec le repas. L'inspectrice le mit en garde contre cette habitude. Quand Rutja lui demanda ce qu'il y avait de curieux à boire du vin, elle lui expliqua que cela n'avait rien d'étrange en soi, mais que deux bouteilles par jour, c'était trop. Boire ainsi vous transformait inévitablement en alcoolique. Mme Suvaskorpi ne voulait pas imaginer une seconde que le fils du dieu de l'Orage puisse finir dans le caniveau. Rutja devait vivre comme vivent les dieux, puisqu'il en était un. Libre de toute envie ou servitude humaine.

Rutja lui fit remarquer qu'il avait cru que son sentiment d'ivresse venait de la nourriture et non de la boisson. Il promit de se montrer plus prudent avec le vin, à l'avenir.

Après le repas, Rutja et l'inspectrice des impôts retournèrent au magasin d'antiquités. Mme Suvaskorpi examina la comptabilité d'un œil neuf et déclara qu'il ne lui faudrait pas plus de deux jours pour rendre les livres présentables.

« D'ailleurs rien ne m'oblige à transmettre mes constatations plus avant. Dorénavant, le magasin d'antiquités Ronkainen ne sera plus imposé », décida-t-elle.

L'après-midi, maître Mälkynen téléphona. Il avait réussi à remettre de l'ordre dans son bureau, avait pansé son cou et acheté une nouvelle cravate ainsi qu'une calculette. Il était à nouveau plein d'ardeur, voulait devenir le disciple du fils du dieu de l'Orage et le frère spirituel de Mme Suvaskorpi. Il affirma qu'il serait un propagateur efficace de la nouvelle foi, un apôtre ardent et zélé, meilleur que Pierre. Il expliqua qu'il connaissait un certain nombre de personnes qui pourraient s'avérer utiles dans ces affaires religieuses. Le directeur d'une importante agence de publicité, notamment, pourrait être un bon contact pour le fils du dieu de l'Orage. Mälkynen pourrait aussi organiser une rencontre avec des journalistes et d'autres relations à lui.

« Si l'on trouve le financement nécessaire, on

pourrait répandre cette religion nouvelle, ou ancestrale, ou disons *néo-ancestrale*, grâce à une campagne de publicité », expliqua-t-il. Rutja promit de reprendre contact avec lui dès qu'il aurait besoin de son aide.

Le soir, Mme Suvaskorpi ne rentra pas chez elle. Elle resta avec Rutja dans l'arrière-boutique du magasin. Elle se livra au même cérémonial que Mme Moisander en son temps, mais ne s'enfuit pas comme elle et accueillit de manière tout à fait rationnelle le projet de Rutja de transformer la chambre en lieu de rangement de l'attirail chamanique.

## 14

À Isteri, Rami, le prétendu frère de la concubine supposée de Sampsa Ronkainen, continuait
d'exiger qu'on lui rende ses chaussures, pour
pouvoir quitter la terrifiante maison hantée et
retourner en ville. Anelma opposant un refus
inflexible à toutes ses demandes, il entreprit
d'échafauder des plans de fuite. La nuit suivante,
se dit-il, il chercherait ses souliers dans le placard, pendant qu'Anelma dormirait, puis il prendrait la poudre d'escampette. Mais quand vint la
nuit, personne ne dormit, tellement on avait peur
du fantôme de la vieille maison. Rami se mit
malgré tout en quête de chaussures à son pied. Il
essaya une paire d'Anelma — elles étaient à sa
taille, ses pieds s'y glissèrent sans problème, mais
le style n'allait pas. C'étaient des souliers de
femme plats à bout rond, blancs. Quand on les
comparait à ses propres boots pointues à talon
haut, la différence était criante, insurmontable.
Si Rami se présentait ainsi chaussé pour prendre
une bière avec les copains, sa réputation de
buveur était à l'eau. Exaspéré, il abandonna et se
résigna à son sort.

Tout au long de la nuit, Sirkka et Anelma siro-
tèrent du vin rouge, qui avait en fait été prévu
pour le futur barbecue mais que l'on pouvait
boire sans remords, puisque la maison était
pleine de fantômes et que l'on ne pouvait plus y
inviter personne. Enhardies par l'alcool, elles
décidèrent vers cinq heures du matin d'aller voir
si la vieille baraque était vraiment hantée, ou si
tout cela n'était que fruit de l'imagination et exa-
gérations. Elles avaient des raisons de soupçonner Rami, avide de retrouver les bars de Helsinki, d'avoir pu inventer des histoires d'horreur.

Anelma et Sirkka se munirent d'une lampe de
poche et d'une bouteille de vin et s'armèrent d'un
marteau pour se défendre. Elles prirent aussi les
chaussures de Rami en gage, afin que leur propriétaire ne profite pas de l'occasion pour
décamper.

Dans la maison, elles lancèrent des appels
d'une voix avinée, remuèrent bruyamment les
meubles et claquèrent les portes, au rez-de-
chaussée, pour se donner du courage.

Ces bruits firent sursauter Sampsa, qui lisait
un de ses ouvrages préférés dans la bibliothèque
du premier. Il se douta que les femmes étaient
ivres et terrifiées.

Ayant exploré les pièces du bas, Anelma et
Sirkka résolurent de monter dans la bibliothèque
puis de fouiller tout l'étage. Sampsa reposa son
livre, décidé à mettre un terme à leur boucan. Il
suffirait pour cela d'une petite apparition, il le
savait déjà. Il alluma la lumière de l'escalier et
ouvrit la porte de la bibliothèque. Il n'en fallut
pas plus.

En apercevant en haut des marches la haute et

fière silhouette du fils du dieu de l'Orage dans sa cape en peau d'ours, les femmes reculèrent en hurlant de terreur, coururent dans la salle et de là droit dehors. Elles étaient si pressées qu'elles négligèrent de refermer la porte, qui resta grande ouverte. Sampsa alla la boucler, éteignit la lampe de l'escalier et reprit sa lecture. Il éprouvait une certaine satisfaction à l'idée que sa seule apparence avait rendu les femmes à moitié mortes de peur. Il se dit qu'elles devaient en ce moment même être en train de prendre des calmants, qu'elles feraient descendre avec du vin rouge. Elles seraient dans un état second toute la journée du lendemain. Peu lui importait.

Le reste de la nuit, dans le nouveau pavillon, on trembla de peur en évoquant le monstre tapi dans la vieille maison. Rami demanda si les femmes le croyaient enfin — il ne voulait à aucun prix rester un instant de plus dans la région. Sirkka commençait à être du même avis, mais Anelma les menaça, les supplia de rester, et promit de contacter le voisin, Nyberg, un homme courageux et sans scrupule, qui oserait bien, lui, explorer la maison de fond en comble et chasser l'apparition. Dès six heures du matin, elle lui téléphona. Le voisin s'étonna un peu de cet appel matinal mais promit de passer à Ronkaila dès qu'il aurait nourri les vaches. Anelma lui conseilla de ne pas venir les mains vides, de prendre par exemple une hache ou un fusil. Nyberg eut un gros rire sinistre. Il ne pensait pas avoir besoin d'arme pour chasser des spectres. Il avait vu pas mal de choses bizarres, pendant la guerre, quand il était gardien d'un camp de concentration dans la ville d'Olonets.

« Mes poings suffiront bien à mettre ces satanés fantômes au pas. »

Il pensait qu'Anelma, après avoir trop bu, avait eu des visions. Enfin, il pouvait bien passer chez les voisins, si on l'en priait et l'en implorait. Ayant fini dans l'étable, il prit le chemin de Ronkaila. Dans la cour, il fut accueilli par deux femmes hystériques et un jeune homme nu-pieds. Tous trois jurèrent que le vieux bâtiment principal du domaine était hanté. Nyberg les écouta un moment, souriant un peu, puis agita le poing et demanda à Anelma la clé de la vieille maison. Elle déclara que la porte était restée ouverte, cette nuit, quand Sirkka et elle s'étaient enfuies en courant.

Pourtant, on la trouva soigneusement verrouillée. Nyberg demanda aux femmes si elles l'avaient réellement laissée ouverte. Anelma et Sirkka assurèrent qu'elles étaient sorties si vite qu'elles n'avaient à coup sûr pu faire autrement que la laisser béante. Quelqu'un avait mis le loquet derrière elles. Quelqu'un qui habitait là.

Nyberg se fit pensif. Il ne dit rien, mais il commençait à se demander s'il était bien sage de se mêler des affaires des voisins. Ne lui suffisait-il pas de cultiver les champs de Sampsa Ronkainen et de couper de temps en temps ses arbres ? Il se trouvait maintenant entraîné dans quelque chose qui ne lui rapporterait rien, ni pécuniairement ni autrement. Cette histoire, même si elle ne lui faisait pas franchement peur, commençait à l'inquiéter un peu.

Nyberg serra les poings, franchit la porte ouverte par Anelma et cria :

« Nom de dieu, s'il y a quelqu'un sortez de là ! C'est le voisin, Nyberg, qui vous l'ordonne ! »

Sampsa avait suivi d'en haut les événements. Il attendit que les femmes aient quitté le perron, puis ouvrit la porte de la bibliothèque et descendit l'escalier. Il fit grincer les marches, exprès, pour que Nyberg soit obligé de remarquer sa présence.

Le voisin se tenait au milieu de la salle, les poings levés. Sampsa éprouvait depuis des années une profonde aversion pour cet homme violent et imbu de lui-même, sous la coupe duquel il avait été obligé de vivre. L'individu qui gesticulait au bas des marches était celui-là même qui l'avait dépouillé, année après année, et osait en plus se plaindre devant tout le village de ce que les champs de Ronkaila ne valaient pas l'argent du fermage. Sampsa résolut de lui donner enfin une bonne leçon. Il descendit dans la salle sous l'apparence majestueuse de Rutja, la poitrine gonflée de la puissance du fils du dieu de l'Orage. Il n'éprouvait plus la moindre peur.

Nyberg, par contre, commençait à entrevoir qu'il ne s'en sortirait pas à mains nues. Il voulut pourtant essayer. L'arrivant était un monstre de grande taille, couvert de poils, l'air cruel. Nyberg eut envie de prendre ses jambes à son cou quand la créature s'approcha de lui. Un incident survenu pendant la guerre lui revint soudain en mémoire. C'était la nuit, il marchait dans la neige sur le sentier de garde éclairé par des lanternes, la barrière de barbelés d'un côté, la ville d'Olonets plongée dans l'obscurité de l'autre. Soudain, une boule de neige avait volé par-dessus les grilles, dans la nuit silencieuse, bientôt suivie d'une deuxième. Elles avaient été jetées par-dessus la clôture du côté des prisonniers, vers la liberté. Des prisonniers de guerre russes, adultes, savaient-ils presser des boules de neige comme font les enfants, en Finlande ? Ces deux boules firent naître une telle terreur en Nyberg qu'il bascula sa mitraillette de son épaule et vida un chargeur entier dans l'obscurité. Au matin, on trouva au coin de la réserve du camp les corps gelés de deux habitants d'Olonets.

Nyberg éprouvait maintenant le même sentiment. Il attendait que le monstre silencieux descende. Puis il frapperait, et après avoir cogné de toutes ses forces il s'enfuirait aussi vite qu'il pourrait.

Sampsa vit que Nyberg était prêt à lui sauter dessus. Sans s'en soucier, il descendit l'escalier, droit vers son voisin. Le poing de Nyberg fendit l'air en direction de sa tête, son pied se préparait à frapper. Vif comme l'éclair, Sampsa emprisonna l'homme dans ses bras et entreprit de lui administrer une sévère raclée.

Un court instant, il eut la tentation de tuer son voisin. Puis il se libéra de l'emprise de sa colère divine et se contenta de secouer le fermier en tous sens, le cogna un peu, balaya avec une bonne portion des murs et du plancher, lui fit traverser la salle et le vestibule et l'envoya voler du haut du perron, en un grand arc, haut et loin, jusqu'à l'allée de bouleaux. Puis il referma la porte d'entrée, éteignit la lumière et retourna à ses livres. Un sourire ironique, satisfait, flottait sur son visage. Il n'était même pas essoufflé.

La figure couverte de poussière et de sang, se tenant le ventre et boitant, Nyberg se traîna le long de l'allée de bouleaux jusque chez lui. Il se lavait le visage quand sa femme vint lui dire qu'on téléphonait de Ronkaila pour s'enquérir de son état. Il poussa un grognement, fit signe à sa femme de s'écarter et clopina jusqu'au téléphone.

« Il y a un monstre, là-dedans, appelez la police. Je n'entrerai pas une deuxième fois dans ce trou à loups, nom de dieu ! »

Respirant péniblement, il alla s'allonger sur son lit. Quand sa femme lui demanda ce qui s'était passé, il réussit à dire :

« Je me suis battu contre... laisse tomber ! »

Puis il se tourna vers le mur et soupira lourdement.

Il ne restait plus à Anelma qu'à téléphoner au commissaire de police de Kallis, qui écouta un instant ses explications affolées puis ordonna à l'agent Vahtonen d'aller voir à Isteri ce qui se passait chez Mme Anelma.

Vahtonen demanda de quoi il s'agissait et, quand il apprit qu'un monstre couvert de poils se déchaînait apparemment dans la maison de Ronkaila, il plissa le front.

« Il y a ce nouveau règlement qui dit qu'on ne doit plus intervenir seul. Je vais chercher Huimala chez lui ? »

Une heure après l'appel, les agents Vahtonen et Huimala arrivèrent au domaine de Ronkaila, à bord d'une voiture-radio. Dans la cour, ils interrogèrent Anelma, Sirkka et Rami. Ils demandèrent les papiers de ce dernier, mais l'intéressé ne les avait pas. Huimala nota quelque chose dans son carnet et Vahtonen fit remarquer que le jeune homme aurait intérêt à avoir désormais une pièce d'identité sur lui, surtout avec la tête qu'il se trouvait avoir. Puis ils entrèrent dans le vif du sujet.

Ils essayèrent d'ouvrir la porte d'entrée de la vieille maison, dont on constata qu'elle était à nouveau verrouillée. Ils demandèrent qui était passé par là en dernier.

« C'est Nyberg avant de faire un vol plané », expliqua Rami.

Les agents décidèrent d'aller interroger l'agriculteur en question. Ce dernier était étendu, dans sa chambre, la tête enveloppée de pansements, et n'était pas précisément d'humeur bavarde. La seule chose qu'on put en tirer fut qu'il ne savait pas qui était son agresseur, et ne voulait pas le savoir. Il déclara seulement, allez-y et faites votre travail, vous verrez bien. Lui avait fait sa part. Quand on lui demanda s'il voulait porter plainte contre son agresseur, il déclara qu'il ne voulait plus en entendre parler. Il affirma qu'il n'était qu'un tiers dans toute cette affaire, ce que ses blessures ne paraissaient cependant pas corroborer. On constata qu'il souffrait de contusions superficielles à la tête, d'égratignures sur les deux flancs, comme s'il avait été saisi par des mains plus grandes que celles d'un homme, et de quelques bleus à la hanche, qui était douloureuse quand on y touchait.

Après cela, les forces de l'ordre retournèrent à Ronkaila.

« Ouvrez, au nom de la loi », cria l'agent Huimala sur le perron de la vieille maison. Vahtonen, à côté, le couvrait. N'obtenant pas de réponse, les policiers utilisèrent la clé fournie par Anelma et pénétrèrent dans la salle. Elle était vide et silencieuse. Après avoir examiné le rez-de-chaussée, les policiers montèrent à l'étage. À mi-chemin de l'escalier, un homme velu, terriblement grand, vint à leur rencontre et déclara d'une voix rauque :

« Restez où vous êtes. Je vous demande de quitter cette maison si vous n'avez pas de mandat de perquisition en règle. »

Les deux agents admirent aussitôt qu'ils n'avaient pas de mandat, en tout cas pas écrit. Ils descendirent donc les marches à reculons jusque dans la salle puis sortirent en bon ordre, fermèrent la porte derrière eux et informèrent Anelma qu'ils allaient discuter de cette affaire avec le commissaire.

Sur la route du bourg, il leur vint cependant à l'esprit que ce n'était peut-être pas la peine d'aller directement rapporter les faits à leur chef. L'agent Huimala, qui était exceptionnellement pieux, proposa de parler d'abord au pasteur Salonen, sous la tutelle de qui les deux policiers avaient fait leur catéchisme dans les années 50. Il semblait être l'autorité locale la plus compétente pour ce genre d'affaires. Quand on aurait bavardé avec Salonen de tout ce qui s'était passé, on pourrait exposer la chose au commissaire.

« Parce qu'il se pourrait que le commissaire ne nous comprenne pas très bien. Il est si jeune qu'il n'a encore jamais eu véritablement affaire au diable », remarqua l'agent Vahtonen en dirigeant la voiture vers la cour du centre paroissial.

« À mon avis, cette histoire est trop hallucinante pour être confiée à la police », acquiesça l'agent Huimala, les lèvres blanches.

## 15

Les policiers expliquèrent au pasteur Salonen ce qui s'était passé à Ronkaila. Salonen écouta attentivement, car les questions spirituelles l'intéressaient, ne fût-ce que professionnellement. Huimala et Vahtonen ayant émis l'hypothèse qu'il se passait quelque chose de surnaturel dans la maison, l'homme d'Église promit d'apporter son aide, s'il le pouvait. Il demanda des précisions sur l'apparence, la voix et les gestes du fantôme, qu'il nota pour mémoire.

« Très intéressant, fit-il. Il est impossible de dire à première vue de quel phénomène il s'agit, mais il doit y avoir quelque chose d'inhabituel là-dedans. Je n'ai jamais entendu dire que des fantômes — si tant est qu'il en existe — se fussent comportés de manière violente.

— Nyberg s'était visiblement fait cogner, en tout cas, déclara l'agent Vahtonen.

— On aurait dit qu'il avait été attaqué par un ours », confirma l'agent Huimala.

Le pasteur Salonen promit d'aller parler au fantôme. Parler arrange les choses, affirma-t-il. Ils montèrent dans la voiture de police et retournèrent à Ronkaila. Les policiers intimèrent à Rami et aux femmes de rester dans le pavillon et se postèrent en surveillance au coin de la maison. L'agent Vahtonen dégagea son arme de service. Huimala, pensif, tripotait une longue matraque du dernier modèle. Le pasteur Salonen pénétra sans crainte dans la maison hantée.

Sampsa reconnut le pasteur dès son entrée dans la salle. Salonen plissait les yeux dans la pénombre. Il tenait à tout hasard un catéchisme et un crucifix à la main, le livre ouvert à la page du cinquième commandement. L'homme d'Église était prêt à le lire d'une voix forte à la face du fantôme velu, si celui-ci devenait violent.

Sampsa Ronkainen, sous la forme du fils du dieu de l'Orage, accueillit le pasteur Salonen avec respect et amabilité. Il pria son visiteur de s'asseoir dans le fauteuil de la bibliothèque pendant qu'il descendrait faire un peu de thé et préparer quelques canapés. Le pasteur étudia avec étonnement la silhouette du fils du dieu de l'Orage, un peu effrayé, tout de même, mais décida d'attendre le thé avant d'engager la conversation avec l'apparition.

Des milliers de fois, au cours de ses années de ministère, le pasteur Salonen avait eu des entretiens avec ses paroissiens, pour une raison ou une autre. Les uns avaient reçu des semonces paternelles à cause de leur débauche impénitente ou de leurs perpétuels blasphèmes, ou encore, souvent, de leur violence alcoolique, et il n'était pas rare que l'on eût besoin des sages paroles du pasteur pour remettre dans le droit chemin des âmes tourmentées. Il avait fallu parler aux personnes venues communier, aux catéchumènes, aux malades et enfin aux mourants. Cela avait quelquefois été difficile, mais jamais le pasteur Salonen n'avait eu aussi peur qu'aujourd'hui de l'entretien qui l'attendait. Pas même en 1949, quand il s'était vu convoquer devant le chapitre et réprimander pour son comportement prétendument débauché, sur dénonciation de la diaconesse alors chargée des bonnes œuvres de la paroisse. Plus tard, la délatrice était morte en couches, après avoir donné le jour à un enfant illégitime. Paix à sa mémoire, songea avec satisfaction le pasteur.

Sampsa apporta le plateau du thé dans la bibliothèque. Il était servi pour une seule personne, car les dieux ne mangent ni ne boivent, même pour tenir compagnie à quelqu'un.

« Je vous en prie, monsieur le pasteur, servez-vous », encouragea Sampsa. Salonen but du thé et prit un canapé, même s'il n'avait pas en ce moment précis particulièrement faim. Ayant versé une deuxième tasse de thé à son invité, Sampsa demanda :

« Et qu'est-ce qui vous amène à Ronkaila, monsieur le pasteur, par une aussi belle journée ? Quoique je me doute un peu de la raison.

— Oui... c'est réellement étrange. Je veux dire tout ceci, votre aspect, qui est à franchement parler effroyable... et puis ce que l'on affirme s'être passé ici. Pourriez-vous me dire qui vous êtes et ce que vous faites ? »

Sampsa raconta. Il commença au moment où il était arrivé à Isteri, venant de Helsinki, avec un fétiche en bois sculpté.

« Vous avez donc apporté ici une idole, s'étonna le pasteur.

— Disons cela comme ça si ça vous amuse. »

Sampsa expliqua qu'il avait porté le fétiche dans la forêt derrière la maison, sur un rocher où son père, Tavasti, offrait jadis de petites offrandes à Ukko Ylijumala. Sur ce rocher, il s'était alors produit la chose suivante : Rutja, le fils du dieu de l'Orage, était descendu du ciel des Finnois, chevauchant un éclair. Ils avaient échangé leurs corps. Cela n'avait pas été facile, et avait demandé beaucoup d'efforts. Sampsa illustra son récit par quelques pas de danse sauvages, tordant son corps comme Rutja le lui avait alors enseigné. Le spectacle donna la nausée au pasteur. Pour conclure, Sampsa expliqua que, quand l'échange avait été fait, il s'était installé à Ronkaila, dans la bibliothèque de la vieille maison, sous sa nouvelle apparence divine. Le fils du dieu de l'Orage, Rutja, se faisait passer depuis pour Sampsa Ronkainen et se trouvait provisoirement à Helsinki. Il avait d'ailleurs téléphoné une ou deux fois. Il avait paraît-il trouvé une disciple. Une inspectrice des impôts, une certaine Mme Suvaskorpi.

« Intéressant, bien qu'ahurissant, reconnut le pasteur Salonen. Mais pourquoi avoir terrorisé les gens ici, votre sœur, votre voisin et votre amie... ou n'est-elle pas votre compagne illégitime, d'ailleurs ? À ce propos, maintenant que vous avez cette apparence païenne, je n'aimerais pas beaucoup vous marier avec elle. Continuez de vivre en union libre jusqu'à ce que vous ayez réintégré votre propre corps. Il ne peut être question de mariage religieux, je ne peux quand même pas bénir des faux dieux et des spectres. »

Sampsa jura qu'il n'avait pas la moindre intention d'épouser Sirkka Leppäkoski, le pasteur n'avait pas de souci à se faire. Il ajouta qu'en ce qui concernait Nyberg, il s'était impudemment introduit chez lui, brandissant un poing menaçant.

« J'ai suffisamment supporté cet individu sur mes terres. Je l'ai jeté dehors, puisqu'il se trouve que j'ai la force physique de le faire. Vous n'imaginez pas comme Rutja est un dieu costaud ! »

Sampsa voulut montrer un peu ses pouvoirs au pasteur. Il lui demanda de tenir solidement les accoudoirs du fauteuil. Puis il souleva d'une main le siège et le pasteur jusqu'au plafond, tint le tout un long moment à bout de bras et ne reposa l'homme que quand il l'en eut imploré plusieurs fois.

« Oh, je vous crois à moins ! Je suis un vieil homme, j'ai le vertige.

— Excusez-moi, j'oubliais. »

Le pasteur se déclara convaincu de la véracité du récit de Sampsa Ronkainen, il savait bien que des choses surnaturelles pouvaient survenir. Il en était arrivé de très nombreuses en Israël vers le début de notre ère. Pourquoi de tels événements ne pourraient-ils pas avoir lieu à Isteri de nos jours ? Le temps des miracles n'est pas terminé, constata le pasteur. En fait, fit-il remarquer, peut-être le Diable lui-même était-il venu sur la terre sous l'apparence de Rutja. Peut-être pourrait-on convenir qu'il en était réellement ainsi, suggéra le pasteur.

« Je pourrais utiliser cette histoire dans mon prêche », se réjouit-il. Puis il lui vint à l'esprit que personne ne croirait à la venue du Diable sur la terre et il abandonna l'idée.

« Quoi qu'il en soit, le monde a finalement atteint l'ultime degré d'impiété où de tels événements commencent à se produire. Je prédis une horreur de ce genre depuis des années déjà. Ce sont des signes annonciateurs de la fin des temps. »

Après avoir bu encore une tasse de thé, le pasteur prit congé. Il déclara qu'il reviendrait voir Sampsa et lui demanda de lui téléphoner quand Rutja reviendrait de Helsinki. Salonen ajouta qu'il n'avait pas vraiment d'opinion sur toute cette affaire, ainsi pris de court, mais qu'il devait en tout cas veiller au départ des policiers et calmer Anelma et les autres. Il remercia pour le thé, laissa son catéchisme dans la bibliothèque et quitta la maison. Sampsa le raccompagna jusqu'à la porte et, quand il fut sorti, la verrouilla de nouveau.

Dehors, les policiers, curieux et nerveux, vinrent demander à Salonen s'il avait vu le fantôme. On vit aussi accourir Anelma, Sirkka et Rami, auquel on n'avait toujours pas rendu ses chaussures et qui traversa la pelouse en boitillant, pieds nus.

« Tout est en ordre. Pour l'instant, les tiers n'ont rien à faire là. Seul Sampsa Ronkainen a le droit d'entrer, expliqua le pasteur.

— Vous avez vu ce diable, à l'intérieur ? » demandèrent les agents de police.

Le pasteur eut du mal à trouver une réponse adéquate. Dans son meilleur style oratoire, il proclama :

« Je vais chasser le mal de cette maison de façon qu'il ne se répande jamais au-dehors. Croyez-moi, croyez en Dieu ! »

Le pasteur regretta que la religion luthérienne soit si terne. Il ne pouvait pas faire de signes de croix ostentatoires comme un pope, sans parler d'exorciser les démons de la maison. Il était obligé de se contenter de s'agenouiller et de prier Dieu pour qu'il protège les hommes des esprits malins. Comme cela n'avait pas l'air de faire beaucoup d'effet sur les spectateurs, le pasteur, exaspéré, se mit en devoir de tourner autour de la maison, chantant un hymne de combat qu'il connaissait bien depuis la guerre :

> *C'est un rempart que notre Dieu*
> *Une invincible armure.*

À chaque angle, il levait le poing en direction du premier étage. Sept fois, il fit le tour de la maison, sept fois il reprit le psaume et, à la dernière, escalada l'échelle d'incendie jusqu'au toit, haussant agressivement le ton. À travers la fente des rideaux de la bibliothèque, il aperçut un instant le visage hirsute de Sampsa. Salonen songea qu'il était maintenant contraint de collaborer avec le Diable lui-même, sinon la situation lui échapperait totalement. Il martela de ses poings le toit de tôle, dans un bruit de tonnerre, et cria d'une voix puissante des menaces à l'adresse des esprits malins.

En nage après tous ces efforts, le pasteur descendit enfin de l'échelle. Il demanda aux policiers de le conduire chez le commissaire. Avant de partir, il souhaita une bonne santé aux gens de la maison et remarqua que cela faisait longtemps que personne de Ronkaila n'était venu à l'église.

« Anelma, vous auriez bien le temps, dit-il d'un

doux ton de reproche. Il se passe des choses étranges quand le peuple ne croit pas en Dieu. Ce sont des signes, d'ultimes mises en garde. »

Ce matin-là, il y avait eu le premier viol de l'été à Kallis. L'affaire avait fait du bruit. Les journaux de l'après-midi exigeaient des détails, des inconnus n'ayant rien à voir avec l'affaire téléphonaient au secrétariat, tout était sens dessus dessous. Quand les agents Huimala et Vahtonen arrivèrent enfin, le commissaire les envoya immédiatement interroger deux individus suspects. Il fit entrer le pasteur dans son bureau, le pria de s'asseoir et lui demanda ce qu'il pouvait pour lui.

Le pasteur expliqua que Vahtonen et Huimala avaient fait appel à lui pour une affaire de revenants et qu'il s'en était occupé, dans le cadre de ses fonctions. Rien de particulier n'était à signaler dans le village d'Isteri. Du point de vue de la police, l'affaire était close, du moins pour l'instant.

La question ainsi réglée, le pasteur regagna à pied le centre paroissial, appela son auxiliaire dans son bureau et annonça qu'il organisait une soirée de méditation sur le thème de « La nouvelle offensive du Diable contre la communauté des croyants de Finlande ».

## 16

À Helsinki, maître Mälkynen avait décidé de passer à l'action. Il parla de sa nouvelle foi brûlante à son vieux camarade Göran Keltajuuri, propriétaire de l'agence de publicité Keltajuuri. Göran était un quinquagénaire grassouillet, amateur de bonne cuisine, que l'histoire passionna. Quelle idée, quelles possibilités !

Keltajuuri prit contact avec un journaliste, un pigiste méchamment imbibé d'alcool, Huikka Tuukkanen, qui s'enthousiasma si possible encore plus. Les trois hommes entreprirent de dresser un plan ambitieux, dont l'objectif était de propager la foi néo-ancestrale parmi le peuple de Finlande. Ils prirent contact avec Rutja et l'inspectrice Suvaskorpi et promirent de gérer tous les aspects pratiques. Il suffisait à Rutja de s'occuper de la foudre, du tonnerre et des éclairs nécessaires. D'autres miracles ne feraient pas de mal non plus.

Rutja décida de fermer le magasin d'antiquités Ronkainen, car il n'avait eu aucune nouvelle de Mme Moisander, et les activités religieuses prenaient une telle ampleur que continuer à vendre des vieux meubles ne semblait guère avoir de sens. Mme Suvaskorpi déclara qu'elle allait prendre ses congés d'été, après avoir rendu à son administration un rapport définitif et libératoire sur la comptabilité et la fiscalité des antiquités Ronkainen.

Maître Mälkynen fut convoqué dans le magasin avec le directeur de l'agence de publicité Keltajuuri et le journaliste, Tuukkanen, pour la première réunion que le fils du dieu de l'Orage présiderait, tandis que Mme Suvaskorpi prendrait des notes.

Rutja soupesa ses disciples du regard. Il y avait là quatre mortels, trois hommes et une femme, représentant différentes professions. Suvaskorpi, Mälkynen et Keltajuuri lui semblaient satisfaisants, mais il avait des doutes quant à Huikka Tuukkanen. Sa façon d'être toujours entre deux vins le fit penser à Judas, le disciple traître à Jésus. Judas, en son temps, avait-il aussi été pigiste ? Sans doute pas, il n'existait pas de feuilles à scandales à l'époque. Il faudrait surveiller cet homme, décida Rutja.

Quand les disciples se furent assis sur les bancs de ferme et les chaises installés dans la salle, il ouvrit la séance :

« Au nom d'Ukko Ylijumala, racontez ce que vous avez à me dire. »

Le publicitaire, Göran Keltajuuri, expliqua ses grandioses desseins. Selon lui, cela valait la peine d'investir dès le départ suffisamment de capital spirituel et matériel dans une vaste campagne publicitaire. L'idée d'une croyance néo-ancestrale était à son avis tout simplement géniale.

Rutja se racla la gorge.

« Tout bonnement sensationnelle », ajouta l'échotier à scandales Huikka Tuukkanen.

Keltajuuri exposa son projet : premièrement, il fallait faire paraître dans les principaux journaux des placards publicitaires sur deux colonnes, à la rubrique « messages spirituels ». Dans ces annonces, on présenterait la question de manière générale et on promettrait plus de détails dans un proche avenir. Puis on organiserait avec soin quelques manifestations pour la presse, au moins, pour commencer, dans la capitale et à Turku et Tampere — puis à Oulu, Kuopio et Lahti. Ensuite, quand on aurait suscité un débat suffisant dans les médias, on écrirait quelques articles polémiques dans le courrier des lecteurs. Il conviendrait aussi de demander à des spécialistes des articles sur l'ancienne religion des Finnois. Le conservateur de la bibliothèque ethnologique, ou quelqu'un du même genre, ferait l'affaire.

« Nous pourrions confier la rédaction des articles à Matti Kuusi[1]. C'est un expert, un homme de plume enthousiaste, et il ne demande pas trop cher, dit Keltajuuri. Pour finir, on frappe un grand coup, pour atteindre les gens à la moelle et aux tripes — on plante des panneaux géants au bord de toutes les routes nationales, avec la photo de Rutja en quadrichromie et les mots "Le Fils du dieu de l'Orage est venu te sauver, Peuple de Finlande". On reprendra ensuite ce thème pendant deux semaines, à la télévision, dans des messages de pub. »

Keltajuuri promit d'écrire le scénario du spot

1. Éminent professeur de l'université de Helsinki.

publicitaire. Il avait des relations à la chaîne commerciale MTV, on trouverait de bons créneaux horaires, si on s'organisait bien.

« Dommage que MTV ne retransmette pas de services religieux ! Ce serait géant, s'il y avait au milieu du prêche une coupure publicitaire où Rutja, le fils du dieu de l'Orage, viendrait parler de lui-même et de sa religion et ferait crépiter par là-dessus un peu de foudre en boule. Le message irait droit au but ! »

Tout cela, selon les estimations de Keltajuuri, coûterait environ 800 à 900 000 marks.

« Je vous ferai remarquer que le financement de cette campagne est tout à fait possible à organiser, à condition que le projet soit confié à mon agence. Nous avons l'expérience de commandes bien plus bizarres, et tout s'est toujours bien passé », se vanta Keltajuuri.

Rutja demanda ce que cette publicité rapporterait.

Keltajuuri manipula sa calculette de poche.

« Je dirais que cette campagne toucherait environ trente-cinq millions de personnes en un mois et demi. Ce serait pour la foi néo-ancestrale un tremplin solide d'où prendre son essor. »

Rutja fit remarquer qu'à sa connaissance, la Finlande comptait un peu moins de cinq millions d'habitants. Où Keltajuuri comptait-il en trouver trente millions de plus pour recevoir le message publicitaire ?

Keltajuuri perdit un instant contenance. Puis il expliqua que les Finnois ne croyant jamais rien du premier coup, il faudrait leur répéter plusieurs fois le message publicitaire. Les trente-cinq millions n'étaient qu'une unité de compte représentant le nombre de réceptions du message et pas la population du pays.

Rutja jeta un coup d'œil à l'inspectrice des impôts. Son visage n'exprimait pas l'enthousiasme, au contraire.

Rutja demanda à Tuukkanen ce qu'il avait à dire. Le pigiste fumait à la chaîne, puait l'alcool et dodelinait du chef. Quand on lui adressa la parole, il sursauta :

« Euh... ouais... je pensais... Rutja, si on faisait un plan dans deux trois journaux... on mettrait des photos d'orages ou de tremblements de terre ou d'autres trucs dans le genre et tu raconterais à quoi ça ressemble dans le ciel, quel effet ça fait d'y habiter et tout ça... et puis pourquoi tu es là. Ça va faire un tabac. Et, comme titre, quelque chose comme "INCROYABLE MAIS VRAI" ou "JÉSUS EN DÉROUTE"... enfin voilà. »

Huikka Tuukkanen écrasa sa cigarette sur l'accoudoir du fauteuil paysan. Mälkynen épousseta aussitôt la cendre du vieux bois patiné. Mme Suvaskorpi alla ouvrir la fenêtre. Tous se taisaient. On attendait les réactions du fils du dieu de l'Orage aux propositions avancées.

« Pas question. Nous faire connaître ne servirait pas les intérêts d'Ukko Ylijumala à ce stade. On n'écrira aucun article dans la presse et on ne passera aucune publicité. Mais tu as quelques bonnes idées, Keltajuuri, qu'on pourrait développer. Elles pourraient être utiles plus tard. »

Mme Suvaskorpi respira profondément. On voyait qu'elle non plus n'était pas emballée par ces grands projets.

Mälkynen jeta un regard incertain autour de lui. Voilà qu'on rejetait les idées pourtant bien intentionnées de ses amis. Que fallait-il en penser ? Rutja ne voulait-il pas propager sa foi parmi les Finnois ?

« Aurais-je mal compris... selon moi, toutes les entreprises missionnaires dans le monde, à toutes les époques, ont exigé une certaine publicité, un soutien des couches profondes de la population... »

Rutja lui fit signe de se taire.

« Croyez-vous que je n'ai pas mes raisons de m'être incarné en un antiquaire ? Croyez-vous que ce soit parce que moi, le fils du dieu de l'Orage, je m'étais entiché du corps de ce Ronkainen, de ces mains, de ces pieds et de cette tête (Rutja tapota la tête qu'il avait recue de Sampsa) ? Non ! Cela a été fait afin de préserver un certain secret autour de la foi ancienne et de ma nature divine. Il ne convient pas de rire d'Ukko Ylijumala, pas même au début, et je sais que l'on rirait de moi et en même temps de tous les puissants dieux ancestraux, si l'on se mettait à proclamer cette foi à grands cris à tous les carrefours.

— Mais nous avons la liberté religieuse, en Finlande. Personne n'empêche qui que ce soit de prêcher quoi que ce soit », remarqua Keltajuuri.

Mme Suvaskorpi répondit au nom de Rutja que chacun savait certes que la religion était libre, mais que l'on savait aussi que les Finnois étaient terriblement pleins de préjugés et accueillaient le nouveau et l'étrange — ou dans le cas présent l'ancien et l'oublié — avec méfiance et moquerie. Ce n'est que quand la religion ancestrale aurait été suffisamment propagée sous le manteau que l'on pourrait sans danger la rendre

178

publique, expliqua-t-elle. Rutja hocha la tête, enfin une personne sensée, une bonne disciple.

Huikka Tuukkanen écrasa une nouvelle cigarette, cette fois-ci sur la semelle de sa chaussure. Il regarda l'inspectrice des impôts :

« Tu veux dire qu'on devrait faire comme les communistes dans le temps, former des cellules et ce genre de trucs, monter des imprimeries secrètes et le reste ? Tu ne trouves pas ça un peu minable ?

— Qu'est-ce que tu as contre les communistes ? » demanda Rutja agacé. Il avait appris que les communistes étaient essentiellement des travailleurs pauvres qui soutenaient l'idée d'un juste partage économique. Selon eux, chacun devait recevoir selon ses besoins et non selon ce qu'il parvenait à extorquer comme argent aux autres. Les outils de travail aussi devaient être possédés en commun, afin que personne ne puisse en tirer indûment profit. Des idées tout à fait saines, de l'avis de Rutja.

Huikka Tuukkanen fut interloqué.

« Mais les cocos sont des athées et dieu sait quoi d'autre, on les connaît... Je croyais qu'il se passait des choses intéressantes ici et que pour une fois je pourrais faire un bon papier, mais merde. Excusez-moi, mais je dis merde. On n'a pas besoin de moi ici, je me tire. »

Keltajuuri demanda à l'assistance d'excuser la conduite de Huikka Tuukkanen. Ce dernier se prépara à partir, et personne ne tenta de l'en empêcher. Ayant jeté sa parka sur ses épaules, il demanda juste une photo de Rutja.

« J'aurais un chouette souvenir de toi... Je crois en toi, bien sûr, mais j'ai une de ces gueules de bois, je peux pas m'éterniser ici à ne rien faire. Si tu avais une photo d'identité de ce Sampsa dont tu as pris le corps, ça irait. Je pourrais partir. »

On trouva dans les papiers de Ronkainen une photo où il tendait un papier à un client. Peut-être s'agissait-il du certificat d'authenticité d'un meuble de valeur, car on voyait aussi au premier plan, en plus du client, une belle écritoire Renaissance. On donna la photo à Huikka Tuukkanen, pour s'en débarrasser. Il la fourra dans sa poche et partit. On aéra la pièce derrière lui. Keltajuuri alla aux toilettes, d'où provinrent des ahanements étouffés.

Mälkynen se mit à bavarder avec Mme Suvaskorpi. Il déclara qu'il n'aurait jamais adhéré à une telle entreprise si Rutja n'avait pas fait apparaître cette boule de foudre dans son bureau. Il raconta que la foudre avait tranché sa cravate en deux, comme d'un coup de couteau.

« J'ai presque envie de dire que cette foudre était animée d'une vie propre.

— Je ne connais aucun publicitaire qui ne souffre pas de diarrhée ou de constipation, constata jovialement Keltajuuri en revenant des toilettes. C'est cette vie de fou. »

La réunion reprit et le directeur de l'agence de publicité demanda encore une fois la parole. Il dit que bien que son idée d'une immense campagne publicitaire eût été totalement rejetée — du moins pour l'instant — il voulait malgré tout présenter un calcul de financement pour couvrir le coût du projet. Il l'avait préparé en vue de la réunion.

Le budget de Keltajuuri prévoyait la réalisation

de tout le stock du magasin d'antiquités. On pourrait tirer de ces vieux objets — si on les vendait en gros — environ 200 000 marks. Il fallait de toute façon vendre ces vieilleries, car on avait besoin d'une salle de sacrifice.

« Et il serait assez réaliste de compter qu'une banque d'affaires puisse sponsoriser l'entreprise pour 300 à 500 000 marks. Cela signifierait bien entendu qu'en cas de succès de la campagne, cette banque aurait le droit d'utiliser pour sa propre publicité des autocollants d'Ukko Ylijumala ou autre chose de ce genre. On pourrait par exemple imaginer de faire de Paara une sorte de mascotte de la banque. Si l'entreprise de conversion échouait et que les Finnois ne croient pas en leurs dieux néo-ancestraux malgré la publicité, la banque assumerait les frais. De ce point de vue, il n'y aurait donc aucun risque pour le fils du dieu de l'Orage. »

Keltajuuri feuilleta ses notes.

« Il ne faut pas non plus oublier le ministère de l'Éducation. Je pense que l'on peut obtenir disons 200 000 marks du fonds pour la jeunesse et la culture. Au titre de ce seul projet, bien sûr, nous ne pouvons pas parler de subvention annuelle tant que l'entreprise n'est qu'à son début. »

Keltajuuri mit son carnet dans sa poche, mais ajouta encore :

« Ce n'était qu'un exemple de financement de la campagne. On pourrait bien entendu imaginer que les forces armées, notamment, y participent en collant sur les casques des hommes de troupe des adhésifs résistant à la pluie et au gel, avec le portrait stylisé du fils du dieu de l'Orage et le dessin d'un éclair, et comme texte : "C'est nous les gars du dieu de l'Orage."

— Je me demande ce qu'en penseraient les aumôniers militaires, fit Mälkynen. L'armée finlandaise croit officiellement aux dogmes luthériens et pas au dieu de l'Orage. »

Keltajuuri chassa la question d'un geste négligent de la main.

« Tu connais ces aumôniers. On peut difficilement trouver des types plus coulants dans tout le pays. Pendant la guerre d'Hiver, ils imploraient la protection de Dieu pour les armes défensives d'une petite armée. Ensuite, au début de la guerre de Continuation, ils ont demandé l'aide divine pour attaquer l'ennemi héréditaire. Et à la fin de la guerre, ils ont prié le Seigneur pour assurer la démobilisation de l'armée. Ils avaleraient bien cette histoire-ci. »

Keltajuuri évoqua encore l'Automobile Club de Finlande, la Fédération de ski, les scouts, les associations sportives, la Zonta[1] et bien d'autres, qui, à son avis, apporteraient volontiers leur soutien financier à une aussi belle entreprise nationale.

Rutja remercia Keltajuuri, déclarant que l'on aurait certainement besoin sous peu de ses dons d'organisateur. Puis le fils du dieu de l'Orage leva la séance. Chacun partit vaquer à ses occupations.

Keltajuuri et Mälkynen allèrent ensemble boire une bière au bar le plus proche.

« J'ai le sentiment que cette histoire risque de

1. Organisation internationale « pour servir » des femmes employées et chefs d'entreprise.

déclencher un sacré bruit en Finlande, fit le publicitaire.

— Oui, oui. Nous vivons des temps historiques », convint l'officier ministériel.

## 17

Avec l'aide de Mälkynen et de Keltajuuri, Rutja
Ronkainen réussit rapidement à convertir en
liquide les réserves du magasin d'antiquités. Tout
fut vendu, à part le mobilier de ferme et les vieux
objets paysans qui pouvaient servir pour les
sacrifices rituels. Les quenouilles ouvragées col-
lectionnées au fil des ans par Sampsa Ronkainen
ne furent pas non plus liquidées, car Rutja pensait que l'antiquaire y tenait.

On trouva un acheteur en la personne des
Entrepôts réunis d'antiquités et de brocante
de Konala. La transaction rapporta largement
200 000 marks, comme Keltajuuri l'avait prévu.
Rutja se promit de dédommager Sampsa d'une
façon ou d'une autre pour la vente de son stock.
Cela ne pressait pas. Il fallait d'abord convertir le
peuple de Finlande à la vraie foi et, quand ce
serait fait, Rutja pourrait retourner au ciel
auprès de son père. De là, il pourrait régler son
dû à Sampsa, à dos d'éclair s'il le fallait.

Mme Suvaskorpi fut d'une aide précieuse pour
trouver un maçon de talent, capable de construire au milieu de la salle un âtre de bonne

taille, avec un conduit tirant correctement. Elle avait justement une amie dont le cousin connaissait l'homme qu'il fallait. Le maçon s'appelait Sivakka, et lui-même connaissait un fumiste sérieux, sobre et pas trop cher, un certain Hannula. Les deux hommes étaient des communistes convaincus, membres actifs du syndicat du Bâtiment. Ils promirent de faire les travaux demandés au noir, comme toujours. Ils aimaient, en travaillant, parler de voitures, de politique et de femmes et s'intéressaient surtout, quel que soit le sujet, à des questions de lignes. Ils avaient tous deux une cinquantaine d'années.

Maître Mälkynen s'occupa du permis de construire indispensable pour installer un conduit de cheminée supplémentaire dans la salle. Hannula fit les plans. Le système choisi consistait à installer au-dessus du foyer une hotte de cuivre et un conduit qui amènerait les fumées sacrificielles jusqu'au ras du plafond. Là, le conduit ferait un coude jusqu'à la fenêtre côté cour. À cet endroit, il traverserait la paroi puis suivrait le mur extérieur de l'immeuble jusqu'au toit. Mälkynen obtint le permis de construire d'un type qu'il connaissait à la préfecture, en échange d'un pot-de-vin de 1 500 marks et d'un dîner au restaurant. Sivakka et Hannula purent se lancer dans leur travail clandestin.

Sivakka coula sur le sol de la salle une dalle en béton armé de deux mètres carrés, sur laquelle il bâtit un bel âtre massif en briques rouges, qui faisait penser à un gril rond. Pendant ce temps, Hannula pliait et installait des conduits le long du plafond.

Les hommes expliquèrent à Rutja, qui suivait

les travaux, que s'ils parvenaient à mobiliser leurs forces, ils ne passeraient pas leur temps à maçonner des foutues cheminées pour les bourgeois. M. Ronkainen pourrait empoigner lui-même la truelle et les pinces à découper la tôle, et eux le regarderaient faire. Mais comme les sociaux-démocrates, dans leur avidité de pouvoir, avaient conclu un pacte social criminel avec les réacs, il fallait pour l'instant continuer dans le style habituel. On travaillait le matin, on allait boire une bière à midi et on lampait de la vodka le reste de la journée. Et merde.

Les idéaux marxistes exposés par les deux hommes intéressaient Rutja. Il savait qu'il s'agissait d'un principe de division du pouvoir économique. Le capital et les outils de production, selon cette conception, devaient être mis entre les mains de la société. De cette façon, l'inégalité entre les hommes cesserait. C'est ce qui avait été fait en Union soviétique, déclarèrent Sivakka et Hannula. Quand Rutja demanda si les travailleurs, en Union soviétique, étaient riches et s'ils avaient la possibilité de ne pas travailler, Sivakka et Hannula le regardèrent d'un air presque hostile. Sivakka expliqua que, dans les pays socialistes, on n'était pas aussi riche qu'en Finlande, mais qu'il n'y avait plus d'exploitation comme dans ce magasin d'antiquités. En Union soviétique, tous étaient également pauvres. En Finlande, seuls les ouvriers et les autres malheureux étaient pauvres. Ça faisait une sacrée différence.

Rutja demanda pourquoi l'on se contentait, dans les pays socialistes, de partager équitablement la pauvreté entre tous. Cela ne dénotait-il pas un certain manque d'imagination ?

« Hein ? fit Sivakka.

— Je veux dire, est-ce qu'on ne pourrait pas procéder de la manière suivante : toi par exemple, Sivakka, tu serais d'abord un ouvrier pauvre et travailleur, disons pendant deux ans. Tu trimerais comme une bête, comme tu dis. Tu souffrirais d'une certaine misère, avec ta famille. Quand tu aurais travaillé et vécu dans la pauvreté pendant deux ans, tu serais un bourgeois pendant un an. Tu ferais un travail peu contraignant, intéressant, et tu serais chèrement payé. Tu profiterais toi aussi de la vie, pendant cette année-là au moins. On peut faire beaucoup de choses en un an. Ta femme aussi aimerait ça, j'en suis sûr. Elle pourrait s'acheter un manteau de fourrure, tu aurais une grosse voiture. Et cette année de vaches grasses serait ensuite à nouveau suivie de deux années de vaches maigres, et ainsi de suite. Qu'en penses-tu ?

— Que chacun son tour puisse mener pendant un an une vie de bourgeois ?

— Exactement. »

Plus le maçon Sivakka et le fumiste Hannula réfléchissaient au nouveau socialisme proposé par Rutja, plus il leur paraissait intéressant. Le lendemain, ils déclarèrent à Rutja que Marx et Lénine ne connaissaient pas ce système, mais qu'il leur semblait tout à fait sensé. Si les travailleurs pouvaient vivre en bourgeois ne serait-ce qu'un an sur cinq, la vie aurait bien meilleur goût qu'actuellement, quand il fallait être ouvrier toute son existence. Dommage seulement que le système n'ait jamais été expérimenté nulle part.

« Mais tu es un drôle de capitaliste, à vouloir donner des années de belle vie aux travailleurs », constatèrent-ils.

Rutja leur révéla qu'il n'était pas un capitaliste, en réalité, mais un dieu. Le fils du dieu de l'Orage, Rutja. Il se trouvait par hasard de passage en Finlande.

« Un dieu, ben voyons, dirent les hommes incrédules. Mais c'est qu'on ne croit en aucun dieu, nom de dieu. »

Quand l'âtre, la hotte et les conduits furent installés, Rutja démontra spectaculairement à Sivakka et Hannula qu'il était bien de la famille du dieu de l'Orage. Il alluma les premières flammes du foyer sacrificiel à l'aide d'une boule de foudre. La salle s'emplit d'une odeur d'ozone, la boule jaune vif crépita, plus vivement qu'une gerbe d'étincelles de soudage, dans le foyer nouvellement maçonné. Sivakka et Hannula se couvrirent les yeux, éblouis, et se jetèrent à quatre pattes devant l'âtre sacrificiel. Il leur fallut longtemps avant de se remettre suffisamment pour ôter leurs bleus de travail et confesser le nom du dieu de l'Orage. Pour plus de sûreté, Rutja maintint la boule de foudre quelques minutes dans la pièce, sous le regard éberlué des ouvriers, avant de lui donner l'ordre de disparaître par la cheminée. La foudre mugit longuement dans le conduit de cuivre, aspira au passage les cendres du foyer sacrificiel, puis se tut.

Le maçon Sivakka et le fumiste Hannula jurèrent qu'ils feraient tout pour Rutja. Ils étaient même prêts à infiltrer le parti et le mouvement syndical, si le fils du dieu de l'Orage le jugeait utile.

« Écoute, Rutja, tu es le vrai dieu des travailleurs, celui en qui nous croyons, dirent les hommes. Nous avons des soutiens sur le terrain, nous pourrions parler de toi aux réunions de la section. Quoi que tu décides, tu peux compter sur nous. »

Rutja inscrivit les deux nouveaux disciples sur ses listes. Il était bon qu'il y eût aussi des ouvriers parmi eux, comme des pêcheurs du temps de Jésus. Il ne convenait pas de tout édifier sur des fonctionnaires et des patrons, se dit Rutja.

Sivakka et Hannula, les deux plus récents et plus zélés disciples du fils du dieu de l'Orage, allèrent à la *Brasserie du Pot*, toute proche, discuter du grand miracle qu'il leur avait été donné de voir. Ils convinrent qu'ils n'avaient jamais auparavant eu l'occasion de travailler sur un chantier aussi incroyablement bizarre.

Pendant ce temps, Huikka Tuukkanen avait décidé de réaliser le rêve éternel de tout journaliste : il écrivait l'article de sa vie. Il est vrai que l'interviewé, M. Ronkainen, n'avait pas accepté de répondre, pour des raisons personnelles, mais Huikka ne considérait pas cela comme une grande perte. Un bon pigiste est capable de sortir une histoire de sa propre manche, si on en vient là. Pour son papier, Huikka Tuukkanen avait au moins la photo donnée par Rutja, c'était une preuve suffisante pour commencer. Après avoir bu quelques bières dans un bistrot, il prit la direction de son antre pour écrire un papier fumant sur le fils du dieu de l'Orage, descendu du ciel en Finlande dans l'intention de reconvertir toute la population à la foi néo-ancestrale. La vieille Remington crasseuse de Huikka Tuukkanen crépita pendant près de deux heures. Une dizaine de feuillets s'empilèrent. Ayant terminé son article, Huikka se rendit rapidement à la rédaction d'un journal du soir. Il essaya de se faire recevoir par le rédacteur en chef, mais sans succès. Le secrétaire de rédaction lut le papier, jeta un regard de maquignon à Huikka et promit :

« S'il y a la plus petite once de vérité dans cette histoire, je t'en donne mille marks. »

Huikka jura que l'histoire était vraie. Ou en tout cas qu'il en assumait la responsabilité. Il exhiba la photo de Sampsa Ronkainen, et rédigea une légende. Puis il sortit fièrement, en passant par la caisse, et alla directement boire le fruit de son labeur. Il avait le sentiment d'avoir réussi son coup. Le manque de confiance de Keltajuuri et de Mälkynen lui pesait bien un peu, mais un freelance n'hésite pas. Si l'histoire est bonne, on la publie sans s'inquiéter d'en demander la permission, même à ses meilleurs copains. Et un papier payé mille marks est forcément bon.

Les deux jours suivants, Huikka Tuukkanen fit le tour d'une bonne quinzaine de bars, racontant comment il avait écrit l'article de sa vie. Il montrait le journal, où s'étalait en première page un gros titre :

*Le propriétaire d'un magasin d'antiquités projette une nouvelle réforme religieuse de la Finlande*

L'article lui-même se trouvait en page centrale :

*Le Fils du dieu de l'Orage tonne :*
*JÉSUS, DÉMISSION ! À BAS L'ÉGLISE !*
*LA FINLANDE À L'HEURE DU DIEU DU CIEL*

Le journal fit six éditions. Dans Helsinki écrasé

de chaleur, on faisait la queue pour l'acheter. Plusieurs organes de presse téléphonèrent à Huikka Tuukkanen, mais ne purent le joindre, car il était occupé à prendre la plus belle cuite de son existence dans les bars les plus enfumés de la capitale.

L'inspectrice Suvaskorpi fut catastrophée en lisant l'article. Elle prit le journal et sauta dans un taxi pour aller voir Rutja rue Iso Roobert. Keltajuuri et Mälkynen ne tardèrent pas non plus à téléphoner. Eux aussi étaient scandalisés, jurant qu'ils n'étaient pour rien dans cette affaire. Ils promirent d'essayer d'obtenir un démenti. Keltajuuri avait déjà pris rendez-vous avec le rédacteur en chef. Maître Mälkynen avait téléphoné à un membre du conseil d'administration du principal actionnaire du journal. Il le verrait à l'heure du déjeuner. Mais ce qui était publié était publié.

Rutja bouillonnait de rage. Plus il lisait l'article, plus il était furieux. Helinä Suvaskorpi essaya d'apaiser le fils du dieu de l'Orage, mais cela ne servit à rien. Rutja décréta que Huikka Tuukkanen ne s'en tirerait pas vivant. Il jeta son manteau de loup sur ses épaules et sortit. Mme Suvaskorpi aurait voulu l'accompagner, mais l'apparence de Rutja était si terrible qu'elle n'osa pas suivre son dieu. Elle resta dans le magasin d'antiquités, retenant son souffle. Il y avait de l'orage dans l'air.

Rutja savait où chercher cet ivrogne de pigiste. Il demanda Huikka Tuukkanen dans une dizaine de bars. Presque partout, on lui répondit qu'il était passé par là. Tard dans la soirée, Rutja trouva enfin celui qu'il poursuivait. Le journaliste titubait dans la rue Albert, devant la porte d'un bar à bière. On ne l'avait pas laissé entrer car il était trop saoul. Il avait sous le bras des exemplaires du journal où était paru l'article sur le fils du dieu de l'Orage. Il partit en chancelant vers le quartier de Töölö, dans l'espoir d'y trouver un bar où on ne serait pas aussi regardant sur son état que dans le centre-ville.

Rutja Ronkainen le suivit le long des rues silencieuses. Ses yeux lançaient des éclairs bleutés : sa divinité avait été offensée, le traître marchait dans la rue, les publications criminelles sous le bras. Les quelques passants qui regardèrent par hasard le fils du dieu de l'Orage dans les yeux prirent peur et pensèrent : « Les fous deviennent de plus en plus fous. »

Huikka Tuukkanen marcha, et rampa par moments, jusqu'au Palais du tennis de la rue Anna, coupa vers l'avenue Mannerheim, resta un moment planté devant le Parlement comme un vendeur de journaux ivre et continua sa route titubante vers un petit square voisin.

Rutja décida alors de frapper. Il leva son regard fulminant vers son père et prononça une prière :

> *Ô Ukko Ylijumala,*
> *maître des cieux tumultueux !*
> *D'un éclair foudroie ce porc,*
> *ôte la vie à ce merdeux !*

Soudain, dans la chaleur de la ville, se leva un vent du soir brûlant, violent et menaçant ; il arracha les journaux orduriers de sous le bras de Huikka Tuukkanen et les fit voler dans une poubelle ; puis un éclair aveuglant troua le ciel, accompagné d'un grondement terrifiant. Le pigiste saoul s'enflamma et fut bientôt réduit en un tas de cendres rougeoyantes. Rutja fit demi-tour, sans même regarder brûler la torche humaine, et s'éloigna lentement. Il avait retrouvé son calme de jeune dieu.

Le lendemain, le journal publia un rectificatif à l'article sur Ronkainen. Sur la même page figurait aussi la nouvelle de la mort du journaliste Huikka Tuukkanen, brutalement foudroyé dans le square du Parlement. « Nous, ses collègues, nous souviendrons de Tuukkanen comme d'un camarade entreprenant et stimulant, auquel rien de ce qui est humain n'était étranger et qui s'intéressait à toutes les bizarreries de la vie. »

Outre Huikka Tuukkanen, la foudre avait touché la statue du président Kyösti Kallio, qui s'était fendue du haut en bas. On ne remarqua cependant le dommage que vingt ans plus tard, mais cela n'avait alors plus d'importance, car elle avait été entre-temps remplacée par une autre sculpture, deux fois plus grande, représentant Rutja Ronkainen, fils du dieu de l'Orage.

## 18

Rutja Ronkainen lut le catéchisme. Il constata que le christianisme se fondait en grande partie sur dix commandements que Dieu avait jadis donnés par l'intermédiaire d'un certain Moïse au peuple d'Israël. Après avoir consulté Mme Suvaskorpi, maître Mälkynen et le directeur Keltajuuri, il décida de rédiger sa propre liste de commandements du dieu de l'Orage, que le peuple de Finlande devrait dorénavant observer scrupuleusement.

« Dans cette liste de Jésus, il y a plusieurs choses totalement obsolètes, réfléchit-il en étudiant le catéchisme. Nous n'avons absolument pas besoin de ce cinquième commandement, par exemple. Au contraire, Ägräs pense qu'on doit avoir autant de relations sexuelles que possible, et peu importe lesquelles. »

Il aboutit finalement à six commandements. Les voici :

1. Pense à craindre l'Orage.
2. Ne fais pas de mal aux petits.
3. Protège la vie.

4. Respecte les anciens.
5. Conduis-toi humainement.
6. Ne renonce pas.

Le directeur de l'agence de publicité Keltajuuri emporta la liste. Il en fit imprimer deux cents exemplaires, sous forme d'un élégant petit dépliant décoré de motifs du Kalevala. Il en distribua un paquet à chacun des disciples. Il fit aussi faire une affiche, que l'on cloua sur le mur du fond de la salle du magasin d'antiquités, derrière le foyer sacrificiel.

« Observez toute votre vie ces commandements d'Ukko Ylijumala, recommanda le fils du dieu de l'Orage à ses disciples. Croyez-vous que je doive aussi me mettre à faire des miracles, comme Jésus ? »

Maître Mälkynen déclara que de simples commandements ne suffisaient certainement pas. On avait besoin en plus de miracles incontestables, sans quoi les gens ne croiraient pas en Rutja.

« Je veux dire, est-ce que tu ne pourrais pas par exemple te mettre à guérir les malades ? Jésus a convaincu beaucoup de gens par ce moyen. Et puis si je me souviens bien, il a nourri des milliers de gens avec deux croûtons de pain et quelques poissons. Tu devrais sans doute te lancer dans quelque chose de ce genre. L'humanité a besoin de miracles. »

L'inspectrice des impôts et le publicitaire rejetèrent l'idée du pain et du poisson, qu'ils trouvaient démodée. Selon eux, ce n'était pas en distribuant du pain que l'on propagerait la religion néo-ancestrale, le niveau de vie des Finnois était trop élevé pour cela. Il faudrait au moins distribuer de l'argent, des valeurs bancaires ou de petits cadeaux. Quelques kilos de bonne viande rouge seraient certainement utiles aux chargés de famille, une caisse de bière ferait plaisir aux célibataires mâles, un billet de cinéma aux plus jeunes et un bon cigare aux grands-pères. Mais la distribution de pain et de poisson semblait une entreprise assez douteuse.

« Évidemment, si l'on veut absolument prodiguer du pain et du poisson, cela peut se faire, mais il faudrait que le pain soit de la baguette française bien croustillante et le poisson du saumon mariné à l'aneth », fit remarquer le directeur de l'agence de publicité Keltajuuri. « Mais on ne trouve guère de saumon en plein été », nota-t-il.

Rutja réfléchit à la guérison des malades. Quelle était actuellement la situation de la santé publique en Finlande ? Les gens souffraient-ils toujours de tuberculose, comme avant ? Y avait-il encore des cas de scorbut ?

Mme Suvaskorpi déclara que ces maladies avaient été éradiquées. Les Finnois souffraient surtout actuellement de troubles cardiaques, qui ne pouvaient guère être soignés par la foudre de Rutja. Au contraire, la fulguration risquait de faire trépasser les malades du cœur entre les mains du fils du dieu de l'Orage.

« Tout semble aller trop bien pour vous, les Finnois, regretta Rutja. Je commence à avoir l'impression qu'il serait plus utile d'être le dieu d'un peuple plus misérable. Qu'avez-vous besoin de dieux, on vous a déjà accordé bien assez de faveurs. »

Maître Mälkynen eut une idée.

« Nous avons quand même un nombre invrai-
semblable de fous dans ce pays ! D'après ce que
je sais, la moitié des lits d'hôpitaux finlandais
sont occupés par des malades mentaux. »

C'était vrai. La véritable maladie nationale des
Finnois était la folie. Il y avait dans le pays des
dizaines d'institutions différentes où l'on essayait
de soigner ces malheureux. De très nombreux
patients étaient enfermés dans des asiles psychiatriques sans espoir d'en jamais sortir.
Beaucoup étaient des malades chroniques. Les
hôpitaux manquaient cruellement de personnel
soignant et de médecins, les établissements
étaient sinistres et mal conçus.

Rutja se rappela à nouveau la Bible.

« Ces malades mentaux sont sans doute ce que
la Bible appelle des "démoniaques" ?

— C'est cela, des démoniaques, acquiescèrent
les disciples. Nous autres Finnois sommes un
peuple démoniaque. Même si dans l'ensemble
tout va bien pour nous, nous avons une certaine
propension à souffrir de diverses maladies mentales.

— Nous sommes aussi très portés sur le suicide. Avec les Hongrois, nous sommes en tête des
statistiques mondiales. La forte tendance des
Hongrois au suicide s'explique par le fait qu'ils
nous sont apparentés », ajouta le directeur de
l'agence de publicité Keltajuuri.

Rutja se réjouit. Il était tout à fait certain,
avec son traitement par fulguration, de pouvoir
apporter au moins une consolation et un soulagement à l'angoisse des malades mentaux. Il
pensait pouvoir guérir facilement les hypo-

condriaques. Les hystériques ne poseraient pas non plus de problèmes.

Mais ces miracles devaient se faire dans des conditions contrôlées, pour que des rumeurs absurdes ne se répandent pas à propos des méthodes de soin. Peut-être serait-il bon de discuter de la chose avec un psychiatre ou un psychologue, avant de commencer ?

Rutja précisa son idée. Et si l'on ouvrait une clinique psychiatrique privée dans le village d'Isteri de Kallis ? On pourrait rénover les bâtiments du domaine de Ronkaila à cet effet. Un médecin suffirait pour commencer. Lui-même prendrait en charge la fulgurothérapie.

Rutja s'ouvrit de son projet à ses disciples. Ils furent aussitôt enthousiasmés. Maître Mälkynen déclara qu'il pouvait prendre contact avec un psychiatre de ses amis, un peu cinglé mais intelligent, qui participerait certainement volontiers au projet. Si Mme Suvaskorpi acceptait le poste d'intendante de la clinique, on pourrait même rapidement ouvrir l'établissement. Les patients ne manqueraient certainement pas, puisqu'on était en Finlande.

« D'ailleurs nous avons dans notre groupe deux habiles ouvriers, Sivakka et Hannula. Il faut bien sûr remettre cette vieille bâtisse en état, on ne peut pas soigner des fous dans une ruine pareille », dit Keltajuuri.

On téléphona aux disciples de l'aile ouvrière, à la *Brasserie du Pot*, afin de leur demander ce qu'ils pensaient de l'idée du fils du dieu de l'Orage. Auraient-ils le temps et la foi nécessaires pour remettre Ronkaila en état ?

« Alléluia, on marche avec vous », promirent-
ils avec empressement.

De ce côté, tout était en ordre. Rutja se tourna
vers l'officier ministériel :

« Il faut prendre contact avec ce psychiatre
fou. Si tu t'en occupais, Mälkynen. Explique-lui
que l'on va fonder à Isteri un établissement de
soins qui fera des miracles, dont je serai le directeur et lui le responsable officiel. Autrement dit,
il sera la caution scientifique de l'établissement,
tu sais bien, en tant que fonctionnaire, ce que la
direction de la Santé exige dans ce cas. »

Ils étaient en pleine discussion quand le téléphone sonna. Rutja répondit. C'était Mme Tuukkanen, la mère de Huikka Tuukkanen. Elle
raconta en pleurant que son fils était mort frappé
par la foudre. Elle-même était frappée de douleur, mais voulait malgré tout présenter ses
regrets à M. Sampsa Ronkainen pour le dernier
article écrit par son fils. C'était une histoire cho-
quante, qu'une mère n'aurait jamais souhaité
voir sous la plume de son fils.

« Je vous demande de pardonner à Huikka,
monsieur Ronkainen. Il n'a pas compris ce qu'il
est allé écrire. On le poussait toujours à ce genre
de choses, dans les journaux, je le sais bien.
Quand on a une nature faible et peu d'argent, on
écrit n'importe quoi. »

La dame raccrocha. Le fils du dieu de l'Orage
resta longtemps assis près du téléphone sans rien
dire. Il avait la gorge serrée, ses yeux s'emplirent
d'eau. Qu'est-ce que cela voulait dire ? Pourquoi
se sentait-il si mal ? Jamais dans le ciel il n'avait
rien ressenti de tel. Une fois, au siècle dernier, il
s'était amusé avec Lempo et Turja à provoquer

des orages supplémentaires, surtout dans la région de Savo. Ils avaient joyeusement foudroyé une vingtaine de vaches et quelques maigres bergers, pour faire bon poids, et ça ne lui avait fait aucun effet. Et voilà que cet unique coup de foudre le rendait malheureux. Sinon la foudre en soi, au moins le coup de téléphone de la mère de Huikka Tuukkanen.

Helinä Suvaskorpi vint près de Rutja, lui tendit un mouchoir et dit :

« Qui a téléphoné ? Que t'arrive-t-il, Rutja ? »

Le fils du dieu de l'Orage essuya ses larmes.

« Les frais d'enterrement de Huikka Tuukkanen seront payés par le magasin d'antiquités Ronkainen. Helinä, pourrais-tu t'occuper des questions pratiques, choisir le cercueil et le reste avec la mère du défunt ? »

Maître Mälkynen déclara que l'enterrement serait vraisemblablement bon marché.

« Le corps de ce pauvre Huikka doit être bon à mettre dans une urne, il n'y a pas besoin de crémation. Les ambulanciers ont, paraît-il, balayé ses cendres dans un sac en plastique, dans le square du Parlement. »

Rutja jeta un regard meurtrier à Mälkynen. Ce dernier ferma aussitôt sa bouche. Il ne fallait pas plaisanter avec la mort, on le voyait dans le regard du fils du dieu de l'Orage.

« Rappelle-toi le cinquième commandement », murmura l'inspectrice Suvaskorpi.

## 19

Le psychiatre Onni Osmola était un homme nerveux, d'environ trente-cinq ans, qui avait un cabinet plus ou moins florissant à Helsinki, rue Liisa. Rutja Ronkainen était allongé sur le divan ; maître Mälkynen, en prenant rendez-vous pour le fils du dieu de l'Orage, avait prévenu Osmola qu'il s'agissait d'un patient qui le plongerait à coup sûr dans des abîmes de réflexion.

Rutja soupesa le docteur du regard. Il conclut que l'homme avait bien besoin d'un traitement. Selon Mälkynen, Osmola avait travaillé un certain temps à l'hôpital psychiatrique de Nikkilä, comme chef de service de l'unité pour malades difficiles. Il avait pris sa tâche très à cœur mais n'avait pas supporté l'atmosphère démentielle et psychologiquement éreintante de l'établissement. Il avait dû démissionner de son poste et ouvrir un modeste cabinet privé rue Liisa. Il était maintenant spécialisé dans le traitement des femmes hystériques. Sans être psychanalyste, il savait pas mal de choses sur la question. Son absence de formation tenait essentiellement au fait que son psychisme n'aurait pas supporté le supplice de la déstructuration inhérente à l'analyse. Il n'avait pas voulu devenir fou dès ses études. Sa personnalité avait toujours été légèrement déséquilibrée, sans que son travail auprès de ses patients en souffre.

Mais Onni Osmola avait malgré tout l'air de quelqu'un de capable. Rutja décida de l'agréer comme médecin-chef de son asile.

« Alors, monsieur Ronkainen. Expliquez-moi donc sans détour de quoi vous souffrez. Je vais essayer de vous écouter, puis on verra ce qu'on peut faire », l'engagea Onni Osmola.

Rutja commença. Il dit être le fils du dieu de l'Orage, descendu depuis peu du ciel, porté par un éclair, et incarné dans le corps d'un antiquaire — Sampsa Ronkainen — afin de pouvoir agir en toute quiétude. Il expliqua qu'il avait pour mission de découvrir pourquoi les Finnois ne croyaient plus aux dieux de leurs ancêtres. Il pensait déjà le savoir. Les Finnois étaient chrétiens uniquement pour la forme et tout allait trop bien pour eux. En réalité, ils ne croyaient en rien, même si la majorité de la population appartenait officiellement à l'Église luthérienne.

Sa deuxième tâche, plus difficile, consistait à reconvertir les Finnois à leur foi ancestrale. C'est à ce propos que Rutja Ronkainen venait consulter le psychiatre.

« Très intéressant. À quel moment avez-vous commencé à vous sentir... le fils du dieu de l'Orage ? Cela fait-il des années ou tout est-il arrivé cet été ? »

Onni Osmola prenait distraitement des notes. Il avait devant lui un cas d'école. L'homme était surtout intéressant parce qu'il ne prétendait pas être Napoléon, comme beaucoup de gens, mais avait inventé de se prendre pour un dieu, et même un ancien dieu des Finnois. Cela dénotait chez lui un certain penchant intellectuel. Deux semaines plus tôt, le Dr Osmola avait bavardé avec quelqu'un qui prétendait être Staline.

Ici, il s'agissait donc du fils du dieu de l'Orage, Rutja en personne. Onni Osmola se rappela ses années de classe. Des pans de mythologie finnoise lui revinrent vaguement à l'esprit. Sans doute avait-on connu en Finlande, dans les temps païens, un dieu de nom de Rutja, songeat-il. Un antiquaire qui perd la raison choisit forcément comme nouveau surmoi quelque chose qui l'inspire. Un adjudant-chef souffrant de délire éthylique se prenait pour le maréchal Mannerheim, un chantre détraqué pour Sibelius ou Bach. Le fils du dieu de l'Orage était un choix tout à fait fondé, si tant est qu'il pouvait jamais y avoir de justifications dans de telles circonstances. Onni Osmola lui-même se serait bien identifié à Freud, s'il avait dû oublier son moi et en trouver un meilleur.

Rutja rétorqua qu'il avait toujours su être le fils du dieu de l'Orage et qu'il ne comprenait pas très bien pourquoi le docteur lui posait des questions aussi absurdes. À moins qu'Osmola ne l'ait pris pour un patient ? Maître Mälkynen ne lui avait-il pas dit ce qui l'amenait ?

« Si, Mälkynen m'a prévenu. Mais poursuivons. Est-ce que cette certitude vous pèse ? Je veux dire, est-ce que cette obsession vous est désagréable ? Vous ne pouvez sans doute en parler à personne. Vous êtes seul face à votre divinité, n'est-ce pas ? Cela peut devenir très fatigant, mentalement, au bout d'un moment. Il y a peu, j'ai rencontré un Staline, qui se plaignait de n'oser dévoiler sa personnalité à quiconque. Il craignait les agents du K.G.B. et de Tchernenko. Ça ne m'étonne pas du tout. J'ai eu un mal fou à le remettre suffisamment sur les rails pour qu'il parvienne à parler de ses problèmes. Vous ne croiriez d'ailleurs pas toutes les difficultés qu'a Staline dans la Finlande actuelle. Même chez les communistes, il n'y a plus qu'Urho Jokinen et Taisto Sinisalo[1] pour croire en lui. Enfin, ça ne doit guère être plus facile pour le fils du dieu de l'Orage. »

Rutja écouta bouche bée les discours du psychiatre. On aurait dit que le Dr Osmola trouvait le fils du dieu de l'Orage dérangé. C'était blessant, mais on pouvait comprendre cette attitude si l'on pensait à ce que l'homme avait subi. Travailler pendant des années au milieu d'aliénés laisse des traces dans n'importe quel esprit. Mälkynen lui avait bien dit qu'Osmola était un peu fou, malgré son intelligence.

Rutja décida d'inviter le médecin à la première cérémonie sacrificielle qu'il avait l'intention d'organiser sous peu dans le magasin d'antiquités. Peut-être serait-il ensuite plus fructueux de discuter avec lui des maladies mentales et de leur traitement.

« Alors comme ça, vous organisez un véritable rituel ? Pourquoi pas, mais est-ce bien utile, malgré tout ? Vous pouvez parler de vos problèmes ici, et même pratiquer un petit rituel tout de suite...

1. Piliers du Parti communiste finlandais.

— Impossible. Vous n'avez même pas d'âtre sacrificiel. J'en ai fait construire un dans le magasin d'antiquités de la rue Iso Roobert. Il y a aussi tout le matériel nécessaire. Est-ce que cela vous irait de venir cet après-midi vers cinq heures, par exemple ? »

Onni Osmola devint songeur. Staline l'avait invité à suivre le défilé de victoire de l'Armée rouge à Moscou, mais s'était contenté des excuses du docteur prétextant qu'il avait trop à faire. Et voilà qu'il avait une nouvelle invitation. Intéressante en soi, mais était-il conforme à l'orthodoxie psychiatrique, pour un médecin, d'encourager les projets les plus fous d'un patient ? Qui sait à quoi il serait confronté rue Iso Roobert ? Le malade ne risquait-il pas de devenir violent ? Peut-être Rutja Ronkainen découperait-il son médecin en petits morceaux et sacrifierait-il la viande à Ukko Ylijumala ?

Onni Osmola téléphona à maître Mälkynen. Ce dernier l'assura qu'il n'y avait aucun danger. Lui-même participerait à la cérémonie de l'après-midi. On y attendait aussi le directeur d'une agence de publicité, Keltajuuri, une inspectrice des impôts, Mme Suvaskorpi, et deux ouvriers aux mains calleuses.

De plus en plus songeur, Onni Osmola reposa le combiné. Il nota l'adresse du magasin d'antiquités et promit de venir. En son for intérieur, il se dit qu'il avait lui aussi besoin d'un traitement psychiatrique, s'il acceptait de telles choses. Quand Rutja fut parti, Onni Osmola ferma son cabinet et avala une demi-poignée de tranquillisants.

« J'ai parfois l'impression que j'aurais été

mieux inspiré de faire du droit, plutôt que de la médecine. »

Puis il pensa à Mälkynen, qui avait fait son droit. Apparemment, cela ne prémunissait pas non plus contre la folie.

Rutja s'occupa des préparatifs de la première cérémonie en l'honneur d'Ukko Ylijumala. Il envoya ses disciples dans un magasin d'alimentation de luxe, où ils achetèrent des produits de première qualité — viande, poisson, épices et autres mets de choix. Keltajuuri alla chez un marchand de spiritueux choisir des bières, des vins fins et des alcools finlandais. Mälkynen apporta quelques sacs de charbon de bois. Il avait aussi acheté de l'alcool à brûler, mais Rutja déclara que c'était inutile :

« Je me servirai de la foudre, pas besoin de produits d'allumage. »

On décora la salle de sacrifice de branches de bouleau fraîchement coupées, que maître Mälkynen alla chercher à la campagne dans la fourgonnette du magasin, avec le maçon Sivakka et le fumiste Hannula. On vaporisa un parfum fleuri dans la pièce. On y porta aussi les bancs de ferme, et tout fut bientôt prêt.

Comme assistants pour la cérémonie, Rutja réquisitionna une troupe de sylphides, de maahinens et de menninkäinens. On n'avait pas à les faire venir du ciel, car tous étaient des esprits inférieurs résidant sur terre — et même dessous pour les maahinens.

Les menninkäinens étaient de petits bonshommes hauts d'une bonne cinquantaine de centimètres, un peu dans le genre des lutins, joyeux et curieux, qui arrivèrent rue Iso Roobert, sortant

206

de leurs trous, de tous les coins de la ville. Ils bavardaient de tout et de rien, se racontaient de vieilles devinettes populaires finnoises et attendaient, très excités, l'arrivée des sylphides. Ils aimaient beaucoup ces mignonnes petites demoiselles vêtues de capes translucides qui chantaient d'une voix cristalline. Les menninkäinens lançaient des plaisanteries plutôt osées sur les sylphides, comme :

> *Pirouette, galipette,*
> *le cul de la sylphide*
> *fait pouët...*

Mais quand les sylphides parurent, les menninkäinens gardèrent la bouche soigneusement close. Rutja conduisit les nouvelles venues dans la cuisine, où il les enferma dans le vaisselier. Cette précaution était nécessaire, car les maahinens aussi arrivaient.

Les maahinens étaient des êtres grincheux, velus, semblables à des singes, un peu plus petits que les menninkäinens. Ils arpentaient la salle de sacrifice, le front plissé, leurs longs bras frôlant le sol. Ils avaient une queue étonnamment longue, avec laquelle ils chassaient les mouches de leur fourrure. On pouvait deviner aux mouvements de leur queue le bouillonnement intérieur de leurs sentiments. Ils savaient certes parler, mais se contentaient en général de grogner s'ils avaient besoin de communiquer. Les maahinens étaient plus robustes que les menninkäinens, car ils étaient habitués à travailler durement dans les entrailles de la terre, tandis que les menninkäinens menaient une vie nettement plus facile dans les habitations des hommes. Les plus favorisées étaient évidemment les sylphides, dont la principale tâche sur terre consistait à s'amuser, danser et chanter.

Rutja revêtit sa fourrure de loup. Il avait acheté pour Mme Suvaskorpi, dans un grand magasin de prêt-à-porter féminin, une chemise de nuit bleue transparente, qu'elle enfila en rougissant. Elle était presque aussi délicieuse que la capricante, ensorcelante déesse Ajattara.

Le maçon et le fumiste, tous deux en proie à une douce euphorie éthylique, se présentèrent à la cérémonie sacrificielle bien avant cinq heures, peu après Mälkynen et Keltajuuri. Le Dr Onni Osmola arriva bon dernier. Il était venu en taxi et avait demandé une fiche au chauffeur, dans l'intention d'ajouter le prix de la course à sa note d'honoraires, mais après avoir vu le fils du dieu de l'Orage vêtu de son manteau de loup, il renonça à lui présenter la facture. Mme Suvaskorpi fit asseoir le psychiatre sur le banc de ferme installé au milieu de la salle, à côté du fumiste Hannula. Onni Osmola ne savait que penser, la chemise de nuit transparente lui brouillait la vue.

La cérémonie commença. Rutja ordonna aux menninkäinens et aux maahinens de se placer autour du foyer sacrificiel. Ils avaient pour mission de porter la nourriture et les boissons dans la salle et de les disposer près du foyer. Rutja fit ensuite sortir les sylphides du vaisselier de la cuisine. Les gracieuses créatures accoururent en chantant et en dansant. Quelques maahinens se figèrent sur place en les voyant, oubliant un instant leur devoir, servir de la bière. Ils étaient comme aveuglés par la danse des sylphides. Et ce n'était pas étonnant, car dans les conduits et les cavités d'une grande ville un maahinen normal a rarement l'occasion de voir virevolter des nymphes.

Les menninkäinens formèrent une ronde au rythme du chant des sylphides. Ils chantaient leurs propres airs, frappaient dans leurs mains velues et manifestaient leur joie par tous les moyens. Les maahinens s'enthousiasmèrent aussi : ils se joignirent aux chants et battirent la mesure sur le sol avec leurs longues queues.

Rutja leva la main. Sylphides, menninkäinens et maahinens interrompirent leurs réjouissances. Le fils du dieu de l'Orage leva son regard vers le ciel et marmonna quelques mots à l'adresse de son père. Soudain, une lumière aveuglante jaillit entre ses doigts, tandis qu'une boule de foudre pénétrait en sifflant dans la pièce. On entendit un grondement sourd, la foudre enflamma le charbon de bois qui attendait dans l'âtre. Les menninkäinens posèrent les mets sacrificiels sur le rebord du foyer. Les charbons rougeoyèrent bientôt, une fumée bleue flotta dans la salle. Les maahinens frappèrent du pied sur le sol et crièrent d'une seule voix :

« Rutja, Rutja, Rutja ! »

Le fils du dieu de l'Orage lut les six commandements d'Ukko Ylijumala. Puis les menninkäinens et les maahinens servirent à manger et à boire, pendant que les sylphides et l'inspectrice des impôts donnaient un spectacle de danse.

Le Dr Onni Osmola but et mangea de grand appétit, et fut bientôt ivre. Il demanda à maître Mälkynen si celui-ci croyait réellement en Ukko Ylijumala. Rutja entendit la question et décida de faire un petit miracle à l'intention du psychiatre, afin de dissiper ses doutes. Il arracha le médecin à son banc et l'entraîna dans une folle sarabande, bondissant autour du foyer et faisant voler ses vêtements au vent. Puis il le souleva, l'assit sur les briques chaudes de l'âtre et ordonna à la boule de foudre de tournoyer un moment autour de lui. Le derrière d'Osmola commença à fumer, son pantalon roussit, mais il ne ressentit pas la moindre douleur, alors qu'il était assis sur des pierres brûlantes. Miracle des miracles !

Le psychiatre fut encore plus étonné quand il put retourner s'asseoir sur son banc, de constater qu'il n'était plus du tout anxieux. Il se sentait fort et solide, il n'avait plus peur des maladies mentales, tout lui semblait maintenant étonnamment clair et limpide. Onni Osmola se mit à louer à haute voix Ukko Ylijumala et déclara qu'il ne doutait absolument plus de Rutja Ronkainen, mais reconnaissait en lui un vrai dieu, le fils du dieu de l'Orage.

Helinä Suvaskorpi et les sylphides dansèrent encore un moment. Onni Osmola les contemplait les yeux écarquillés. Maître Mälkynen fixait le corps de l'inspectrice des impôts avec tant d'insistance qu'il avait du mal à rester assis.

Puis Rutja fit signe aux danseuses de s'écarter. Il récita l'incantation d'usage à l'adresse d'Ukko Ylijumala :

> *Ô Ukko Ylijumala,*
> *maître des cieux tumultueux !*

Après cette invocation, Rutja fit à son père un résumé de la situation religieuse du moment en Finlande :

*Entends le rapport de Rutja,*
*apprends ce que j'ai à te dire*
*du cœur de l'été finlandais...*
*D'abord une offrande pour toi,*
*et puis une offrande pour moi.*

Rutja avala une imposante bouchée de côte de porc grillée avant de poursuivre :

*J'ai donné six commandements,*
*recruté six disciples !*
*Vides sont les églises de Finlande,*
*et marris les pasteurs,*
*Jésus, le pauvre, est désœuvré...*

Pour finir, Rutja engagea Ukko à accepter les offrandes :

*Prends les présents, envoie la foudre,*
*ici ton fils, païen sacré !*
*Avale l'offrande, gobe la viande,*
*goberge-toi sans chipoter !*

La cheminée de cuivre se mit à vibrer, ébranlée par un bruit de succion céleste, les côtes de porc et autres mets disposés sur les braises disparurent dans la hotte, comme engloutis par les forces de Horna ; la boule de foudre les suivit, tandis qu'un hurlement de vent et un grondement fracassant retentissaient dans le conduit, au ras du plafond. Offrandes, braises et cendres furent aspirées. Un dernier éclair illumina la bouche de la hotte, puis un silence total descendit sur la salle. Ce fut le signal de la fin de la cérémonie. Ukko Ylijumala avait accepté le sacrifice, le rituel avait eu l'heur de lui plaire.

« C'est la première fois qu'une côte de porc monte au ciel, on va bien voir ce qu'ils vont en penser, déclara Rutja satisfait. Je crois que les dieux préféreront cela aux anciennes offrandes. Les Finnois ont suffisamment sacrifié à leurs dieux des poissons pourris, des pommes de terre gelées et de la farine d'écorce de pin moisie. »

L'inspectrice des impôts était allée se changer. Elle portait à nouveau son élégante tenue de ville, jupe grise et veste de coton blanc. Rutja enleva sa fourrure de loup et l'accrocha au porte-manteau à côté de la chemise de nuit de Mme Suvaskorpi.

Le Dr Onni Osmola avait encore la tête qui lui tournait. Il expliqua qu'il mettrait volontiers toute son expérience et sa science médicale à la disposition de Rutja. Il voulait participer à la conception et à la réalisation de tout ce que celui-ci entreprendrait. La fondation d'une clinique pour les hystériques et surtout pour les hypocondriaques ou les malades imaginaires était selon lui une idée tout à fait sensée, qu'il soutenait en tout point.

« Nous partirons donc demain pour Isteri, décida Rutja.

— Pourrai-je emmener quelques malades mentaux ? » demanda impatiemment Onni Osmola. À son avis, il serait intéressant de voir ce que les hystériques penseraient du village et de leur futur établissement de soins. Ses dossiers étaient pleins de patients qui correspondaient à ce qu'on cherchait. On ne manquait vraiment pas de fous en Finlande.

Rutja décida cependant qu'il serait plus sage de laisser les hystériques tranquilles pour l'instant. Il fallait remettre le domaine en état avant de pouvoir y amener des patients.

« On n'y prendra quand même pas des fous furieux ? demanda prudemment maître Mälkynen. Je veux dire que des gens comme ça pourraient poser des problèmes, au moins au début.

— Nous commencerons par les hystériques et les malades imaginaires, trancha Rutja. Demandez congé de votre travail et soyez prêts demain matin. »

Rutja renvoya les sylphides, les menninkäinens et les maahinens. Il leur demanda cependant de rester prêts à se manifester si l'on avait besoin d'eux. « On ne sait pas quand on fera une nouvelle fête sacrificielle », dit-il au petit peuple qui se dispersa dans ses cachettes.

Pour finir, on passa acheter un nouveau pantalon au Dr Onni Osmola, à la place de celui qui avait brûlé. Maître Mälkynen supervisa l'essayage, Keltajuuri marchanda une ristourne et Rutja paya.

## 20

Le fils du dieu de l'Orage roulait à un train d'enfer sur la route de Kallis, au volant de la fourgonnette dans laquelle avaient pris place les disciples. Ces derniers, ainsi conduits par leur dieu, craignaient pour leur vie ; quand on quitta l'autoroute pour des chemins de terre, leur crainte fit place à la terreur. Mais le fils du dieu de l'Orage les rassura :

« Vous êtes semblables aux disciples de Jésus en leur temps. Eux aussi eurent peur de périr, dans une grande tempête sur le lac de Tibériade, mais il ne leur arriva rien. Vous n'avez pas non plus à avoir peur avec moi. Je suis aussi capable de conduire une voiture que Jésus de mener une barque. En plus, j'ai un permis de conduire, celui de Sampsa. »

Malgré tout, les disciples prièrent le dieu de l'Orage, dans le secret de leur cœur, afin qu'il épargne la vie des voyageurs. Ainsi fut-il : bien avant midi, ils arrivèrent au domaine de Ronkaila. Rutja vira sur les chapeaux de roues dans l'allée de bouleaux et s'arrêta derrière le bâtiment principal, juste devant le nouveau pavillon.

Anelma était assise sur la véranda, comme il se devait dans son éternelle robe de chambre. À l'intérieur, la prétendue compagne illégitime de Sampsa faisait du café, tandis que Rami, son « frère » aux pieds nus, boudait sur le canapé, attendant toujours que s'ouvre devant lui le chemin de la liberté.

Rutja présenta ses disciples à Anelma, qui s'excusa de sa tenue, expliqua qu'elle ne s'attendait pas à de la visite et cria à Sirkka, dans la cuisine, de faire aussi du café pour les arrivants. Puis elle entraîna Rutja à l'écart et entreprit de lui raconter les nouvelles. Il s'était en effet passé des choses horribles dans la maison depuis son départ. Des revenants étaient apparus. Selon Anelma, il était certain qu'une créature terrifiante, un véritable monstre, hantait la vieille demeure. En plus d'elle-même, de Sirkka et de son « frère » Rami, le voisin, Nyberg, avait tenté une incursion. Il s'en était tiré vivant de justesse. Puis on avait appelé la police, mais les agents n'avaient pas osé passer la maison au peigne fin et étaient partis chercher le pasteur Salonen. Depuis, l'homme d'Église avait pris l'habitude de venir chaque jour à Ronkaila. Salonen restait parfois des heures dans l'ancien bâtiment et on l'entendait bavarder avec quelqu'un dans la bibliothèque du premier.

« Ça a vraiment été épouvantable, geignit Anelma. Sampsa, toi qui es le maître de cette maison, tu dois chasser ce démon », implora-t-elle.

Rutja écoutait les épanchements d'Anelma d'une oreille distraite. Quand il s'entendit appeler Sampsa, il fit remarquer qu'il avait changé son

215

nom en Rutja. Maître Mälkynen montra à Anelma l'autorisation officialisant le changement, avec les tampons et les signatures requis.

Anelma ne parvenait pas à comprendre. Pourquoi Sampsa était-il devenu si dur et si déterminé ces derniers temps ? Et quel intérêt d'aller changer un nom convenable en un Rutja malsonnant ? N'y avait-il pas dans la maison suffisamment de bizarreries, sans y ajouter ce nom de Rutja ? Ô mon Dieu, gémit-elle.

Rutja fit remarquer que puisque le pasteur venait tous les jours, Anelma n'avait aucune raison de craindre les fantômes.

« Il paraît que Salonen n'a même pas fait de prêche dimanche dernier... On dit qu'on a juste chanté des cantiques mais aucune prédication... Ce démon a possédé jusqu'au pasteur », essaya encore de dire Anelma, mais Rutja lui tourna le dos et conduisit ses disciples à l'intérieur du nouveau pavillon.

Le « frère » de Sirkka, Rami, était mollement étendu sur le canapé du salon, apathique, les doigts de pied en éventail, et ne prit même pas la peine de se redresser en voyant entrer des étrangers.

Rutja lui enjoignit de se lever.

« Qu'as-tu encore à faire ici ? Ne comprends-tu pas que je ne supporte pas que des types dans ton genre s'incrustent chez moi ! »

Rami rétorqua qu'il serait retourné depuis une éternité à Helsinki, si les femmes ne lui avaient pas confisqué ses chaussures et son portefeuille. On le gardait comme appât pour le fantôme de Ronkaila.

« Ou merde, tu voudrais peut-être que j'me tire en ville pieds nus, hein ?

— Mollusque ! »

Rutja était courroucé. Il désigna Rami au maçon Sivakka et au fumiste Hannula, d'un geste dont ils déduisirent qu'il fallait flanquer le garçon dehors. Ce qu'ils firent. Rami prit ses jambes à son cou et fila si vite qu'on entrevit à peine l'éclat de ses pieds nus entre les bouleaux de l'allée.

« Il n'a pas eu besoin de chaussures », déclara Sivakka après avoir fait avec Hannula ce brin de conduite à l'indésirable personnage. Puis les deux hommes entreprirent de vérifier les cheminées du nouveau pavillon, qu'ils déclarèrent en parfait état. Le Dr Onni Osmola étudia la salle de séjour et estima qu'avec quelques petits aménagements on en ferait une salle d'hôpital pour au moins une dizaine d'hystériques, peut-être quinze en ajoutant des paravents et des cloisons.

Tandis que Sirkka servait du café aux invités, l'inspectrice des impôts Helinä Suvaskorpi l'examinait attentivement. Elle savait que Sirkka était venue à Ronkaila en qualité d'« amie » de Sampsa Ronkainen, qu'elle était même sans doute sa concubine. Elle avait l'air bien médiocre, constata Mme Suvaskorpi avec satisfaction. Elle résolut de ne pas laisser cette terne figure s'ingérer dans ses relations divines avec Rutja Ronkainen, le fils du dieu de l'Orage.

« Merci, pas de lait », dit-elle assez sèchement à Sirkka.

Après le café, Rutja emmena ses disciples dans l'ancien bâtiment, où il voulait leur présenter son corps divin, actuellement habité par le propriétaire de la maison, Sampsa Ronkainen. On monta au premier, dans la bibliothèque du domaine de Ronkaila.

217

Rutja fut un peu surpris de trouver Sampsa en pleine conversation avec le pasteur Salonen. L'homme d'Église buvait du thé, Sampsa était assis en face de lui mais ne s'était pas dressé de couvert. Les dieux ne connaissent pas la faim, nous le savons déjà. Les nourritures qui leur sont sacrifiées ne sont nullement destinées à satisfaire un besoin matériel, c'est à peine si les dieux y goûtent ; leur seul but est de prouver la foi ardente du donateur.

Sampsa présenta le pasteur Salonen au fils du dieu de l'Orage.

« Bonjour, monsieur le pasteur. Nous avons déjà fait connaissance, je suis passé il y a peu dans votre église. Vous en souvenez-vous ? Vous vous êtes plaint que les gens d'ici ne venaient pas à l'église, mais préféraient les courses de trot. »

Le pasteur se rappelait parfaitement. Ils se serrèrent chaleureusement la main. Salonen expliqua qu'il avait eu quotidiennement de longues conversations avec Sampsa Ronkainen, sous son actuelle forme divine. Le pasteur Salonen déclara qu'il avait traversé une profonde crise religieuse dont le résultat avait été dévastateur pour ses idéaux chrétiens. Il s'était converti à la seule vraie foi, voué à Ukko Ylijumala. Il avait définitivement basculé du côté du dieu de l'Orage après la réunion paroissiale contre le paganisme qu'il avait organisée. Seules deux vieillardes stupides étaient venues entendre la parole divine. Le pasteur en avait conclu que Jésus et le Dieu des chrétiens se moquaient bien du fait qu'un pasteur de Kallis croie ou non en eux.

« Bien entendu, ces longues journées d'entretiens philosophiques avec Votre enveloppe charnelle ont aussi contribué à ma conversion. »

Sampsa se mêla à la conversation :

« Le pasteur était bien un peu incrédule au début, mais quand je lui ai tout raconté et que je lui ai montré le fétiche sur le rocher de l'incarnation, ses doutes se sont évanouis. Alors tu vois, Rutja, tu aurais dans ce Salonen un bon assistant, si tu as besoin de connaissances et d'expérience théologiques. »

Le pasteur Salonen dit, les yeux brillants :

« Jamais de ma vie je n'ai ressenti une telle délivrance et une telle liberté spirituelle que depuis que je crois en Ukko Ylijumala ! »

Rutja accueillit avec satisfaction son nouveau disciple. Le pasteur raconta qu'il serait à la retraite dans un mois. Il n'avait plus prôné les dogmes chrétiens à l'église depuis sa conversion, avait même laissé les baptêmes à son suffragant et s'était contenté de classer les archives ou de signer quelques certificats. À son avis, il n'était pas juste, alors qu'il avait perdu sa foi dans son ancien dieu, qu'il se mette à prêcher sa nouvelle foi dans l'Église. D'ailleurs cette phase de conversion avait beaucoup entamé ses forces de vieillard. Le combat entre la foi et l'anti-foi, entre la nouvelle et l'ancienne foi, ou entre l'ancienne foi et la foi néo-ancestrale, était une tempête spirituelle qu'il ne souhaitait à aucun de ses collègues. Mais maintenant qu'il avait acquis une totale certitude spirituelle, son bonheur était incommensurable ! Il n'avait plus besoin de craindre la damnation de l'enfer et pouvait sereinement attendre le moment où il descendrait le doux fleuve de Tuonela jusqu'à l'au-delà. N'est-ce pas, Rutja ? Il pouvait encore avoir de l'espoir ?

« Aucun souci à se faire, promit Rutja. Tu n'iras pas en Horna, je t'en donne ma parole. »

À ce stade, Rutja annonça à Sampsa qu'il avait changé son nom en Rutja. Maître Mälkynen confirma la chose.

« J'espère que tu ne m'en veux pas de t'avoir transformé en Rutja ? Cela me semblait plutôt artificiel de vivre sous ce nom de Sampsa », expliqua-t-il.

Cela convenait à merveille à Sampsa. Mais comment se faisait-il qu'il n'eût pas changé de patronyme par la même occasion ?

Maître Mälkynen rétorqua que le fils du dieu de l'Orage avait bien essayé mais que la Ligue pour la défense du finnois avait refusé de se laisser fléchir et d'accorder à Rutja un patronyme aussi inhabituel. Mais c'était aussi bien comme ça, non ?

Puis on fit les présentations. Sivakka, Hannula, Suvaskorpi, Mälkynen, Keltajuuri. Salonen, Ronkainen. Heureux de vous connaître, très heureux.

Le directeur de l'agence de publicité Keltajuuri regarda respectueusement l'impressionnante silhouette de Sampsa, drapé dans sa noire cape d'ours.

« Quelle terrible figure divine ! Si un homme de cette trempe paraissait à la télévision, dans une publicité pour les pneus à clous Nokia, par exemple, eh bien, le consommateur ne douterait pas un instant de leur adhérence sur une route verglacée ! »

On alla en groupe visiter la maison. On constata que le vieux bâtiment était en tout cas spacieux, avec ses douze chambres. La plupart étaient délabrées, mais en clouant des panneaux sur les murs, en refaisant les parquets et en peignant les plafonds, leur apparence s'améliorerait de façon décisive. Sivakka et Hannula constatèrent qu'il y avait aussi des portes et des fenêtres à changer si l'on voulait installer beaucoup de monde dans la maison et en faire une clinique de haut niveau. La peinture extérieure du bâtiment avait aussi besoin d'être rafraîchie, et le toit fuyait en plusieurs endroits. Le maçon et le fumiste déclarèrent que les travaux de réfection dureraient au moins deux semaines et coûteraient au minimum 200 000 marks, peut-être plus. Unanimement, ils déclarèrent aussi qu'ils ne pouvaient accomplir tout le travail à eux deux.

« Il faut une équipe de dix hommes et plusieurs camions de matériaux. Mais la structure est saine et les fondations solides », dirent-ils.

Keltajuuri promit de faire faire les plans d'aménagement nécessaires par un architecte-décorateur de sa connaissance. Sivakka et Hannula allèrent à Helsinki chercher du matériel et des outils.

Et le financement ?

Sampsa déclara que le domaine pourrait servir à garantir un prêt de rénovation. Il y avait des hypothèques, mais Ronkaila était quand même une grande propriété, malgré son délabrement. Rutja se réjouit :

« Dans ce cas, il n'y a pas de problème. Et heureusement, j'ai vendu ton bric-à-brac à Helsinki. J'en ai quand même tiré 200 000 marks de capital. »

Sampsa accusa le choc. Rutja avait-il été liquider son cher stock d'antiquités, acquis à grand-peine ?

« On l'a vendu, et on s'est débarrassé de la Moisander. Tu ne vas quand même pas t'en faire pour si peu ? »

Sampsa prenait malgré tout assez mal la nouvelle. Il ne regrettait pas Mme Moisander, mais tenait par exemple beaucoup au vieux mobilier Gustave III. Et les quenouilles, avaient-elles aussi été vendues ?

« Non, nous n'avons quand même pas osé », dit maître Mälkynen.

La voix tremblante, Sampsa demanda à Rutja comment il gagnerait sa vie quand le fils du dieu de l'Orage retournerait au ciel, le moment venu.

« Pense donc à moi, Rutja ! Je suis un humain tout à fait ordinaire et pas un dieu comme certains. »

Rutja s'engagea à réparer le préjudice. Pour les dieux, ce n'était pas grand-chose d'arranger au mieux les affaires des hommes.

« Au plus tard à l'heure de ta mort, tu peux être sûr que tu ne te retrouveras pas en Horna. Tu accéderas avec le pasteur Salonen aux félicités du ciel, j'en réponds », promit Rutja.

La pensée de sa mort ne remonta nullement le moral de Sampsa. Il se retira tristement dans la bibliothèque. Le directeur de l'agence de publicité Keltajuuri le suivit et lui expliqua qu'il n'y avait pas de quoi s'en faire. Dès que la clinique psychiatrique de Rutja fonctionnerait à plein, elle rapporterait plusieurs fois les fonds investis.

« J'ai fait des calculs. Aucune activité dans ce pays n'est aussi rentable que de s'occuper de fous, tu peux me croire », assura Keltajuuri.

Maître Mälkynen, qui était aussi monté consoler Sampsa, souligna un autre aspect positif :

« Pense un peu. Quand Rutja retournera au ciel, tu garderas l'inspectrice Suvaskorpi. Réfléchis-y, mon vieux. »

Sampsa se mit à songer à ce côté de l'affaire. Il lui parut fort séduisant.

Dans la cour de l'ancien bâtiment, on entendit Rutja ahaner. Il avait trouvé dans le bûcher une vieille meule à aiguiser qu'il soulevait et abaissait en cadence. Le fils du dieu de l'Orage voulait améliorer sa forme, tant qu'il en avait l'occasion sur cette terre.

## 21

Les travaux d'aménagement de la clinique pour hystériques de Ronkaila furent rondement menés. On vit arriver quinze professionnels qui émargeaient chez un patron ami du maçon Sivakka, Topi Juselius. Topi était un homme énergique, qui s'était élevé du statut de simple plâtrier à celui d'entrepreneur plutôt prospère.

« C'est dégoûtant de venir mendier des hommes en plein mois de juillet. Écoute, Sivakka, en ce moment l'ouvrier est une denrée rare. Mais je peux détacher quinze mecs pour un peu de temps, si tu as un asile en chantier. Nous autres sains d'esprit devons être prêts à donner un coup de main aux dingues, non ? »

Des poids lourds et des camionnettes chargés de matériaux de construction commencèrent à défiler à Ronkaila. Un architecte-décorateur en costume de jean vint prendre des mesures. Dès que les plans furent prêts, maître Mälkynen s'occupa d'obtenir le permis de construire nécessaire pour les transformations. La municipalité de Kallis comprenait ce qu'allait signifier ce nouvel établissement de soins pour l'économie de la petite commune : la commission d'architecture tint une réunion supplémentaire où les plans furent visés et les permis accordés.

Pendant ce temps, Mme Suvaskorpi, maître Mälkynen et le Dr Onni Osmola se dépensaient sans compter pour obtenir de la direction de la Santé les autorisations nécessaires à l'ouverture d'une clinique psychiatrique privée. On convainquit le fonctionnaire responsable d'interrompre ses vacances pour régler l'affaire. Il se montra sceptique :

« Cela a un petit parfum de camp de concentration. Vous vous rappelez ce médecin nazi, Mengele, je crois ? Celui qui utilisait des Juifs pour ses expériences. J'ai peur que l'on ne se mette à parler publiquement de votre établissement comme d'un genre de centre de recherche sur les êtres humains. Quand il s'agit de troubles mentaux, il ne devrait pas y avoir de place pour l'expérimentation.

— Vous voulez dire qu'il ne devrait pas y avoir de place pour des expériences privées ? demanda Onni Osmola.

— Précisément. Dans les établissements publics nationaux ou intercommunaux, on peut faire ce qui vous passe par la tête, tout le monde sait ça. Surtout dans les unités pour malades difficiles. »

Les négociations s'achevèrent finalement par un compromis. La direction de la Santé acceptait d'autoriser l'ouverture d'une clinique de repos. Celle-ci était également autorisée à dispenser des soins psychiatriques, à condition qu'ils se déroulent sous le contrôle d'un médecin agréé, ayant reçu une formation adéquate. Ce médecin serait Onni Osmola. L'établissement ne pourrait pas porter le nom d'hôpital, l'administration s'y opposait, en tout cas au début.

« Appelez ça "clinique hystérique" si vous voulez », proposa innocemment le représentant de la direction de la Santé. Ce à quoi Mälkynen répliqua que puisque la clinique devait aussi accueillir des malades imaginaires, on avait pensé la baptiser Clinique Imaginaire. Hahaha.

Quand tous les documents furent en règle, Onni Osmola se mit en devoir d'étudier les dossiers de ses patients. La réfection du nouveau pavillon était suffisamment avancée pour que l'on puisse accueillir les premiers malades dès la semaine suivante. Il fallait trouver dans le fichier quinze hystériques de choix pour la première fournée.

La tâche était facile, en réalité. Il y avait dans les listes d'Onni Osmola des centaines de cas avérés d'hystérie, dont un certain nombre de cas désespérés. C'était justement ce genre de patients que Rutja voulait recruter pour sa clinique. Plus les gens sont malades et plus ils sont reconnaissants quand ils s'en sortent. L'idée de Rutja était que les malades guéris diffuseraient efficacement la foi néo-ancestrale. Ils feraient office d'exemples vivants du pouvoir miraculeux d'Ukko Ylijumala.

« Tu ne peux pas t'imaginer, Rutja, comme ces fous sont actifs. On pourrait dire que les meilleurs cerveaux de la nation se cachent derrière ces fiches médicales, dit Onni Osmola, vantant sa liste de patients. Je me suis souvent dit que si l'on pouvait éradiquer les maladies mentales de ce pays — comme jadis la tuberculose et le rachitisme — la Finlande s'élèverait au rang des pays les plus civilisés du monde. »

On sélectionna dans le fichier quinze cas d'hystérie moyennement graves. Onni Osmola téléphona aux patients choisis et à leurs proches afin d'arranger leur venue à Ronkaila. On constata que la plupart étaient des femmes.

« À quoi cela peut-il bien être dû ? » se demanda Rutja.

L'inspectrice Suvaskorpi embaucha une femme de ménage et deux aides-cuisinières pour l'aider à tenir l'hôpital. Rutja lui promit qu'elle pourrait utiliser à sa guise la main-d'œuvre des menninkäinens et des maahinens. Ils se prêteraient certainement parfaitement au ménage et à de menus travaux, surtout si ceux-ci ne demandaient pas de grandes capacités professionnelles.

« Cet hôpital sera moins cher à gérer, car les maahinens et les menninkäinens n'exigent pas de salaire. Ils n'ont pas de Sécurité sociale ni de retraite obligatoire. Ils ne paient pas non plus d'impôts à l'État finlandais, puisqu'ils ne sont pas des êtres dits naturels », constata l'inspectrice des impôts.

Rutja fit remarquer que les maahinens surtout pouvaient aussi accomplir leurs tâches la nuit, car ils avaient une vision nocturne encore meilleure que les chats. Ils avaient une expérience millénaire du travail de nuit.

Rutja ordonna à quelques maahinens et menninkäinens de participer à la réfection de l'ancien bâtiment. Les maahinens surtout étaient d'une grande utilité sur le chantier. Ils clouaient volontiers des panneaux, faisaient de petits travaux, portaient les sachets de clous des charpentiers et, si quelqu'un laissait tomber un marteau de l'échafaudage, un maahinen grimpait bien vite rendre son outil à l'ouvrier. Ils gâchaient le ciment, passaient les briques aux maçons, égalisaient les joints... ils étaient vraiment d'une grande aide.

Au début, les hommes de Topi Juselius étaient plutôt réticents à l'égard des maahinens et des menninkäinens, prétendant qu'en fait ils ne pouvaient même pas exister, mais au bout de deux jours ils s'étaient si bien habitués à leurs petits aides velus qu'ils les appelaient déjà par leur prénom.

« Ho, Mörö, passe-moi donc une poignée de clous de quatre pouces ! »

Mörö les apportait. Tout comme Huru, Lärppä ou Sytö, selon le cas.

Tout cela impliquait une certaine surveillance du chantier, car il ne semblait pas utile de présenter les maahinens et les menninkäinens aux tiers qui venaient forcément de temps en temps à Ronkaila. Quand un conducteur de camion ou un fonctionnaire communal arrivait, le menninkäinen de garde au fond du fossé près de la boîte aux lettres, au bout de l'allée de bouleaux, lançait un sifflement strident. C'était un signal d'alarme pour les autres menninkäinens et maahinens : ils filaient dans leur trou. Quand les visiteurs s'étonnaient de l'avancement rapide des travaux, ils ne pouvaient soupçonner que cela était en partie dû au petit peuple de travailleurs qui venait de se faufiler dans ses cachettes. Quand les visiteurs repartaient, leur tâche accomplie, les créatures reprenaient leurs activités. Les menninkäinens chantaient de vieilles chansons à travailler qui

amusaient beaucoup l'équipe de Topi Juselius.
Les maahinens par contre se contentaient de
frapper dans leurs mains tachées de ciment et de
psalmodier :

> *Maison pour les fous,*
> *Ou maison de fous,*
> *Houhé, hou hé hé !*

Les ouvriers hochaient la tête et constataient
entre eux qu'ils n'avaient jamais connu de chantier aussi bizarre. Plusieurs trouvaient assez
dingue de bâtir un asile avec des maahinens et
des menninkäinens. Un homme se vanta bien
d'avoir été employé un jour à construire une lai-
terie, près de Moscou, où il y avait une sacrée
ambiance. Les camarades russes étaient au
moins aussi bons plâtriers que ces maahinens.
De là, la conversation dévia sur les pays arabes,
où plusieurs hommes de Topi Juselius avaient
travaillé comme charpentiers. L'un d'eux préten-
dit même que les maahinens d'ici n'étaient rien
comparés à ces foutus enturbannés.

« Ils pouvaient traîner la même planche pendant une journée entière, merde. Et le soir, si on
voulait une goutte d'alcool, rien à faire. Il y a une
loi, là-bas, si tu bois de l'alcool, on te cloue la
langue au palais avec une agrafeuse. Si tu es
européen, le médecin vient au bout d'une
semaine arracher les agrafes, mais si jamais c'est
un musulman qui est saoul, le médecin remet de
nouvelles agrafes au bout d'une semaine et en
profite pour lui couper la luette. C'est comme ça
là-bas. »

Les maahinens chantèrent :

*La langue et la luette,*
*la loi de l'arbi,*
*Hi ha hihi hi !*

En marge de ces amusements, les hommes prirent quand même la peine de se renseigner pour savoir si les maahinens et les menninkäinens étaient syndiqués, s'ils avaient leurs propres conventions salariales, ou si Rutja Ronkainen avait des arrangements particuliers avec ces créatures. Ils s'inquiétaient surtout du nombre des maahinens — certains croyaient savoir qu'il y en avait dans la seule Finlande des centaines de milliers. S'il se déclenchait dans le pays une grève du bâtiment, comment les maahinens et les menninkäinens réagiraient-ils ? Se mettraient-ils à jouer les briseurs de grève, maintenant qu'ils avaient appris le métier ?

Rutja déclara que l'on ne versait pas de salaire aux maahinens et qu'on ne les utiliserait jamais pour travailler en temps de grève. En outre, l'Intersyndicale n'avait pas à s'occuper de ce que le fils du dieu de l'Orage faisait faire à ses maahinens.

« Vous semblez oublier que Marx et Lénine étaient des humains. Je suis quand même le fils du dieu de l'Orage. »

Le maçon Sivakka et le fumiste Hannula témoignèrent qu'il en était bien ainsi. Il valait mieux ne pas agacer Rutja si l'on voulait rester dans ses petits papiers. Quand on constata en plus que le travail fait par les maahinens et les menninkäinens était compté dans la paye des hommes de Juselius, personne ne défendit plus sérieusement l'idée d'une grève sur le tas.

L'aide-ménagère et les deux aides-culinaires arrivèrent le vendredi. L'inspectrice Suvaskorpi leur expliqua en quoi consistait leur mission. Ensemble, on établit les menus et les emplois du temps de la première semaine de soins.

Le samedi, on livra à Ronkaila un chargement de linge, objets de toilette, vaisselle et autres ustensiles. Le dimanche, quand les femmes, les menninkäinens et les maahinens se furent vraiment activés, tout commença à être prêt pour les premiers hystériques.

Anelma et Sirkka protestèrent quand Rutja leur ordonna de déménager du nouveau pavillon dans la loge où couchaient jadis les valets de ferme. Anelma surtout était furieuse :

« Je suis quand même l'héritière de cette maison, et on me traite de cette façon ! Où veux-tu que je range mes affaires, dans la loge ? »

Rutja lui fit remarquer qu'elle avait l'habitude de s'exhiber jusque tard dans l'après-midi en chemise de nuit et en peignoir, ses effets ne prenaient certainement pas tellement de place.

Enfin, le lundi, les hystériques commencèrent à arriver. Rutja, le psychiatre et Mme Suvaskorpi accueillirent les patients dans la cour. Rutja était vêtu de sa fourrure de loup, le psychiatre et l'inspectrice de blouses blanches. On entendait encore du côté du vieux bâtiment des bruits de chantier, mais dans la cour l'atmosphère semblait calme et intime.

Le temps était au beau fixe, et cela n'était pas dû au Gulf Stream mais à Rutja, qui avait commandé du soleil à son père pour tout le mois de juillet. Les patients et leurs familles s'extasiaient devant le bel été et la paisible campagne environnante. Tous étaient pleins d'espoir.

La plupart des accompagnateurs étaient des maris qui amenaient leurs femmes se faire soigner. Celles-ci semblaient plutôt écervelées, parlaient pour ne rien dire, donnaient l'impression d'être nerveuses. Il n'y avait dans le groupe que quelques hommes, mais ils se comportaient de la même manière : riant sans raison, jacassant, sursautant pour un rien.

Rutja décida de ramener ces malheureux à la raison aussi vite que possible. C'était pitié de les voir ainsi incapables de maîtriser leur propre esprit. Il pressentait qu'il œuvrait pour une bonne cause. Il nota avec satisfaction qu'Onni Osmola se dévouait corps et âme à l'accueil de ses patients.

Soulagées, les familles repartirent pour Helsinki. Elles avaient bien sûr toujours fait leur possible pour leur malade, mais ce n'était que maintenant qu'elles pouvaient espérer sa guérison. À moins que l'espoir ne fût déjà mort ? Quoi qu'il en soit, les patients étaient en de bonnes mains. La région était belle, c'était déjà quelque chose.

Quand Anelma et Sirkka virent quel genre de gens affluaient dans la maison, elles ramassèrent leurs affaires et emménagèrent en hâte dans la loge. Elles firent hautainement savoir que ce n'était pas la peine de compter sur elles pour les repas. Elles préféraient faire leur propre cuisine plutôt que manger avec les nouveaux arrivés.

« Ils sont complètement fous, dit même Sirkka, qui gardait pourtant généralement la bouche close.

— Oui, il y a maintenant à Ronkaila des fous, des dieux, des menninkäinens et des maahinens. Et des ouvriers. C'est devenu intenable », se plaignit Anelma.

## 22

Les premiers patients du fils du dieu de l'Orage prirent leurs quartiers. L'inspectrice Suvaskorpi leur montra leurs chambres. On leur servit à dîner, puis ils purent regarder la télévision dans une pièce du nouveau pavillon, transformée en salon. Le soir, le psychiatre leur distribua des calmants pour la nuit. Quand le silence fut tombé sur la maison, Rutja et Onni Osmola entreprirent d'étudier les dossiers des malades afin de définir pour chacun un programme de soins individuel.

« Tu pourrais commencer par leur tenir tes discours habituels, à chacun selon son cas, puis, si tes méthodes ne suffisent pas, je leur appliquerai ma fulgurothérapie. Je te garantis que ça marchera. Il n'existe personne d'assez fou pour qu'une fulguration ne lui rende pas la raison. »

Onni Osmola hésita. Et si le traitement de Rutja présentait un danger pour les malades ?

« Il faut être prudent, admit Rutja. Ce serait embêtant si l'un de ces pauvres diables nous mourait entre les mains. »

Tard dans la nuit, Rutja et Onni Osmola discutèrent des méthodes de soins et des dangers qu'elles pouvaient comporter. Rutja en apprit beaucoup sur les maladies mentales, leurs symptômes et leur traitement, et plus généralement sur les bizarreries du cerveau humain. Quand le médecin et le dieu se retirèrent finalement pour la nuit, les maahinens et les menninkäinens rampèrent hors de leurs trous et se mirent au travail. Ils cirèrent sans bruit les parquets de la clinique, balayèrent les chambres des patients, lavèrent la vaisselle sale de la journée, passant sur la pointe des pieds d'une chambre à l'autre, comme des infirmières de nuit aguerries, veillant sur le sommeil des hystériques. Si quelqu'un avait fait tomber sa couverture par terre, un maahinen silencieux rebordait le malheureux malade, afin qu'il n'ait pas à regarder ses rêves déments en grelottant de froid. Les agités qui se tournaient et se retournaient se calmaient dès qu'un maahinen posait sa douce main velue sur leur front chaud et le caressait jusqu'à ce qu'ils se rendorment. Quand tous les patients eurent été visités et que la maison eut été nettoyée et la vaisselle essuyée, les menninkäinens et les maahinens disparurent silencieusement dans leurs trous.

La lune brillait dans le ciel. Dans la claire nuit d'été, elle projetait l'ombre de l'érable de la cour sur le mur de l'ancien bâtiment, au niveau de la bibliothèque. À l'intérieur, on entendait des voix étouffées. Le pasteur Salonen et Sampsa Ronkainen échangeaient de pénétrants propos sur l'humanité, les dieux et le contenu le plus secret des religions.

Dans le nouveau pavillon, Rutja Ronkainen était plongé dans le profond sommeil des humains, aux côtés de Helinä Suvaskorpi. Onni Osmola dormait dans sa chambre dans la partie réservée à l'administration de la clinique, Anelma et Sirkka étaient dans leur loge et les quinze malheureux malades mentaux dans leurs propres lits.

Quelqu'un, à Helsinki, ne dormait pas. C'était le « frère » de Sirkka Leppäkoski, Rami, qui avait dû fuir si honteusement Ronkaila. Ressassant des idées de vengeance, il fixait le fond d'une chope de bière dans une petite taverne enfumée de la rue Albert. Il avait amèrement ruminé pendant plusieurs jours l'humiliation subie et en était arrivé à la conclusion qu'aucun Finnois ne pouvait laisser passer ça. Il avait décidé de se venger d'une manière ou d'une autre des gens de Ronkaila et surtout de Sampsa, ou de Rutja, comme il se faisait maintenant appeler. Rami n'osait pas retourner à Isteri, et il n'avait d'ailleurs même pas l'argent du voyage. En fait, il n'avait d'argent pour rien de ce qui lui était nécessaire. Il avait une fois de plus sa dernière chope devant lui. C'était insupportable.

Et s'il cambriolait le magasin d'antiquités Ronkainen ? Il pourrait piquer quelques vieux trucs de valeur et mettre un peu de désordre.

Sa situation financière étant désespérée, il devait de toute façon faire un coup. Ce n'était que justice, en fait, de choisir pour cible les antiquités Ronkainen, rue Iso Roobert.

Quand le bar à bière ferma ses portes, vers minuit, Rami partit accomplir son vol et sa vengeance. Au passage, il descella un lourd pavé, avec la lame de son canif, au coin des rues Albert et Iso Roobert. Rami n'était pas du genre à crocheter les serrures. Ses outils, lors de ses cambriolages nocturnes, étaient le pied-de-biche ou le pavé. S'il se trouvait pris dans une bagarre, il ne se contentait pas de frapper son adversaire à coups de poing, mais se mettait à lui donner des coups de pied dans les couilles et, s'il tombait à terre, il lui bottait la figure. Il trouvait toujours drôle de jouer avec la tête des gens comme un footballeur à l'entraînement.

Devant le magasin d'antiquités Ronkainen, Rami jeta un coup d'œil des deux côtés dans la rue. Il n'y avait personne en vue. Puis le misérable brisa simplement la porte vitrée du magasin d'un coup de pavé, tourna le verrou et entra. La nuit était silencieuse, un tintement de vitre n'intéressait personne à cette heure dans le quartier de Punavuori. Si quelqu'un l'avait par hasard entendu, il songerait peut-être, fatigué :

« Il doit y avoir un cambriolage quelque part. »

Rami fut éberlué par les aménagements réalisés dans le magasin. Disparus, les meubles de prix et les objets précieux. À la place, il y avait au milieu de la salle un grand foyer en briques ressemblant à un barbecue. De simples bancs en bois étaient disposés autour, et rien d'autre.

Dans la pâle clarté de la lune, Rami examina minutieusement le local. Il dut malheureusement constater que le coup ne lui rapporterait pas grand-chose. Il y avait quand même dans le réfrigérateur quelques bouteilles de bière et de quoi faire des sandwichs. Affamé, Rami se jeta sur la boisson et la nourriture. Il envisagea de pisser dans le frigo, mais celui-ci était trop haut placé.

Il y avait aussi sur le mur de la cuisine une rangée de quenouilles ouvragées. Rami se dit que l'on pourrait en tirer une bonne somme chez un quelconque brocanteur. Il en empila un gros tas entre ses bras. Dans l'obscurité, on ne voyait pas si elles étaient neuves ou anciennes, et cela n'avait d'ailleurs aucune importance, car Rami n'était pas sûr que les neuves vaillent plus cher que les vieilles. Il ne savait absolument rien sur la manière de filer avec un rouet, ni d'ailleurs sur quoi que ce soit d'autre, à part le fait que l'équipe des Öykkärit d'Espoo jouait en première division dans le championnat de football américain.

Quoi qu'il en soit, Rami but une dernière bouteille de bière, urina sur le plancher de la cuisine et sortit avec quatorze quenouilles dans les bras. Il avait l'intention de les porter pour commencer dans sa chambre. Le lendemain, il pourrait les revendre. Il savait qu'il y avait dans le quartier de Kruunuhaka un vieux magasin de brocante qui achetait de temps à autre des stocks de vieilles barattes et de rouets. S'il pouvait obtenir ne serait-ce que cinquante marks par quenouille, il aurait de quoi se saouler pendant plusieurs jours avec le prix de son butin. Il pourrait même s'acheter un nouveau jean, non ? Heureux, il s'engagea dans la rue, les quenouilles dans les bras.

Alors qu'il remontait la rue suivante, une voiture de police se matérialisa à ses côtés, roulant au pas. Un jeune policier baissa la vitre et demanda sur un ton désagréablement inquisiteur où il allait avec ce chargement ? À cette heure, hein ?

Rami jeta les quenouilles entre les rails du tramway et tenta de piquer un sprint. Cela ne le mena cependant à rien car le policier qui conduisait était descendu du véhicule et eut le temps de le retenir par la ceinture de son pantalon. Rami fut jeté dans la voiture avec ses quenouilles et emmené au poste de police le plus proche, où on lui ôta ses chaussures — exactement comme à Ronkaila — ainsi que sa ceinture et son portefeuille vide. On compta quatorze quenouilles.

« Le prévenu affirme au cours du premier interrogatoire que les 14 quenouilles susdites lui appartiennent et qu'il les portait à son appartement pour les y conserver à l'abri des cambrioleurs. En ce qui concerne l'endroit d'où il venait, le prévenu déclare ne rien se rappeler. Il déclare également que la Finlande est un pays libre et que les citoyens finlandais ont le droit de se promener où ils veulent avec leurs quenouilles, à l'heure qui leur plaît. Le prévenu a exigé de prendre contact avec son avocat. Ledit avocat a été appelé au téléphone, mais il a déclaré qu'il était au lit et qu'il n'avait strictement rien à faire du prévenu et de ses quenouilles. Il est noté que ledit avocat était pendant cette conversation téléphonique dans un état d'ébriété avancé, à en juger par sa voix pâteuse et par son ton méprisant. Il est noté que le dénommé Rami, de sexe masculin, suspecté d'avoir volé les quenouilles, a été placé en garde à vue à 1 h 36. »

« Eh bien, je me demande ce que les bons à rien de cette ville vont inventer la prochaine fois », déclara le commissaire au policier de garde, qui mâchonnait un chausson à la viande acheté dans un bar de nuit.

À Isteri, le pasteur Salonen ne prit congé de Sampsa Ronkainen qu'un peu avant l'aube.

« La paix de Dieu soit avec vous », dit-il en partant. Sampsa resta seul dans la bibliothèque, soudain en proie à un profond sentiment de solitude. Il n'avait pas quitté la maison depuis des jours, il avait envie, par moments, d'aller par exemple à Helsinki. Il aurait aimé se dégourdir les jambes, tout dieu qu'il fût en principe. De nuit, comme ça, il pouvait faire un saut en ville, personne n'accorderait d'attention au fils hirsute du dieu de l'Orage, s'il prenait la fourgonnette. D'ailleurs la voiture était à lui et pas à Rutja. Mais comment se procurerait-il les clés ? Il faudrait les prendre en cachette, car le fils du dieu de l'Orage ne laisserait pas Sampsa vagabonder à son gré, si on lui demandait son avis.

Sampsa fit venir un maahinen, lui expliqua qu'il devait subtiliser dans la poche du pantalon de Rutja un trousseau de clés. En récompense, il lui promit qu'il pourrait l'accompagner dans sa virée nocturne dans la capitale de la Finlande, Helsinki. Pour un maahinen de la campagne, l'offre était si alléchante que celui-ci accepta de prendre le risque de voler les clés au fils du dieu de l'Orage.

« Et ne fais pas de bruit, que Rutja ne se réveille pas », l'avertit Sampsa. Le maahinen eut un sourire entendu et partit en trottinant. Un instant plus tard, il revint en agitant les clés dans ses doigts velus. Ils partirent bras dessus bras dessous pour Helsinki.

Une fois arrivé, Sampsa commença par faire le tour de la ville. Il montra les endroits intéressants à la créature, qui regarda avec intérêt la grande cité nocturne. Il demandait sans arrêt quel était ce bâtiment, combien de personnes

pouvaient habiter dans telle ou telle maison...
Quel genre de caves avaient les immeubles de
pierre ? Pouvait-on accéder directement des
caves au réseau souterrain des égouts et des
conduites d'eau ? Où était la station de métro ?
Est-ce qu'on ne pouvait pas aller y fouiner ne
serait-ce qu'un petit moment ? Non ? Pourquoi
diantre les tunnels du métro n'intéressaient-ils
pas Sampsa ?

Sampsa songea à montrer son magasin d'antiquités au maahinen, mais se rappela ensuite qu'il
n'avait pas les clés. Puis il eut l'idée d'aller saluer
Mme Moisander. Ce serait formidable de se montrer sous sa nouvelle apparence à cette infernale
mégère. Quelle tête ferait-elle en voyant Sampsa
dans la peau du fils du dieu de l'Orage ? Que pen-
serait-elle du maahinen velu qui tournait autour
des jambes de son maître comme un petit spectre
diabolique. Ah, Sampsa ne pouvait pas ne pas
passer voir Mme Moisander.

Il gara la fourgonnette devant le domicile de
l'ex-mère célibataire et enfonça le bouton de
l'interphone. Après une longue attente, la porte
s'ouvrit. Mme Moisander était donc chez elle.
Sampsa prit l'ascenseur, mais le maahinen
monta l'escalier au galop. À chaque palier, il
attendait Sampsa et, quand il était là, se précipitait à l'étage suivant. Il était déjà au cinquième, à
la porte de Mme Moisander, quand la cabine parvint bruyamment à destination.

Le maahinen appuya sur le bouton de la sonnette. Lorsque Mme Moisander, ensommeillée,
ouvrit la porte, il se glissa rapidement à l'intérieur. Sampsa, dans sa cape en peau d'ours, le
suivit.

241

Si Mme Moisander avait été terrorisée par les propos de Rutja sur sa divinité, ce n'était rien à côté du choc provoqué par cette visite nocturne. Elle hurla, essaya de refermer le battant, puis, comme le maahinen et Sampsa étaient déjà à l'intérieur, elle s'enfuit dans les toilettes. Le loquet claqua.

« On est juste passé dire bonjour », dit Sampsa avec la voix du fils du dieu de l'Orage.

Mais il n'eut pas le temps d'en dire plus à la malheureuse, car elle se rua hors de la salle de bains, arracha son manteau au portemanteau de l'entrée et plongea dans l'escalier. L'infortunée n'avait même pas eu le temps d'enfiler ses chaussures, tellement elle avait hâte de fuir son appartement. Mme Moisander courut à travers la ville déserte, sans but précis.

Sampsa et le maahinen s'assirent sur le canapé de l'ex-mère célibataire pour réfléchir à ce qu'ils venaient de faire. Ils étaient allés trop loin, ils avaient chassé une pauvre femme de chez elle. La sensation était amère, bien loin de ce que Sampsa espérait.

Comme il n'y avait plus de raison de prolonger la visite, Sampsa sortit avec le maahinen. Tous deux montèrent dans la fourgonnette, car le jour se levait. Les dieux ne se promènent pas en plein jour dans la capitale, on le sait. Et les maahinens de la campagne ne sont pas non plus des passants très habituels dans la foule de Helsinki.

Ayant surmonté la phase la plus aiguë de sa panique, Mme Moisander constata qu'elle approchait en haletant du carrefour de Viisikulma, à près d'un kilomètre et demi de chez elle. Elle avait fait le chemin plus vite que le tramway n° 3.

Elle souffrait des pieds, car elle n'avait pas l'habitude de parcourir la ville sans souliers, en courant. Les pavés avaient cassé l'ongle laqué de rouge de son pied droit. Le vernis était tristement écaillé et son orteil la faisait terriblement souffrir. Mme Moisander le regarda avec horreur. Elle songea qu'elle ne pourrait pas porter de sandales de longtemps.

Elle comprit qu'il serait sage de trouver un refuge pour la nuit. Elle ne pouvait rentrer dans son appartement, deux monstres l'occupaient. Ooh ! Elle n'osait pas aller à l'hôtel, elle n'avait même pas de chaussures et, sous son manteau, pas d'autre vêtement que sa chemise de nuit. Et le commissariat de police ? Que penseraient les agents quand Mme Moisander leur expliquerait qu'il y avait dans son appartement un petit bonhomme poilu de la taille d'un chien et un monstre hirsute, une terreur de deux mètres de haut, vêtu de fourrure noire ? Ils se mettraient à l'interroger et lui poseraient des questions idiotes. Lui demanderaient d'enlever son manteau pour l'accrocher au portemanteau du commissariat... non.

Et si elle racontait à la police qu'elle avait été violée ? Mme Moisander savait qu'elle avait l'air d'avoir été sauvagement agressée. Elle se réjouit de sa trouvaille, mais pensa ensuite à l'examen médical qui suivrait sa déclaration de viol. Si attentif qu'il fût, aucun gynécologue ne parviendrait à trouver dans le vagin soigneusement gardé de Mme Moisander un seul spermatozoïde. Zut ! Pourquoi n'avait-elle pas cédé la veille à un de ses amis, qui lui avait suggéré la chose au téléphone. Il y aurait au moins eu des traces de viol.

Mme Moisander décida de se réfugier pour la nuit dans le magasin d'antiquités, dont elle avait toujours les clés. Si Sampsa dormait dans la chambre du fond, elle se ferait silencieusement un lit sur le canapé Gustave III de la salle. L'essentiel était qu'on ne la trouve pas dans cet état à Viisikulma. Pieds nus, le moral bas, elle partit en boitillant vers la rue Iso Roobert.

Grande fut la stupéfaction de Mme Moisander quand elle découvrit le verre de la porte du magasin en miettes. Elle remarqua dans l'entrée un lourd pavé qu'elle ramassa. Un cambrioleur l'avait utilisé, constata-t-elle.

Cette nuit-là, les escouades de police du centre de Helsinki avaient reçu pour mission de vérifier si les magasins d'antiquités de la ville n'avaient pas subi d'effraction et de contrôler ce qui se passait en général à leurs alentours. Une patrouille qui roulait dans le quartier décida de passer rue Iso Roobert, où se trouvait le magasin Ronkainen. C'était bien entendu totalement inutile, mais après tout, le travail de la police était par principe inutile, du début à la fin. Quand une affaire était élucidée, on commettait à l'instant même quelque part deux nouveaux crimes bien plus épouvantables. Ainsi allait la vie, florissante d'inutilité. La seule chose solide et constante dans l'existence de la police était les mauvaises plaisanteries sur les flics et les emmerdements.

Au magasin d'antiquités Ronkainen, on trouva cependant le criminel sur les lieux de son crime. Une femme d'environ trente-cinq ans tenait à la main un pavé avec lequel elle venait visiblement de briser la porte du magasin où elle avait l'intention de s'introduire. Elle était comme folle et opposa une résistance farouche à son arrestation. On constata au commissariat qu'elle ne portait pas de chaussures et qu'elle n'était en outre vêtue que d'un léger manteau d'été et d'une chemise de nuit, comme si elle avait quitté son lit pour aller directement sur la scène du délit, sans avoir le temps de s'habiller.

« La prévenue, au cours de son premier interrogatoire, a eu un comportement hystérique et menaçant. Elle a prétendu être propriétaire du magasin d'antiquités susdit. Elle a nié connaître le dénommé Rami. La prévenue a griffé jusqu'au sang la joue gauche de l'agent de garde et quand on l'a conduite dans les locaux de garde à vue, elle a réussi à mordre à la nuque le commissaire chargé de l'interrogatoire, y laissant une marque rouge et sanguinolente d'une longueur d'environ 3,5 cm. Procès-verbal dressé à 4 h 16. »

## 23

Le mardi, on entreprit de tirer les malheureux hystériques des griffes du démon. La méthode n'était pas compliquée : le Dr Onni Osmola bavardait avec le patient, prenait quelques notes ; Rutja, à ce stade, suivait en spectateur la conversation entre le malade et le médecin. Quand les problèmes se révélaient trop complexes ou, pour toute autre raison, insolubles par la seule force de la psychiatrie, il intervenait dans le traitement. Il conduisait le patient dans une salle de soins spéciale, qui avait été isolée à cet effet à l'une des extrémités du nouveau pavillon. La pièce était petite, sans fenêtre, mais équipée d'une trappe pour permettre à la foudre en boule d'entrer. Le mobilier se composait de deux chaises, l'une pour le patient, l'autre pour le fils du dieu de l'Orage.

Le traitement était extrêmement simple. Rutja fixait le patient dans les yeux de son regard flamboyant d'éclairs bleus. En même temps, il lisait une brève incantation destinée aux oreilles de son père, Ukko Ylijumala :

> *Ô Ukko Ylijumala,*
> *maître des cieux tumultueux !*
> *Rends la raison au malheureux,*
> *éclaircis son esprit confus !*

En général, quand le trouble mental ou la névrose était de faible gravité, cela suffisait. Le patient sentait comme un courant électrique froid pénétrer par ses yeux jusqu'à son cerveau malade puis traverser tout son corps : il tressautait un instant, laissait échapper de son gosier des cris sauvages, se tenait la tête à deux mains comme s'il avait craint qu'elle n'éclate. Quand Rutja cessait de fixer le malade du regard, celui-ci s'effondrait, vidé et épuisé, sur sa chaise. Peu après, il se reprenait, sentait son cerveau fonctionner clairement et tranquillement. Il se savait guéri.

Mais il y avait aussi des cas plus sérieux, sur lesquels la brève incantation n'agissait pas, et même l'œil étincelant de flammes bleues du fils du dieu de l'Orage n'était pas assez puissant pour nettoyer le cerveau de ses idées folles et de ses épouvantables cauchemars. Rutja augmentait alors la puissance de l'incantation :

> *Son esprit vagabonde tel un loup,*
> *sa raison se terre telle une taupe.*
> *Frappe de ta foudre sa tête folle.*
> *Lance ton trait à travers ciel !*

Quand Ukko Ylijumala, dans le ciel, entendait cette formule, il ordonnait au molosse de Tuonela de pousser quelques hurlements, puis lançait une ou deux fois sa foudre, et voilà ! La raison retrouvait droit de cité dans la tête du pauvre malade. Le démon quittait son esprit, il sentait une saine lucidité couler dans son cerveau. Il n'y avait personne de si dérangé qu'il ne fût guéri par cette incantation et par le feu des yeux bleus de Rutja.

Ou plutôt si. Un fou originaire de Kerava était si profondément aliéné que rien ne semblait devoir agir sur lui. Rutja lut des incantations, fixa le dément dans les yeux, mais n'obtint en retour qu'un regard encore plus idiot. Finalement il se résolut à prononcer une incantation vraiment puissante :

> *Si le fou a le crâne dur,*
> *plus dure encore est la foudre !*

Dans un grondement effroyable, un éclair se rua à travers la trappe dans la pénombre de la pièce. La foudre frappa l'homme à la tête, ses cheveux fumèrent et ses yeux roulèrent dans leur orbite.

Ce fut efficace. Effacées, les idées délirantes de la tête de l'homme de Kerava, enfui l'esprit malin. La main sur le cœur, mais heureux, il sortit en chancelant de la salle de soins, témoignant par son bonheur rayonnant de la puissance sans égale et de l'immense amour de l'humanité du fils du dieu de l'Orage.

Quelles n'étaient pas la joie et la béatitude des pauvres hystériques enfin capables de penser, comme c'est le propre de l'homme ! À qui mieux mieux, ils remerciaient Rutja. En pleurs, ils tombaient à genoux devant lui et promettaient de lui rendre au centuple l'aide qu'ils avaient enfin reçue.

L'écervelé retrouvait un comportement équilibré, réfléchi même, la bouche du déprimé se fendait pour la première fois de sa vie en un sourire soulagé, l'hystérique trouvait une raison et une logique à ses actes, le faible d'esprit devenait ferme, résolu et sûr de lui.

Le mardi soir, Rutja avait chassé le démon hors de six femmes et de trois hommes. Quand on poursuivit le traitement, le lendemain, cinq autres femmes et le dernier patient mâle furent soignés. En deux jours, Rutja avait miraculeusement guéri quinze patients. C'était plus que Jésus n'avait fait en deux mois. Mais Jésus n'était pas finnois, comme Rutja.

On garda les patients en observation à la clinique jusqu'au mercredi. Ceux qui le souhaitaient pouvaient rester toute la semaine à Ronkaila, mais ceux qui pensaient que leur tête le supporterait étaient libres de s'en aller.

On ne réclama aux patients aucun paiement pour les soins, mais ceux qui le voulaient pouvaient offrir leur obole. Dès la première semaine, 28 000 marks tombèrent dans la caisse de la clinique pour hystériques, bénévolement versés par les patients et leurs proches.

Quiconque recouvre l'esprit — que celui-ci soit vif ou lent — est prêt à payer n'importe quoi, par pure gratitude !

Plus qu'à l'argent, Rutja tenait à la propagation de la foi néo-ancestrale. Les patients guéris devaient répandre la nouvelle de l'extraordinaire miracle qu'il leur avait été donné de partager. Rutja insista cependant sur le fait qu'il ne fallait pas trop populariser la foi néo-ancestrale, car cela n'entrait pas dans ses visées du moment. Il fallait diffuser la bonne parole de bouche à oreille, sur la base d'une authentique conviction.

« Mais vous devez d'abord participer à une cérémonie de sacrifice en l'honneur d'Ukko Ylijumala, afin de connaître la religion que vous servirez. Vous pouvez aussi parler avec le pasteur Salonen. Il est maintenant des nôtres. »

Le directeur de l'agence de publicité Keltajuuri et maître Mälkynen étaient retournés à Helsinki au début de la semaine, car on n'avait pas besoin d'eux à Ronkaila pour la gestion quotidienne de la clinique hystérique. Onni Osmola leur annonça que maintenant que les premiers fous étaient guéris, il convenait d'envoyer à Isteri d'autres personnes du même acabit. Neuf anciens hystériques étaient déjà rentrés chez eux, sains d'esprit, et les autres s'en iraient à la fin de la semaine.

Mälkynen et Keltajuuri promirent d'amener les neuf suivants à Ronkaila dans leur propre voiture, dès qu'Onni Osmola leur aurait communiqué leurs adresses. Keltajuuri proposa d'amener aussi sa femme, si Rutja était d'accord.

« Je ne savais pas que tu étais marié à une folle, s'étonna Rutja.

— Helena n'est pas vraiment folle, mais c'est une caqueteuse terrible. J'ai l'impression que ta fulgurothérapie lui ferait du bien. Ça ne présente pas un danger mortel, j'espère ? »

Keltajuuri réfléchit un moment aux risques éventuels. Puis il ajouta :

« Ça n'a aucune importance, d'ailleurs. »

Rutja et Onni Osmola lui assurèrent qu'à Ronkaila une petite incantation et un bref regard fixe suffisaient à rendre raisonnables les caqueteuses les plus stupides, il n'y avait même pas besoin de fulguration.

« Vous pourriez vous faire soigner ensemble. Toi qui es dans la publicité, j'ai beaucoup de patients dans ce métier », proposa Onni Osmola

Un nouveau groupe d'hystériques arriva à Ronkaila à la fin de la semaine. Rutja les soigna en deux jours, c'était déjà de la routine. Il n'y avait dans le groupe aucun cas trop difficile. La femme de Keltajuuri guérit sans peine de son caquetage. Keltajuuri lui-même voulut essayer le traitement. Après avoir reçu la foudre sur la tête, il commença à dire que la publicité n'était peut-être pas ce qui lui convenait, finalement.

« J'ai tout d'un coup l'impression que la publicité effrénée pour des produits inutiles est une activité malsaine. Les produits devraient avoir une demande réelle sans réclame superflue. Annoncer des produits nouveaux ou une récolte de tomates du jour, par exemple, est bien entendu une chose différente. Mais c'est déjà de la diffusion d'informations et plus de la publicité, n'est-ce pas ? »

Sa femme, dont toute stupidité avait définitivement été extirpée, réagit aux étranges propos de son mari.

« Écoute, Göran. Comment crois-tu que nous vivrons, si tu renonces à ton agence de publicité ? Tu veux nous mettre à la rue, dit-elle avec bon sens. Chasse immédiatement ces folles divagations de ta tête. »

La rénovation de l'ancien bâtiment fut également achevée à la fin de la semaine. Rutja décida d'organiser une pendaison de crémaillère On acheta à boire et à manger et on invita tous les patients libérés au cours de la semaine des griffes du démon, les ouvriers de Topi Juselius, Anelma et Sirkka, les maahinens et les menninkäinens qui avaient participé aux travaux et bien entendu les disciples de Rutja. Pour le spectacle, Rutja fit venir une demi-douzaine de sylphides.

On décida de faire la fête au pied du rocher de l'incarnation, dans la forêt, afin que le bruit ne parvienne pas à des oreilles étrangères, au village. L'inspectrice des impôts demanda si elle devait revêtir sa chemise de nuit transparente — si Rutja souhaitait des danses avec le rituel — ou s'il valait mieux qu'elle se présente dans ses vêtements habituels. Rutja estima qu'il n'était pas souhaitable, ni même convenable, de venir à la pendaison de crémaillère dans une tenue trop légère, car il y aurait là d'autres invités que les disciples. De ce point de vue, les ouvriers de Juselius lui paraissaient particulièrement vulnérables.

Les maahinens montèrent la garde quand tout le groupe, le samedi soir, prit la direction du rocher de l'incarnation. Hannula et Sivakka avaient dressé autour de grandes tables garnies de nappes blanches. On apporta toutes sortes de mets délicats : charcuterie, rôtis, bière, vin, salades. Le fétiche de Sampsa se dressait sur le rocher, arborant sa grimace familière. Sampsa lui-même, par contre, se cachait encore dans la forêt, car Rutja ne voulait présenter l'antiquaire — et donc son propre corps divin — que quand la fête battrait son plein.

On alluma sur le grand rocher un feu autour duquel les sylphides et les menninkäinens se mirent à danser. Les invités prirent place autour des tables, Rutja au bout de la plus longue. Les femmes, aides-cuisinières et anciennes folles, passèrent les plats sous la direction de l'inspectrice Suvaskorpi. Les menninkäinens disposèrent des couteaux et des fourchettes sur les nappes et les maahinens plièrent des serviettes en papier, toutes un peu différemment les unes des autres car ils n'avaient pas l'habitude de ce genre de travail.

Rutja leva son verre de vin.

« Buvez et mangez, créatures de dieu ! Soyez heureux ! »

Les invités burent et mangèrent, et furent heureux. Un peintre de l'équipe de Juselius se mit debout, leva sa chope de bière et remercia pour le chantier excellemment mené.

« Il faut dire qu'au début, entre nous, on s'est un peu étonné, on s'est demandé où on était tombé, avec ces maahinens comme manœuvres. On n'était pas non plus beaucoup à avoir déjà construit un asile de fous pour des dieux, ce qui fait que de ce côté-là aussi le chantier semblait assez spécial. Mais on s'habitue à tout, et ça s'est bien passé. La paye a été correcte et on a été très bien traités. Rien à redire. Alors au nom des ouvriers, je remercie le maître de l'ouvrage et je souhaite bonne chance au nouvel asile. Encore merci, et à votre santé ! »

On trinqua, les ouvriers crièrent hourra pour Rutja Ronkainen, qui avait été un employeur bizarre, mais juste.

Rutja, en qualité de commanditaire, remercia l'équipe.

« Votre travail a été agréable aux dieux. Rappelez-vous que si vous rencontrez un jour au cours de votre vie des difficultés insurmontables, vous pouvez toujours nous prier, mon père et moi. Nous ne laisserons jamais un bon ouvrier dans le besoin. Il ne convient pas d'exiger l'impossible, mais je peux toujours vous tirer d'un mauvais pas, vous pouvez en être assurés. »

Maître Mälkynen prit la parole au nom de l'architecte et le directeur de l'agence de publicité Keltajuuri transmit les salutations des financiers. Le point de vue des maahinens et des menninkäinens fut présenté par un maahinen poilu qui monta sur le rocher sacrificiel et chanta d'une voix rocailleuse :

> *Le jour on brouettait des briques,*
> *la nuit on chouchoutait les fous,*
> *Ha, hou, et hahahou !*

Là-dessus, les sylphides dansèrent tandis que les menninkäinens marquaient le rythme.

Après la danse, Rutja se leva et tint un discours sur la foi ancestrale des Finnois. Il parla aux invités de tous les dieux qu'il représentait maintenant sur la terre. Il lut les six commandements d'Ukko Ylijumala et leur explication :

### 1. PENSE À CRAINDRE L'ORAGE.

*Cela veut dire que chaque Finnois — femme, homme, enfant ou vieillard — doit se tenir sur ses gardes en cas d'orage. L'orage est la manifestation de la présence d'Ukko Ylijumala. Quiconque parle ou se comporte de manière inconvenante pendant un orage risque de* recevoir la foudre sur la tête et, en tout cas, n'aura pas sa place dans le ciel après sa mort, mais se retrouvera dans les tourbillons du fleuve de Tuonela ou dans la gueule du chien de Horna.

## 2. NE FAIS PAS DE MAL AUX PETITS.

Chacun sait que les hommes et les animaux, quand ils sont petits et faibles, ne peuvent se défendre contre plus grand et plus fort qu'eux. C'est pourquoi il faut protéger les petits et les aider de toutes les manières. Quiconque transgresse ce commandement connaîtra en Horna la vengeance de Turja et saura en cet instant ultime contre quoi il a péché en faisant pendant sa vie du mal aux petits.

## 3. PROTÈGE LA VIE.

Toute vie doit être protégée. Les plantes, les animaux, les rivières, les forêts et la terre, l'air et la brume de chaleur doivent être tenus pour sacrés. Il ne faut pas fouler volontairement à mort le moindre vermisseau. Prendre une vie humaine — et surtout celle d'une femme, le plus délicieux des êtres humains — est le plus grand des crimes. Quiconque ne protège pas toujours et constamment la vie, mais la détruit, subira après sa mort le châtiment d'Ukko Ylijumala en personne : il sera mis à mort après sa mort même, et personne ne saura jamais plus rien de lui.

#### 4. RESPECTE LES ANCIENS.

*Les anciens ont de l'expérience et de la sagesse,
ils ont une lourde vie derrière eux et ne sont plus
jeunes. C'est pourquoi il faut les tenir en plus
grande estime que les autres, les aider dans leurs
tâches quotidiennes et leur manifester un respect
sincère, afin que leur existence soit heureuse,
jusqu'à ce qu'enfin ils soient admis dans le
séjour bien mérité du ciel. Quiconque n'estime
pas les vieillards deviendra plus vieux que vieux
et plus malade que malade et sera, après sa mort,
enfermé dans le bac à cendres de Tuonela que
Lempo tisonne de temps à autre.*

#### 5. CONDUIS-TOI HUMAINEMENT.

*L'être humain doit vivre et se conduire en tant
que tel, et non comme un fauve sans cœur ou
un mollusque sans cervelle. L'être humain doit
développer son esprit, avoir de grandes pensées,
lire et chanter, inventer et construire. Il doit
s'opposer aux guerres, aider les malades, apaiser
les querelles, faire preuve d'humanisme.
Quiconque transgresse ce commandement sera
mêlé après sa mort à la meute des chiens de
Tuonela et des molosses de Horna, où l'humanité
est un vain mot et d'où il n'y a pas de retour*

#### 6. NE RENONCE PAS.

*Le Finnois doit être bon et inébranlable dans sa
bonté. Il ne doit pas renoncer, même si la
fatigue, la paresse ou la maladie et la mort
menacent. Il doit jusqu'au bout lutter pour le*

*bien, combattre pour le bonheur. Il ne doit pas*
*céder aux menaces, au chantage ou aux*
*pots-de-vin, mais veiller inébranlablement à la*
*pureté de sa conscience et à la justice de ses*
*actes. Quiconque transgresse ce commandement*
*par paresse ou négligence sera oublié dans la vie*
*et, dans la mort, ne sera plus considéré comme*
*un Finnois.*

Rutja leva sa coupe. On but en silence, tous
méditaient pieusement les commandements lus
par leur dieu. Il n'y en avait que six, mais nul
n'avait besoin de plus. Si on les respectait tous,
ils suffisaient aussi bien en Finlande que dans le
ciel des Finnois.

Rutja leva la main. Les fourrés s'écartèrent et
Sampsa parut, superbe et solennel, dans l'enveloppe charnelle du fils du dieu de l'Orage. Un
profond étonnement saisit les convives. Même
les sylphides reculèrent et quelques maahinens
filèrent se cacher entre les racines des sapins.

Le numéro le plus fou de la soirée commença.
On enleva le fétiche du rocher de l'incarnation,
sur lequel Rutja et Sampsa montèrent. Ils enta-
mèrent une gigue sauvage, les mains sur le cou
l'un de l'autre, puis s'assaillirent, toutes dents
dehors, comme s'ils avaient voulu se dévorer
vivants. Ce qu'ils firent en vérité ! Au milieu de
halètements terribles et de hurlements furieux,
Sampsa devint Rutja et Rutja Sampsa. Leurs
corps se fondirent l'un dans l'autre pour ensuite
se séparer. Sampsa Ronkainen en personne se
tenait maintenant sur le rocher avec le fils du
dieu de l'Orage, Rutja. Les convives se jetèrent à

quatre pattes sur la mousse, éblouis par la grandeur de Rutja. À grands cris, ils proclamèrent leur foi en ce dieu superbe et imposant. Leur pieuse clameur s'entendit jusqu'au bourg de Kallis.

Maintenant que Sampsa avait repris son corps d'homme, il ressentait une faim dévorante. L'inspectrice Suvaskorpi lui apporta de délicieuses tranches de rôti et de la bière. En se penchant vers lui, elle dévoila sans le vouloir la chair claire et épanouie de son décolleté. Une onde traversa le bas-ventre de Sampsa. Il détourna son regard avide. Il avait chaud aux oreilles, comme souvent les hommes.

On mangea et on but encore, on chanta des chansons entraînantes, un des hommes de Juselius récita un passage du Kalevala. On sacrifia à Ukko Ylijumala au moins dix kilos de la meilleure viande de bœuf et l'on fit flamber sur le rocher sacrificiel trois bouteilles du cognac français le plus cher.

Un dernier spectacle était encore à venir : Rutja saisit Sampsa par les épaules, et l'entraîna à nouveau dans une danse démentielle. Quand les dernières fumées du brasier sacrificiel s'élevèrent dans l'air limpide jusque chez les dieux, les deux hommes se fondirent à nouveau l'un dans l'autre, le dieu s'incarna en homme et l'homme en dieu. Quand cela fut accompli, l'orage le plus terrible de l'été éclata au-dessus du village d'Isteri. Dans un grondement formidable, des éclairs aveuglants sillonnèrent le ciel, le sol trembla et les convives eurent peur. Enfin tout se calma, le soleil couchant teinta le ciel et la terre de sa lumière rougeoyante, le silence et la paix revinrent sur le rocher de l'incarnation.

Les invités reprirent le chemin du domaine de Ronkaila, emplis d'une profonde piété. Les uns allèrent aussitôt se coucher, d'autres rentrèrent chez eux. Tous confessaient leur foi nouvelle, si ce n'était à voix haute, du moins dans leur cœur. Le fétiche de Sampsa, sur le rocher sacrificiel, regardait l'étoile Polaire, un sourire satisfait sur le visage.

À Helsinki, le prétendu « frère » de Sirkka Leppäkoski, Rami, resta détenu, pas tant en raison du vol des quenouilles qu'en tant que prévenu pour de nombreux méfaits antérieurs. On l'expédia à la prison de Katajanokka, dans l'attente de son procès, qui s'annonçait dur et pénible. L'avocat de Rami estimait que la cause pouvait être considérée comme gagnée si la sentence était inférieure à un an. Sinon, cela valait la peine de faire appel, mais dans ce cas il était possible que le malchanceux cambrioleur récolte encore plus de prison ferme. L'accusé lui-même regrettait surtout de se retrouver au trou en plein milieu d'un bel été. Il avait envisagé un tout autre déroulement de carrière :

« Ouais, en fait je projetais une sentence pour le début de l'hiver, mais j'ai jamais de bol, merde. »

On avisa Ronkaila du vol des quenouilles ouvragées. Maître Mälkynen s'occupa avec le fumiste, Hannula, de la réparation de la porte d'entrée du magasin d'antiquités. Il transmit également à la police judiciaire une déclaration du propriétaire, Sampsa Ronkainen, demandant la restitution des quatorze quenouilles de rouet qui lui avaient été dérobées, mais renonçant à porter plainte contre le dénommé Rami. Ainsi fut fait, l'État rendit les quenouilles au fils du dieu de l'Orage dans une boîte de carton scellée et prit en charge tous les frais administratifs occasionnés par cette restitution. Ce qui prouve à quel point l'État finlandais est exceptionnel.

Mme Moisander sombra dans la folie dès sa première nuit en cellule, passée en compagnie de six prostituées ivres. Son interrogatoire ne donna aucun résultat cohérent. Les autorités estimèrent qu'il convenait de placer la malheureuse dans l'unité pour malades difficiles de l'hôpital psychiatrique d'Hesperia, afin qu'elle y reçoive les soins nécessités par son état.

## 24

Après la mise en service des locaux rénovés de l'ancienne maison, on put guérir dans la clinique de Ronkaila environ 110 patients par semaine. La rotation était rapide, car il y avait en tout 50 lits, dont 35 dans le bâtiment principal. On embaucha du personnel de cuisine supplémentaire et le maçon Sivakka et le fumiste Hannula furent promus responsables de l'entretien et de la surveillance technique de l'établissement ; ils étaient aussi chargés, avec les maahinens, de garder la propriété, car Rutja estimait toujours important qu'aucun tiers ne puisse venir fouiner dans l'hôpital, que l'on désignait maintenant sous le nom de Clinique de l'Esprit de Ronkaila, et répandre de fausses informations sur son compte.

Au cours de ses deux premières semaines d'activité, il s'était déjà accumulé 160 000 marks dans la caisse et l'entreprise était donc matériellement établie sur des fondations solides. Les fondations spirituelles, quant à elles, avaient été dès le début les meilleures que l'on pût imaginer.

Rutja acquit une telle routine dans l'administration de la fulgurothérapie que même les cas les plus difficiles guérissaient en quelques minutes de traitement. Il fallait quand même parfois faire appel à l'orage et à la foudre en boule, et les murs de la salle de soins avaient tendance à noircir sous l'effet des fumées et des gaz. On résolut le problème en tapissant les parois de plaques d'amiante. Tout danger d'incendie dû à la fulgurothérapie était ainsi écarté, et les murs prenaient moins la suie qu'avant.

Au bout de deux semaines, Onni Osmola, le front soucieux, annonça à Rutja que les hystériques avaient tellement diminué qu'il n'y en avait plus que pour deux ou trois jours au maximum. Osmola avait déjà emprunté des patients à deux psychiatres de sa connaissance, mais ses confrères répugnaient à laisser leurs clients entre des mains plus expertes que les leurs, car comment gagneraient-ils leur pain s'il n'y avait plus de fous. Les psychiatres se retrouveraient au chômage, et cela n'est évidemment drôle pour personne.

Maître Mälkynen, pour remédier à la pénurie de fous, proposa de recruter des sujets dans les hôpitaux psychiatriques publics. L'idée était excellente, car chacun savait à quel point ces établissements étaient surchargés. Depuis des années déjà, les médecins-chefs et les administrateurs faisaient à la presse des déclarations sur leur charge de travail épuisante, sur la pénurie chronique de personnel et sur l'exiguïté ainsi que la vétusté des locaux. On pourrait maintenant s'attaquer au problème, la Clinique de l'Esprit de Ronkaila proposait gratuitement son aide pour résorber le trop-plein de malades. Quand Onni

Osmola exposa l'idée dans quelques grands hôpitaux psychiatriques du sud de la Finlande, on accueillit d'abord le projet avec quelque réserve, mais quand on fut convenu que les éventuelles guérisons seraient portées au crédit de l'hôpital d'origine, l'affaire fut conclue. Des ambulances commencèrent à arriver à Ronkaila, transportant des aliénés gesticulants venus recevoir le fameux traitement par fulguration. Il vint aussi par autocars entiers des névrosés moins gravement atteints, depuis l'est et le nord de la Finlande. Il y avait de nouveau de l'orage dans l'air dans le village d'Isteri.

Il ne fallut que deux semaines à Rutja pour écouler ce nouvel afflux de patients. Au début du mois d'août, il put se targuer d'avoir guéri avec l'aide experte d'Onni Osmola plus de 700 cas. La capacité de traitement était passée à plus de 40 personnes par jour, car Rutja avait mis au point une thérapie de groupe reposant sur son regard scintillant de flammes bleutées et, pour les agités, sur le tonnerre et la foudre en boule, accompagnés de farouches incantations. Les hôpitaux du pays commencèrent à se demander où leurs patients disparaissaient après avoir été envoyés à la Clinique de l'Esprit de Ronkaila essayer le nouveau traitement de choc. On craignit même qu'ils ne fussent retenus dans l'établissement pour des travaux agricoles au noir, et l'on décida de tirer l'affaire au clair. Un hôpital psychiatrique dont les patients disparaissent n'est pas à la hauteur de sa tâche.

Il apparut que les malades, loin de faire les foins dans les champs de Ronkaila, étaient, une fois guéris, retournés à la vie civile normale et cherchaient activement à revenir sur le marché du travail. Beaucoup des anciens fous avaient trouvé un emploi, quelques-uns avaient accédé à des postes en vue dans différents secteurs de la vie économique.

Cette réalité obligea les instances dirigeantes des hôpitaux à reconsidérer la question. Bien entendu, il était extrêmement positif de voir des patients catalogués comme incurables guérir soudainement et reprendre la vie active. Rien à dire. Mais l'affaire avait quand même un autre aspect, prépondérant. On put en effet constater à la mi-août que les hôpitaux psychiatriques finlandais commençaient à souffrir d'une pénurie de patients. Il ne se présentait tout simplement plus de nouveaux fous, car la réputation d'efficacité de la Clinique de l'Esprit de Ronkaila s'était largement répandue. Les malheureux qui perdaient la raison en ces temps-là n'allaient pas dans les hôpitaux psychiatriques traditionnels, mais prenaient le chemin de Ronkaila, où on les guérissait aussitôt. Comme de plus en plus de patients des hôpitaux mêmes étaient aussi dirigés vers Ronkaila, la situation fut jugée extrêmement grave.

On entra dans l'ordinateur les dernières statistiques disponibles. Le résultat fut alarmant : si l'évolution se poursuivait dans le même sens, il ne resterait plus à Noël un seul fou dans les hôpitaux psychiatriques finlandais ! À qui ferait-on avaler les énormes quantités de médicaments psychotropes ? Et quel sort attendait le personnel ? Où iraient les femmes de ménage, le personnel de cuisine, les préposés à l'entretien, les aides-soignantes, les infirmiers psychiatriques, les thérapeutes de tout poil et les médecins ? En vérité, le temps viendrait bientôt où les médecins en seraient réduits à regarder les murs vides des hôpitaux et à se ronger les ongles, en l'absence d'autres activités.

Il résulta de tout cela que les hôpitaux psychiatriques cessèrent d'envoyer leurs patients se faire soigner à Ronkaila. Le Dr Osmola et maître Mälkynen quémandèrent en vain des aliénés. Les hôpitaux déclarèrent ne plus vouloir, pour des raisons médicales, participer à une expérimentation aussi radicale.

Beaucoup de patients s'échappèrent de leur asile psychiatrique à la suite de cette interdiction de transfert. À travers bois, bravant les dangers et la faim, les fous affluèrent, même d'établissements éloignés, vers le village d'Isteri, dans le canton de Kallis, où on les accueillait avec sympathie ; on leur donnait à manger et à boire et on les guérissait des maux qui leur vrillaient l'esprit. Dans les hôpitaux psychiatriques, on fut contraint de placer sous les verrous les patients des services ouverts, afin de les empêcher de fuir. Grâce à l'isolement et à une médication massive, le nombre d'évasions diminua jusqu'à atteindre le niveau habituel des prisons finlandaises.

La direction de la Santé s'émut aussi. Là, les événements semèrent presque la panique. On songea même à retirer son agrément à la Clinique de l'Esprit de Ronkaila On n'osa cependant pas se résoudre à une riposte aussi sévère, car l'établissement de Rutja avait acquis une réputation trop solide. Tout le monde savait que quiconque allait à Ronkaila en revenait quelques jours plus tard, l'esprit plus clair que jamais. La direction de la Santé se contenta d'interdire aux hôpitaux psychiatriques publics d'envoyer leurs patients là-bas. « L'expérience thérapeutique est terminée en ce qui nous concerne », fut-il déclaré dans la circulaire adressée aux hôpitaux. « Il est en outre recommandé aux établissements d'entreprendre un effort de recrutement en direction des malades mentaux, afin de combler le déficit de patients apparu et de rétablir leur équilibre normal de fonctionnement. »

Le directeur de l'agence de publicité Keltajuuri calcula qu'à la mi-août Rutja avait au total chassé le démon de 2 200 patients. Bien que l'on n'obtînt pratiquement plus de sujets des hôpitaux psychiatriques, de nouveaux cas arrivaient à Ronkaila par des dizaines de voies différentes : amenés par leurs proches, évadés d'asile ou même, en petit nombre, venus de leur propre initiative de l'étranger, surtout de Suède et de Norvège. On traita aussi un avion plein de vieux Hongrois, mais Rutja ne tenait pas à accueillir trop d'étrangers, car il estimait qu'il s'agissait avant tout de propager la foi ancestrale des Finnois et non d'œuvrer pour la santé mentale internationale. Rutja avait guéri les vieillards séniles parce que les Hongrois étaient un peuple apparenté aux Finnois. Pour la même raison, on soigna six Votiaks fous à lier, un Vogoul délirant et deux Zyrianes « spéciaux », envoyés par l'Union soviétique.

Keltajuuri entreprit de se renseigner sur la façon dont les personnes délivrées des griffes du démon agissaient une fois guéries, quels résultats avaient été obtenus dans la propagation de la foi ancestrale.

« J'ai adapté des calculs de marketing qui selon moi sont tout à fait applicables dans le domaine religieux. Nous supposons en général qu'une personne raisonnablement sensée ayant pleinement assimilé un message publicitaire peut, si elle le veut, le diffuser à quatre personnes de son entourage. Sur ces quatre personnes, deux ou trois continueront de propager le message.

— Comme des intérêts composés, donc, fit remarquer l'inspectrice des impôts.

— Mais en plus efficace. Ici, nous avons des intérêts sur les intérêts des intérêts, et même encore des intérêts dessus. Le calcul est le suivant, compte tenu de l'effet cumulé : mille malades guéris peuvent rassembler en deux mois... un instant, voilà : $1\,000 \times 4 + 1\,000 + 1\,000 \times 3 + 1\,000$, et cela multiplié par une unité de temps, dans le cas présent j'ai compté comme durée de conversion quelques jours seulement par fou... voyons, le résultat pour deux mois est d'environ 144 000 personnes. Mais si on prend en compte l'influence d'ensemble, autrement dit l'effet de masse de ces âmes, qui selon moi est extrêmement important dans ce cas, je dirais que dans deux mois 200 000 personnes dans ce pays confesseront leur foi néo-ancestrale dans le dieu de l'Orage. »

Maître Mälkynen fit remarquer que l'on avait déjà à ce jour soigné 2 200 patients, alors que les calculs de Keltajuuri se fondaient sur mille guérisons.

« Je sais, je sais. Il faut bien sûr augmenter le chiffre d'autant. À la mi-octobre, il y aura au minimum en Finlande un demi-million de partisans de la foi néo-ancestrale. Si nous avions pour principe de choisir des évêques parmi nous, nous pourrions en introniser au moins trois ou quatre à la fin de l'année, si grande sera alors l'emprise de notre religion. »

Rutja était content. Que penserait Ukko Ylijumala quand son fils, une fois rentré à la maison, dans le ciel, énumérerait les résultats obtenus ? Les jupes d'Ajattara ne voleraient plus longtemps librement, à en juger par ces comptes.

« Il y a déjà en Finlande des milliers d'adeptes de la foi néo-ancestrale. J'ai demandé à un institut de sondages de faire une rapide enquête téléphonique sur la question et elle donne un chiffre de 14 000 vrais croyants. En fait, on dirait que la foi se propage plus vite que le Coca-Cola ou les lames de rasoir Gillette. D'où cela peut-il bien venir, sans aucune campagne publicitaire ? »

L'inspectrice Suvaskorpi fit remarquer que l'on était engagé dans une œuvre de miséricorde et non un projet de marketing.

« On obtient toujours plus en faisant du bien que de la publicité télévisée », dit-elle gravement, et elle leva un regard adorateur et amoureux vers son dieu Rutja Ronkainen.

« Le fou finnois est si fou qu'aussitôt guéri de sa folie, il croit », philosopha maître Mälkynen

Keltajuuri reconnut le bien-fondé du choix du groupe cible.

« Nous autres publicitaires n'avons jamais seulement songé à utiliser des malades mentaux ou même des hystériques pour diffuser des messages publicitaires. Ils ne sont tout simplement pas répertoriés dans la population active. Peut-être serait-il temps d'en tirer les conclusions qui s'imposent, ne serait-ce que du point de vue de ma propre agence de publicité.

— Les guérisons de Jésus étaient du travail d'amateur comparées à ta performance », dit d'un ton approbateur maître Mälkynen à Rutja. Le fils du dieu de l'Orage lui-même était de cet avis, mais il fit cependant remarquer que le peuple d'Israël n'était peut-être pas aussi opportunément fou à l'époque de Jésus, 2 000 ans plus tôt, que les Finnois d'aujourd'hui. Il ne fallait pas céder à la vanité, mais continuer humblement le travail de guérison jusqu'à ce que la tâche soit entièrement accomplie.

À Helsinki, les rumeurs sur la Clinique de l'Esprit de Ronkaila allaient bon train. On en parlait dans les salons, où l'on trouve en général beaucoup d'hystériques et où l'on nourrissait donc un intérêt particulier pour la nouvelle clinique de choc. Certains journaux publièrent des articles sur l'établissement, mais aucun interviewer ne vint à Ronkaila. Les journalistes se rappelaient la mort du pigiste Huikka Tuukkanen, cet été, et se doutaient de son lien avec la fulguration. Un rédacteur avisé évite les sujets qui peuvent avoir des conséquences fatales. Même les fouille-merde ont une âme, et même si elle ne vaut pas cher, elle leur est d'autant plus précieuse.

Le chef de cabinet Merentakainen et le sous-directeur de la police Humander déjeunaient comme à l'accoutumée au restaurant de l'hôtel *Palace*. Ils commandèrent des hors-d'œuvre, un plat et du café. La conversation porta d'abord sur des généralités, sur la situation politique du pays, la violence des jeunes, l'inflation, la circulation de l'argent sale, les dernières vacances et les putes. Puis le chef de cabinet mit la conversation sur la Clinique de l'Esprit de Ronkaila.

« Tu as entendu parler de cet établissement ? C'est dans un trou du nom d'Isteri, dans le canton de Kallis. »

Le sous-directeur dit avoir effectivement entendu quelque chose sur la clinique. S'il se rappelait bien, elle avait des liens mal élucidés avec la capitale, il y avait même un bureau du côté de Punavuori, ou quelque chose comme ça.

« Ça a l'air d'être une simple secte, minimisa le policier, le nez dans son verre de cognac. Des laestadiens ou des inconditionnels d'Ylivainio[1]. Il n'y a pas longtemps, un jeune crétin est entré par effraction dans leur boutique, et puis on y a trouvé la même nuit une femme nue, folle, avec un pavé dans la main. Mais il n'y avait apparemment rien de plus. Le type avait volé des quenouilles, ou des fuseaux. Il faut bien dire que dans cette histoire, ce n'est pas le trop-plein de cervelle qui le gênait, le pauvre. Les petits délinquants sont parfois attendrissants, dans ce pays. Il y a deux ans, un imbécile s'est introduit dans l'ambassade du Sénégal, à Kulosaari, et a emporté trois kilos de fromage de chèvre et 1 200 tirages à part de la constitution sénégalaise, il a dû croire que c'était des valeurs, tellement c'était décoratif. On peut espérer qu'il saura au moins vivre dans le respect de la loi au Sénégal, s'il a compris ce qu'il a volé. »

Le chef de cabinet Merentakainen trouvait

1. Prédicateur laïc très populaire en Finlande depuis les années 70.

quand même louche la clinique de Ronkaila. Il mit la conversation sur sa femme.

« Tu connais Elsa.

— Une bonne épouse, peut-être un peu hystérique, mais les femmes ont tendance à l'être, à cet âge.

— Écoute. Elsa a pleurniché pour faire un séjour dans une clinique de naturo-thérapie. Manger des racines et laper de la compote de rhubarbe. Bon alors j'avais entendu parler de cette clinique de Ronkaila par un copain qui ressassait, envoies-y ta bonne femme, ils savent s'y prendre, là-bas. J'ai donc emmené Elsa à Kallis, je pensais pouvoir rester seul deux semaines ici en ville. Tu parles. Elsa revient deux jours plus tard à la maison, en pleine possession de ses esprits, et remet de l'ordre dans tout ce qui tombait en quenouille à la maison. Je me suis demandé avec effroi ce qui se passait. Ma femme aurait-elle retrouvé la raison ?

— Qu'est-ce que je disais. Il n'y a rien qui cloche sérieusement, chez Elsa.

— Je ne te parle plus d'Elsa, mais de cette fichue clinique. J'ai l'impression qu'il y a vraiment quelque chose de louche. On y guérit les gens par la foudre.

— Hein ?

— C'est un certain fils du dieu de l'Orage qui distribue des fulgurations ! On y proclame dieu sait quelle fichue foi néo-ancestrale, on adore Ukko Ylijumala. Tu comprends ça, toi ? »

Le sous-directeur de la police dressa l'oreille. Il avait déjà entendu des histoires de ce genre. Y avait-il en fin de compte dans cet établissement quelque chose de suspect, de dangereux pour ''ordre public ?

« Raconte-moi ça un peu plus précisément », encouragea-t-il.

Le chef de cabinet Merentakainen raconta tout ce qu'il savait, et ce n'était pas rien. Sa femme lui avait rapporté tout ce qui lui était arrivé à Ronkaila, elle avait même essayé de le convertir à la foi néo-ancestrale. Cela n'avait rien donné, mais le chef de cabinet avait pêché sur Ronkaila tous les renseignements qu'il avait pu.

« Ça semble grave. Nous devons téléphoner au ministre », décida le sous-directeur de la police. En réalité, il espérait ainsi avoir une bonne raison de prolonger le déjeuner. Le ministre arriva. On lui fit part de tous ces soupçons et on lui demanda conseil. Que faire ? Fallait-il que la police judiciaire ouvre une enquête ? Enverrait-on une patrouille avec des chiens-loups fouiller un peu à Isteri ? Qu'en pensait-il ?

Le ministre huma son verre de cognac et regarda par la fenêtre vers le palais présidentiel. C'était maintenant Koivisto qui l'occupait, un commis de banque que son prédécesseur, Kekkonen, n'aurait jamais admis dans le palais[1]. Le ministre suivit du regard un goéland argenté qui planait au-dessus de la place du Marché. Il se posa sur la pointe de l'obélisque de l'Impératrice et leva la queue. Le ministre regretta de ne pas voir si le goéland avait chié ou non sur le monument. En souvenir de quelle impératrice cette pierre avait-elle été érigée sur la place ? Cathe-

---

1. Le président Koivisto, avant son élection en 1982, était effectivement directeur de banque.

rine ? Élisabeth ? Combien y en avait-il eu, déjà, des impératrices russes...

« Bon. Passons cette affaire à Riipinen, à la Sûreté. C'est justement à ça que sert cette boutique. Qu'ils enfilent leurs impers mastic et tirent au clair cette histoire de secte. »

L'affaire fut donc transmise à la Sûreté. Là, elle fut confiée à l'inspecteur Huurulainen, qui était spécialisé dans les activités des différentes sectes du pays. Il connaissait mieux la Bible que les membres du chapitre de la cathédrale. Il était tout particulièrement versé dans l'interprétation des textes sacrés à des fins de politique intérieure.

« Allez, à la chasse au Jésus, Huurulainen, lui lança son supérieur.

— Dans ce rapport, on parle d'Ukko Ylijumala, pas de Jésus, rectifia Huurulainen. Il faut que je me renseigne. Jamais entendu parler de ce type », déclara-t-il.

## 25

L'inspecteur Huurulainen, un homme d'âge moyen, blanchi par les extrémistes de gauche et les brûleurs d'église, jeta son imperméable de fonction sur ses épaules et, au volant d'une Volkswagen noire, prit le chemin de Kallis. Là, il s'arrêta dans la cour de la commission d'architecture et entra d'un pas décidé dans le bureau du responsable des permis de construire. Il montra son insigne à l'architecte en chef Vaitinen, qui eut une peur comme il n'en avait jamais eu avant ni n'en aurait après. Il crut en effet avoir été dénoncé pour des inspections négligentes ou des dépassements de hauteur, ou encore pour ses opinions politiques radicales. Vaitinen était écologiste, chose assez rare à Kallis, car le canton était une région agricole.

Huurulainen ne voulait cependant aucun mal à l'architecte en chef. Il souhaitait seulement exercer provisoirement ses fonctions. Il lui demandait donc son aide professionnelle.

« Ah bon, mais c'est parfait ! Quels bâtiments voudriez-vous aller inspecter ? Nous avons près de deux cents chantiers en cours dans le canton je suis ravi d'avoir de l'aide. »

Huurulainen déclara qu'il n'avait pas exactement l'intention de suppléer l'architecte en chef,
mais avait besoin d'un acte de mission pour
cacher sa véritable activité, qui était de se renseigner. Cela ne l'amusait pas de courir aux
quatre coins du canton inspecter la construction
de maisons individuelles, il ne voulait accéder
qu'à un seul site, où il savait qu'il y avait eu des
travaux pendant l'été. Ce site était la Clinique de
l'Esprit de Ronkaila.

« Mais je l'ai déjà inspectée et agréée plusieurs
fois. Il n'y a eu que des travaux de rénovation,
aucune construction neuve. »

Malgré ses protestations, Huurulainen obligea
Vaitinen à lui rédiger un ordre de mission, puis il
alla à Ronkaila mener une nouvelle inspection,
plus serrée que les précédentes. Sivakka et Hannula s'étonnèrent beaucoup du procédé, mais se
satisfirent de l'explication de Huurulainen, selon
laquelle les nouveaux règlements de la direction
de la Santé exigeaient pour les établissements de
soins de ce type des normes de sécurité particulièrement strictes.

« Tous les bâtiments doivent être contrôlés en
détail. Cela prendra plusieurs jours, peut-être
plusieurs semaines. Faites-moi d'abord faire le
tour de l'établissement, après j'examinerai tout
seul les détails structurels. Je veux toutes les clés
de la propriété. »

Les maahinens se glissèrent dans la bibliothèque pour prévenir Sampsa de ne surtout pas
se montrer sous son apparence de fils du dieu de
l'Orage au nouvel architecte venu fourrer son nez
dans les bâtiments. On annonça aussi l'inspection à Rutja et à Mme Suvaskorpi, qui décla-

rèrent ne rien avoir contre, à condition que le travail de la clinique n'en pâtisse pas.

Huurulainen se mit au travail. Il écouta toutes les conversations qu'il put surprendre. Il sonda les murs, tout en sentant le vent. Il interrogea discrètement les fous. Il épia et espionna. Chaque fois que Hannula ou Sivakka étaient en vue, Huurulainen se concentrait sur les détails techniques de la construction. Il demandait aux hommes quelle était à leur avis la résistance des murs. Le toit supporterait-il le poids de la neige en hiver ? Combien de patients soignait-on par jour dans la clinique ? Était-il possible que la poutre faîtière soit vermoulue ? Quel était le montant des notes de téléphone de la clinique ? Y avait-il eu ces temps-ci de l'orage dans le secteur ? Les paratonnerres étaient-ils en bon état ?

Le soir du deuxième jour d'inspection, le pasteur Salonen vint à Ronkaila. Huurulainen demanda à l'homme d'Église ce qui l'amenait dans l'établissement. Le pasteur répondit sans détour qu'il enseignait ici la nouvelle religion, l'expliquait aux patients, leur apportait son aide spirituelle. Huurulainen déclara qu'il s'intéressait lui aussi à la mythologie, même s'il n'était qu'un simple architecte.

« Mais cela ne vous empêche pas d'être compétent en matière de religion, le consola le pasteur Salonen. Je connais beaucoup de personnes travaillant dans le bâtiment qui sont d'une grande spiritualité. »

Grâce à Salonen, Huurulainen se trouva informé à fond des habitudes de la maison, de la foi néo-ancestrale et de tout ce que l'on faisait à Ronkaila. Quand Salonen fut parti, tard dans la soirée, Huurulainen décida d'aller explorer l'étage de l'ancien bâtiment. Il avait l'impression qu'il y avait dans la maison, en plus du personnel soignant et des patients, quelqu'un dont on lui cachait la présence.

Mais les maahinens et les menninkäinens avaient remarqué depuis longtemps le manège de Huurulainen. Leurs soupçons avaient été éveillés, ils décidèrent de tenir l'homme à l'œil. Quand celui-ci prit le chemin de la bibliothèque, ils sifflèrent doucement ; en haut, Sampsa les entendit et se cacha dans le placard. C'était un peu honteux pour le fils d'Ukko Ylijumala, mais Sampsa n'osait pas désobéir aux ordres de Rutja, qui étaient de ne pas se montrer. Huurulainen examina les chambres du premier. Il constata qu'elles étaient inhabitées. Son instinct d'enquêteur lui disait pourtant qu'il y avait anguille sous roche. Personne n'avait dormi dans le lit, il y avait de la poussière par terre, mais il y avait une odeur d'être vivant dans la bibliothèque. Huurulainen n'était pas sûr de l'identifier : une odeur humaine, ou quoi d'autre ? Bizarre. Huurulainen savait distinguer l'odeur d'un communiste de celle d'un sectateur, mais l'odeur de cette pièce avait quelque chose de surnaturel.

Ce soir-là, Huurulainen trouva dans le bureau du nouveau pavillon les calculs du directeur de l'agence de publicité Keltajuuri prévoyant qu'à la suite du travail thérapeutique de la Clinique de l'Esprit de Ronkaila, toute la Finlande serait convertie à la foi néo-ancestrale avant la fin de l'année. Huurulainen nota rapidement les chiffres de Keltajuuri et retourna à Helsinki rédiger son rapport sur les folles activités de

Ronkaila. Mais les maahinens et les menninkäinens avaient recueilli assez de renseignements sur cet architecte trop curieux. Ils décidèrent que si le bonhomme venait encore fourrer son nez dans la maison, on s'en saisirait et on le soignerait. De l'avis des maahinens, l'architecte, qui s'intéressait plus à la foi néo-ancestrale qu'aux calculs de résistance des matériaux, était visiblement fou — et puisque l'établissement de Rutja était précisément destiné à soigner les fous, on pouvait promptement régler le problème.

À Helsinki, l'inspecteur Huurulainen rédigea un rapport de plus de vingt pages, qu'il intitula :

« Affaire Ronkaila. Rapport sur la révolution religieuse de la nation finnoise, rédigé par H. Huurulainen. »

Huurulainen remit le rapport au directeur de la Sûreté, A. Riipinen, qui le lut aussitôt d'un trait. Plus il avançait dans sa lecture, plus il était stupéfait. Le directeur, qui en avait pourtant vu d'autres, reposa enfin le rapport et fixa un regard glacial sur l'inspecteur.

« Tu es devenu fou, Huurulainen. Ce n'est tout simplement pas possible. Qu'il y ait déjà un million de fidèles d'Ukko Ylijumala. »

Mais Huurulainen était un professionnel chevronné. Il sortit les relevés de l'été et du début de l'automne que lui avaient communiqués les services météorologiques. Selon eux, le temps avait été raisonnablement pourri dans toute la Finlande, sauf dans le village d'Isteri de Kallis, où il avait fait beau et chaud. Il y avait pourtant eu tous les jours de l'orage dans l'air, là-bas. Les instruments de mesure de la foudre de la station météo de Kallis avaient été endommagés six fois au cours de l'été. Pendant les rares intervalles où ils avaient fonctionné, ils avaient enregistré cent fois plus de décharges que les années normales. Dans le reste du pays, il n'y avait pratiquement pas eu d'orages, alors qu'à Isteri le tonnerre avait grondé tout l'été. Riipinen protesta :

« Ils sont fous, à l'institut de météorologie. Ils promettent n'importe quoi... ce Harjama aussi, à la télévision. Il annonce un jour l'un, un jour l'autre, et on a l'autre puis l'un. »

Huurulainen produisit une autre statistique. C'était un bilan de la direction de la Santé pour le deuxième et le troisième trimestre de l'année. On y voyait sans contestation possible que les établissements étaient à moitié vides, et que l'on n'y avait pas accueilli de nouveaux patients depuis longtemps. Huurulainen tendit à son chef une circulaire jointe aux statistiques dans laquelle on développait la question à l'intention des hôpitaux.

Le chef de la Sûreté prit les documents pour les étudier de plus près. Puis il donna l'ordre de procéder immédiatement à une évaluation du sentiment religieux, à l'échelon national. Il intima à Huurulainen de retourner à Ronkaila poursuivre son enquête. Tout indiquait que Riipinen prenait maintenant l'affaire au sérieux. D'ailleurs Riipinen était toujours sérieux, cela faisait partie de son caractère et de l'image de sa fonction, mais maintenant il était plus sérieux que d'habitude. Il décida d'informer le président, le Premier ministre, quelques partis fiables, la Défense, les milieux commerciaux et industriels et surtout l'Église officielle. Mais il devait d'abord éclaircir les faits. Quoi qu'il en fût, il ordonna à sa secrétaire de mettre au propre le rapport et les statistiques de Huurulainen. Il fallait immédiatement en faire cent photocopies éminemment secrètes. Il fallait aussi prendre des renseignements sur le passé du pasteur Salonen, et lui apporter dans son bureau les dossiers de la dentiste Anelma Ronkainen et de son frère Sampsa Ronkainen, s'il y en avait. Et Huurulainen, du balai ! Vite, à Isteri !

Dès que Huurulainen reparut à Ronkaila, les maahinens et les menninkäinens prirent des mesures. Quand l'inspecteur fit mine de retourner examiner l'étage de l'ancien bâtiment, il fut assailli par dix menninkäinens et près de vingt maahinens. Grognant et grommelant, les petites créatures velues s'agrippèrent aux pieds, aux mains et aux vêtements de l'homme de la Sûreté, le jetèrent sur le sol de la salle, bâillonnèrent de leurs mains poilues sa bouche hurlante et entreprirent de traîner leur malheureuse victime dehors, à travers la cour, jusque dans le nouveau pavillon. Là, ils l'enfermèrent dans la salle de soins. Deux menninkäinens trottinèrent chez Rutja, qui revenait justement d'un jogging dans les bois. Ils lui racontèrent, tout excités, qu'ils avaient attrapé un nouveau fou. Rutja devait venir administrer son traitement à Huurulainen, qui attendait, préparé pour la fulguration.

Les maahinens et les menninkäinens révélèrent à Rutja les agissements de l'architecte. Rutja fut ahuri : un espion avait donc fait son nid dans la clinique ? Comment était-ce possible ? Il entra d'un pas furieux dans la salle de soins où l'inspecteur Huurulainen se débattait, maintenu par une vingtaine de petites créatures velues.

« Je vous arrête pour outrage à l'Église officielle », haleta l'inspecteur Huurulainen, écrasé sous les maahinens. La colère de Rutja enfla, il jeta un regard rapide vers la trappe à foudre et lança une incantation furieuse :

*Ô Ukko Ylijumala,*
*maître des cieux tumultueux !*
*Cloue d'un éclair le traître à terre,*
*Foudroie sur place la pourriture !*

À ces mots, la trappe s'ouvrit à la volée sous la poussée du faisceau grondant et fulminant d'Ukko Ylijumala. Le costume fatigué de l'homme de la Sûreté fut criblé de brûlures, la porte de la salle de soins sortit de ses gonds sous la violence du souffle, les maahinens et les menninkäinens se sauvèrent à l'abri dans le couloir, et l'inspecteur lui-même resta sur le sol, presque en aussi mauvais état que les communistes des années 30 dans les cellules de la police d'État après un interrogatoire musclé.

Peu à peu, l'inspecteur Huurulainen reprit ses esprits. Il passa la main dans ses cheveux noircis, tâta les brûlures de sa calvitie. Il ne comprenait pas ce qui s'était passé. Il n'était plus lui-même.

Rutja interrogea l'inspecteur de la Sûreté pendant plus d'une demi-heure. Puis il lui administra une fulguration revigorante, qui clôtura le traitement. On aida l'inspecteur Huurulainen à sortir de la salle de soins, transfiguré. Il croyait désormais plus en Ukko Ylijumala qu'en son chef Riipinen. On lui donna à boire et à manger, on lui trouva d'autres vêtements et on colla des pansements sur la peau de son crâne. Puis on le mit au lit entre des draps propres. Au matin, il demanda la permission d'aller à Helsinki raconter sa conversion à son patron. On l'y autorisa, puisque la Sûreté avait déjà eu vent de Ronkaila par son rapport. Huurulainen jura de se présenter à son chef dès le lendemain et de revenir ensuite directement à Ronkaila. Ce qu'il fit, mais cinq jours plus tard. Il avait passé ce délai détenu dans une cellule de la police judiciaire centrale, rue Rata. Riipinen, en effet, n'avait pas apprécié que son vieil et fidèle inspecteur vînt lui raconter sa conversion à la foi néo-ancestrale, et son changement général d'attitude ne lui avait rien inspiré de bon non plus.

« Je comprendrais que tu te vantes d'avoir vu des petits fascistes noirs ou des cocos velus, mais nom de dieu ne viens pas me raconter des histoires de maahinens et de menninkäinens. J'ai bien assez à faire avec cette secte du dieu de l'Orage sans tes maahinens. Tu peux te considérer comme renvoyé à partir de cet instant. Tu sais que tu es tenu au silence aussi longtemps que tu vivras. Pour que tu te rappelles ce que cela signifie en pratique, tu vas passer quelques jours rue Rata. »

Quand on vint chercher Huurulainen pour l'emmener dans les cellules de la P.J., Riipinen se radoucit un peu. Il serra la main de son vieux collaborateur et dit :

« On aurait encore pu passer de longues et dures années ensemble. Je suis désolé que ça se soit passé ainsi. Mais tu comprends bien que notre travail est de poursuivre les fous et pas de le devenir nous-mêmes.

— Ne fais pas de mal aux petits », recommanda l'inspecteur Huurulainen tandis qu'on l'emmenait.

## 26

Anelma bouda dans sa loge une bonne partie de l'automne, mais comme personne ne faisait attention à elle et à Sirkka, elle se lassa de son attitude de dédain. Constatant que les patients continuaient d'affluer à Ronkaila, elle finit par se demander si elle ne pourrait pas tirer parti, d'une manière ou d'une autre, des fous qui grouillaient par centaines dans la maison. Quel genre de dents avaient les hystériques ?

Anelma acheta à Helsinki un vieux fauteuil de dentiste qu'elle installa dans la loge. Elle se procura une blouse blanche, apprit à Sirkka les rudiments du métier de secrétaire médicale et ouvrit un cabinet dentaire.

Le fils du dieu de l'Orage ne voyait aucun inconvénient à ce qu'Anelma examine les dents des malades mentaux afin de les plomber ou de les redresser, selon les cas. Il était bon que les malheureux auxquels il rendait la raison aient aussi des dents neuves.

Plus les gens sont fous, plus leur denture est mauvaise. Anelma en conclut que quand l'esprit des gens battait la campagne, ils n'avaient pas la force de se brosser les dents. Quand la vie est vraiment dure, les malheureux serrent les dents si fort que leurs mâchoires ne le supportent pas, surtout quand les grincements durent sans discontinuer pendant des années.

En soignant l'ex-inspecteur Huurulainen, Anelma put constater que sa denture ressemblait plus à celle d'un rat ou d'un coyote qu'à celle d'un homme. Les hurlements de douleur de Huurulainen résonnèrent pendant près de deux semaines dans la loge, mais quand le traitement fut terminé, il put sourire avec de nouvelles dents bien droites ; il avait l'air plus humain, d'une certaine manière.

Il était donc heureux et Anelma satisfaite. Mais un sort bien plus misérable s'était abattu sur Mme Moisander. On la gardait depuis déjà plusieurs mois dans l'unité pour malades difficiles de l'hôpital psychiatrique d'Hesperia. On lui avait fait avaler des calmants, on l'avait traitée comme une prisonnière. Mme Moisander avait eu une dépression nerveuse, mais elle n'était cependant pas folle au point qu'il faille l'enfermer à vie dans un asile. Cela semblait pourtant être le cas : les hôpitaux psychiatriques de Finlande surveillaient attentivement leurs patients, afin qu'ils ne puissent pas s'échapper vers la Clinique de l'Esprit de Ronkaila, à Isteri.

Comme Mme Moisander habitait Helsinki et qu'elle avait été cataloguée malade chronique, il fut décidé à l'automne de la transférer à Nikkilä, où l'on soignait dans le calme de la campagne les incurables de la capitale. On l'embarqua avec deux autres fous dans une ambulance et, sous la garde de deux infirmiers, on partit les conduire de Helsinki à Nikkilä.

Au passage, l'un des infirmiers demanda au chauffeur de s'arrêter dans l'agglomération de Sipoo pour acheter des cigarettes.

Mme Moisander et l'un des autres aliénés profitèrent de la situation. Quand la voiture se fut arrêtée devant un kiosque, ils s'enfuirent, droit vers la forêt. Ils galopaient comme des fous, si bien qu'on ne put les rattraper. Comme il restait un patient dans le véhicule, on le conduisit d'abord à Nikkilä ; ce ne fut qu'après que l'on put sérieusement se mettre à la recherche de Mme Moisander et de son compagnon d'évasion. Mais il était trop tard. Les fugitifs étaient déjà loin de Sipoo, quelque part entre Nikinmäki et Korso. Ils se dirigeaient vers l'ouest, car ils avaient le projet confus de gagner Isteri, dans le canton de Kallis, et de là la Clinique de l'Esprit de Ronkaila, dont ils avaient tellement entendu parler à l'hôpital Hesperia.

Les deux malheureux fuyards traversèrent le centre du département d'Uusimaa, de Korso à Lahnus, Röylä et Nuuksio, jusqu'à Kallis. Trois jours plus tard ils se traînèrent dans la cour de Ronkaila, si épuisés qu'il fallut les porter au lit.

Le lendemain, Rutja guérit aussi bien Mme Moisander que son compagnon d'infortune. Le traitement de l'ex-mère célibataire exigea plusieurs incantations énergiques et deux fulgurations, avant que la raison lui revienne et que son esprit s'éclaircisse. Elle ne redevint heureusement jamais elle-même, mais acquit une largesse de vues sans précédent. Elle fit volontiers la paix avec Rutja et Sampsa, et l'inspectrice Suvaskorpi put l'embaucher à Ronkaila. On lui confia la surveillance des maahinens de service de nuit dans

la clinique. Sa nature s'y prêtait bien. Les maahinens étaient obéissants, et même si le caractère
de Mme Moisander s'était beaucoup amélioré,
elle ne dédaignait pas exercer son autorité sur ses
petits assistants velus. Le pasteur Salonen ensei-
gna à Mme Moisander les six commandements
de Rutja et lui expliqua leur contenu au cours de
longues conversations. Mme Moisander se prit
à envisager l'avenir comme prêtresse d'Ukko
Ylijumala. Le pasteur Salonen n'y voyait aucun
inconvénient, si Mme Moisander était assurée de
la fermeté de sa foi néo-ancestrale et poursuivait
assidûment l'étude de cette nouvelle éthique de
vie.

Au fil de l'automne, les habituelles soirées de
bingo et de samba commencèrent à perdre de
leur faveur en Finlande. Elles furent remplacées
par les fêtes sacrificielles que les adeptes de la foi
néo-ancestrale organisaient à travers le pays en
l'honneur d'Ukko Ylijumala. On commença à
voir dans la rubrique « messages spirituels » des
journaux des convocations à des rituels. À Savon-
linna, Keuruu, Oulu, Kemijärvi, Vaasa et dans les
îles d'Åland, on ouvrit des lieux de culte du dieu
de l'Orage. Plus d'une dizaine de bosquets sacrés
ébranchés apparurent aux quatre coins du pays.
La célèbre créatrice de bijoux en bois, Kaija
Aarikka, mit sur le marché des fétiches de
50 centimètres de haut en pin poli, qui devinrent
aussitôt des cadeaux et des souvenirs appréciés.
Les touristes étrangers, surtout, s'empressaient
d'en acheter.

Les journaux, la radio et la télévision parlaient
du rayonnement de la nouvelle foi. Matti Kuusi
écrivit plusieurs articles sur le sujet. La faculté

des lettres entreprit de recueillir des documents mythographiques. Le ministère de l'Éducation chargea un groupe de travail de réfléchir à l'enseignement de la mythologie aux enfants.

Le magazine féminin *Anna* publia vers la fin de l'année une grande enquête dans laquelle dix femmes parlaient à cœur ouvert de leur foi en Ukko Ylijumala et de leur intention d'étudier pour devenir prêtresses d'Ukko. Dans l'interview, on demandait notamment aux candidates à la prêtrise comment leur mari considérait la foi néo-ancestrale et leur vocation. Et existait-il une corrélation entre les orages répétés et les cycles menstruels des femmes ?

La revue d'ameublement *Avotakka*, quant à elle, donnait les plans d'un âtre sacrificiel et la principale briqueterie du pays, Tiilikeskus, mit en vente des briques résistant à la foudre.

Les éditeurs saisirent les possibilités qu'offrait la nouvelle foi. On commença à publier en Finlande des ouvrages traitant de la question. Le premier à paraître fut un traité fondamental sur la foi en Ukko Ylijumala, écrit par le pasteur Salonen. Il s'intitulait *Des croyances ancestrales à la foi néo-ancestrale*. Le tirage atteignit 87 000 exemplaires en deux mois, en neuf éditions. Maître Mälkynen et le directeur de l'agence de publicité Keltajuuri dirigèrent la publication d'une anthologie de chants et poèmes pour soirées sacrificielles.

La foi néo-ancestrale occupa la Sûreté tout l'automne. Plusieurs inspecteurs suivaient la situation à Ronkaila, on rédigeait des rapports. On informa le gouvernement, les forces armées et l'Église. Par deux fois, le chef de la Sûreté,

Riipinen, parla aussi de la foi néo-ancestrale au président de la République, qui, la première fois, déclara après mûre réflexion :

« Faudrait certainement faire quelque chose. »

On ne fit cependant rien. Quand Riipinen approcha le président pour la seconde fois, au début de mois de décembre, il apparut que l'épouse du président avait fait un séjour à la Clinique de l'Esprit de Ronkaila et s'était depuis convertie à la foi néo-ancestrale. Le président annonça au chef de la Sûreté que, dans ces circonstances, ses rapports ne présentaient guère d'intérêt, car il avait à domicile, dans son palais, suffisamment d'informations de première main, nuit et jour.

Les rapports de la Sûreté provoquèrent une grande effervescence dans les milieux ecclésiastiques. Les hommes d'Église, surtout les plus conservateurs, jugeaient la foi néo-ancestrale lourde de menaces pour l'avenir de la nation. Les Études montraient que les gens avaient définitivement déserté les églises. On s'était même mis à enterrer les morts dans des bosquets sacrés. Les jeunes couples ne venaient plus demander aux pasteurs leur Bible de mariage, mais se mariaient civilement et organisaient de joyeuses noces sacrificielles ; les baptêmes commençaient aussi à diminuer.

La situation de l'Église semblait si critique que l'un de ses dignitaires, Mgr Rempulainen, se résolut à agir. Il prit contact avec l'aumônier général des armées, Mgr Hakkarainen, lui aussi préoccupé par la révolution religieuse en cours. Ensemble, ces deux respectables évêques invitèrent le commandant en chef des forces armées à Kuusisaari, où le consistoire entretenait d'agréables villas. La rencontre fut empreinte d'une extrême gravité. L'aumônier général servit du café au général. Mgr Rempulainen lut à voix haute le dernier rapport de la Sûreté, selon lequel il y avait déjà en Finlande plus d'un million d'adeptes de la foi néo-ancestrale.

« Mon cher général, au nom de l'Église de Finlande, nous venons solliciter votre aide pour résoudre définitivement le problème. »

Le général voulut savoir comment il pourrait lutter contre la foi néo-ancestrale. Il était hors de question qu'il se mette à prêcher. Il était soldat et non homme d'Église.

« Nous voulons que vous entamiez une guerre de religion armée contre ces démons, déclara Mgr Rempulainen d'une voix forte et exigeante. La situation est si grave que l'on ne parviendra pas en eaux calmes sans une guerre. »

Le général réfléchit. Une guerre de religion ? Que voulaient donc dire leurs seigneuries ?

L'aumônier général fit remarquer que l'on avait mené dans l'histoire plus de guerres de religion que de guerres dites normales. Il y en avait même en cours. La crise du Liban pouvait à juste titre être considérée comme une guerre de religion, de même que la situation en Irlande du Nord. L'Inde était au bord du conflit. Il y avait maintenant réellement, en Finlande, matière à une vaste et impitoyable guerre de religion.

« Votre devoir en tant que chef des forces de défense est de mettre l'armée sur le pied de guerre et de la faire marcher sur les provinces. Vous attaquez d'abord Kallis et vous occupez ce village d'Isteri. Vous avez bien des commandos entraînés ? Partout dans le pays, il y a des nids de partisans de cette satanée foi. Il faut les détruire. L'artillerie de campagne et le génie feront l'affaire. Il faut miner les bosquets sacrés, et quant aux prêtres et aux prêtresses — que Dieu nous garde ! — ils doivent tous être traduits en cour martiale et pendus haut et court. Il faut faire donner les blindés... »

Le général interrompit la tirade de l'évêque. Il remercia pour les informations mais déclara que la question ne dépendait pas de la Défense. S'il s'était agi d'un soulèvement populaire armé contre le gouvernement légal, les militaires auraient bien entendu fait leur possible pour ramener le calme, mais dans cette querelle religieuse, il ne pouvait en être question. D'après les renseignements du général, les membres de cette secte étaient des gens ordinaires, pacifiques, contre lesquels il n'y avait rien à redire. De plus, en temps de paix, la Défense était placée sous l'autorité du président de la République et non du commandant en chef, c'était donc vers lui que les évêques devaient se tourner.

« On lui a déjà demandé la permission de faire la guerre, mais il est incapable de décider quoi que ce soit... ne partez pas, général. Discutons, étudions la situation », plaida Mgr Rempulainen. Mais le commandant de la Défense s'inclina légèrement et sortit.

Restés seuls, les deux belliqueux évêques envisagèrent un moment d'adhérer à la religion néo-ancestrale. Peut-être qu'en noyautant ces païens on pourrait encore sauver l'Église finlandaise officielle ?

En réfléchissant plus avant à cette possibilité,

ils en vinrent cependant à la conclusion que ce ne serait pas convenable pour des dignitaires de l'Église. Brisés, ils se contentèrent donc de prier Dieu et Jésus, tombèrent à genoux, levèrent les yeux vers les nues et cherchèrent consolation dans le ciel. Mais en un sens, ils avaient l'impression que tout cela était vain.

« Amen », dirent-ils sombrement, et ils rentrèrent chez eux.

Puis vinrent Noël, le nouvel an et l'Épiphanie. Rutja sentait que sa mission sur terre s'achevait. Selon les calculs du directeur de l'agence de publicité Keltajuuri, la plus grande part de la nation professait désormais la foi néo-ancestrale. Les hôpitaux psychiatriques du pays étaient vides. Le fils du dieu de l'Orage annonça à ses disciples qu'il allait maintenant les laisser seuls. Il était temps pour lui de regagner sa demeure céleste.

L'inspectrice Suvaskorpi annonça alors qu'elle était enceinte. Elle était certaine que l'enfant était de Rutja Ronkainen. Rutja ne laisserait quand même pas la mère de son enfant seule dans un monde hostile ? Le sort d'une mère célibataire était dur, Mme Moisander pouvait en témoigner.

La situation devenait embarrassante pour le fils du dieu de l'Orage. Il était un dieu, sa place n'était pas parmi les hommes, il appartenait au ciel. Comment cela avait-il pu se produire ? Helinä ne prenait-elle pas la pilule ?

Chaque fois qu'un homme se fait prendre dans des affaires de paternité, il s'ensuit toutes sortes de complications et d'embarras. C'était aussi le cas maintenant. Mais Rutja ne pouvait pas non plus rester éternellement en Finlande. Les dieux ont leurs propres responsabilités. D'ailleurs Ajattara attendait Rutja dans le ciel. L'inspectrice des impôts ne comprenait-elle pas que le mariage entre une mortelle et un dieu était impossible ?

Sampsa résolut le problème. Il proposa de prendre la place de Rutja, dès qu'ils auraient à nouveau échangé leurs enveloppes charnelles, et d'assumer la responsabilité de Helinä Suvaskorpi et de son enfant.

Le pasteur Salonen déclara que c'était exactement ainsi qu'il fallait procéder. De fait, l'enfant avait été conçu avec l'organe de Sampsa ! Le corps divin de Rutja avait conservé sa virginité. Rien d'irrémédiable ne s'était donc produit ! L'inspectrice des impôts donnerait naissance en temps voulu à un enfant — garçon ou fille, cela n'avait pas d'importance — qui serait celui de Sampsa Ronkainen. Peut-être pourrait-on le considérer comme le petit-fils du dieu de l'Orage, si c'était un garçon. Grand-père grandiose pour le petit enfant à venir !

Ainsi fut-il. Sampsa et Rutja changèrent une nouvelle fois de peau, et, à titre d'essai, Sampsa passa quelques nuits avec l'inspectrice Suvaskorpi. Tous deux constatèrent que cela ne faisait aucune différence. Un même corps, un esprit différent, rien de plus.

Soulagé, Rutja se prépara au départ. Après avoir repris son apparence divine, il fit ses adieux à tous, organisa dans l'ancien bâtiment une ultime fête sacrificielle sans fioritures, lut encore une fois ses commandements, engagea les maahinens et les menninkäinens à se retirer dans leurs demeures et délégua à ses disciples la

293

charge de guider les Finnois dans leur foi néo-ancestrale.

Puis Ukko Ylijumala fit s'abattre la tempête au cœur de l'hiver finlandais. Chevauchant cent éclairs, Rutja, fils du dieu de l'Orage, s'éleva vers le ciel dans un immense roulement de tonnerre.

Le déchaînement des éléments fut si violent qu'on le perçut jusque dans les États voisins. Les sismographes militaires de l'OTAN et de l'Union soviétique enregistrèrent une intense secousse dans le sud de la Finlande. Les images transmises par les satellites furent surexposées par un phénomène lumineux couvrant tout l'hémisphère Nord. Les téléscripteurs des agences de presse du monde entier crachèrent des dépêches sur l'étrange faisceau qui avait illuminé la Finlande le jour de l'Épiphanie. Les extralucides y virent le signe de la fin du monde. Les militaires, quant à eux, affirmèrent qu'il ne pouvait s'agir que du premier essai spatial finlandais.

L'attaché militaire de l'Union soviétique prit immédiatement contact avec le commandant de la Défense finlandaise et demanda si la Finlande avait oublié les termes du traité de paix signé à Paris en 1947, par lequel elle s'engageait à ne pas détenir de fusées ni d'autres armes offensives du même ordre. La Finlande, malgré cet accord, venait d'envoyer dans l'espace une fusée plus puissante que n'en possédaient les deux grands. L'attaché militaire soupçonnait la Finlande d'avoir secrètement et traîtreusement développé au fil des ans une arme atomique dont même les superpuissances n'avaient pas l'équivalent. Comment cela était-il possible ? Où les Finnois voulaient-ils en venir avec cet essai spatial ? Étaient-ils devenus fous ?

Le ministère des Affaires étrangères et le haut commandement assurèrent qu'il ne s'agissait pas d'un essai spatial mais d'un orage plus violent que la normale, au cours duquel les éclairs, contrairement à leur habitude, avaient semblé se précipiter du sol vers le ciel. La Finlande n'avait aucune intention belliqueuse envers aucun État du monde. Nul n'avait rien à craindre d'elle, l'Union soviétique moins que personne.

« Vous prétendez que chez vous les éclairs se ruent de la terre vers le ciel ? Et en plein hiver, encore ? Vous nous prenez vraiment pour des cons, cette fois-ci. »

L'attaché militaire exigea une enquête impartiale sur le terrain de la commune de Kallis. Le gouvernement finlandais y consentit et, dans les semaines qui suivirent, une commission spatiale internationale fut dépêchée dans le village d'Isteri de Kallis. Les membres de la commission visitèrent hameau sur hameau dans des cars de l'armée finlandaise. Ils inspectèrent les bois et les guérets en véhicules tout terrain et fouillèrent toutes les granges, dans l'espoir de découvrir les traces d'une immense plate-forme de lancement. En vain. Les militaires étrangers se grattaient la tête en mangeant la soupe aux pois de la cantine. Enfin, ils rédigèrent pour leurs gouvernements respectifs des rapports constatant que la Finlande ne pouvait tout simplement pas avoir d'arme spatiale, mais que malgré cela les éclairs ne jaillissaient pas, de l'avis unanime de la commission, de la terre vers le ciel, mais l'inverse.

Trois semaines après l'Épiphanie, tout l'hémisphère Nord fut embelli par le chatoiement d'une extraordinaire aurore boréale : le ciel célébrait des noces. Rutja, le fils du dieu de l'Orage, et Ajattara, la déesse à la beauté enchanteresse, nouaient une céleste union.

Quand la nouvelle de ce feu d'artifice se répandit dans les milieux de l'OTAN et du pacte de Varsovie, on constata aussitôt :

« C'est peut-être cette fusée finlandaise qui a explosé en vol. »

Au printemps, le 20 avril, l'inspectrice des impôts Helinä Suvaskorpi donna naissance à un solide garçon, fils de Sampsa Ronkainen. Le bébé était d'un côté le petit-fils d'Ukko Ylijumala, dieu du Ciel et de l'Orage, de l'autre l'enfant de l'inspectrice des impôts. Rejeton divin ! Grâce à ce nouveau-né, le peuple de Finlande, un jour, se hausserait vers la gloire — mais cela prendrait des centaines d'années. C'est une histoire que l'on ne peut encore conter, car nous ne sommes qu'à la fin du xxᵉ siècle.

Le peuple de Finlande a donc encore ses défauts. Il connaît le vice, la cupidité, le mal sous toutes ses formes.

Mais les Finnois sont le seul peuple au monde parmi lequel il n'y a pas de fou.

## DU MÊME AUTEUR

# COLLECTION FOLIO

*Composition Traitext.*
*Impression Bussière Camedan Imprimeries*
*à Saint-Amand (Cher), le 11 mai 1998.*
*Dépôt légal : mai 1998.*
*1ᵉʳ dépôt légal dans la collection : octobre 1995.*
*Numéro d'imprimeur : 982641/1.*
ISBN 2-07-039382-8./Imprimé en France.